槍使いと、黒猫。

STRANGER & BLACK CAT

20

author
健　康
illustration
市丸きすけ

口絵・本文イラスト　市丸きすけ

迷宮都市ペルネーテ

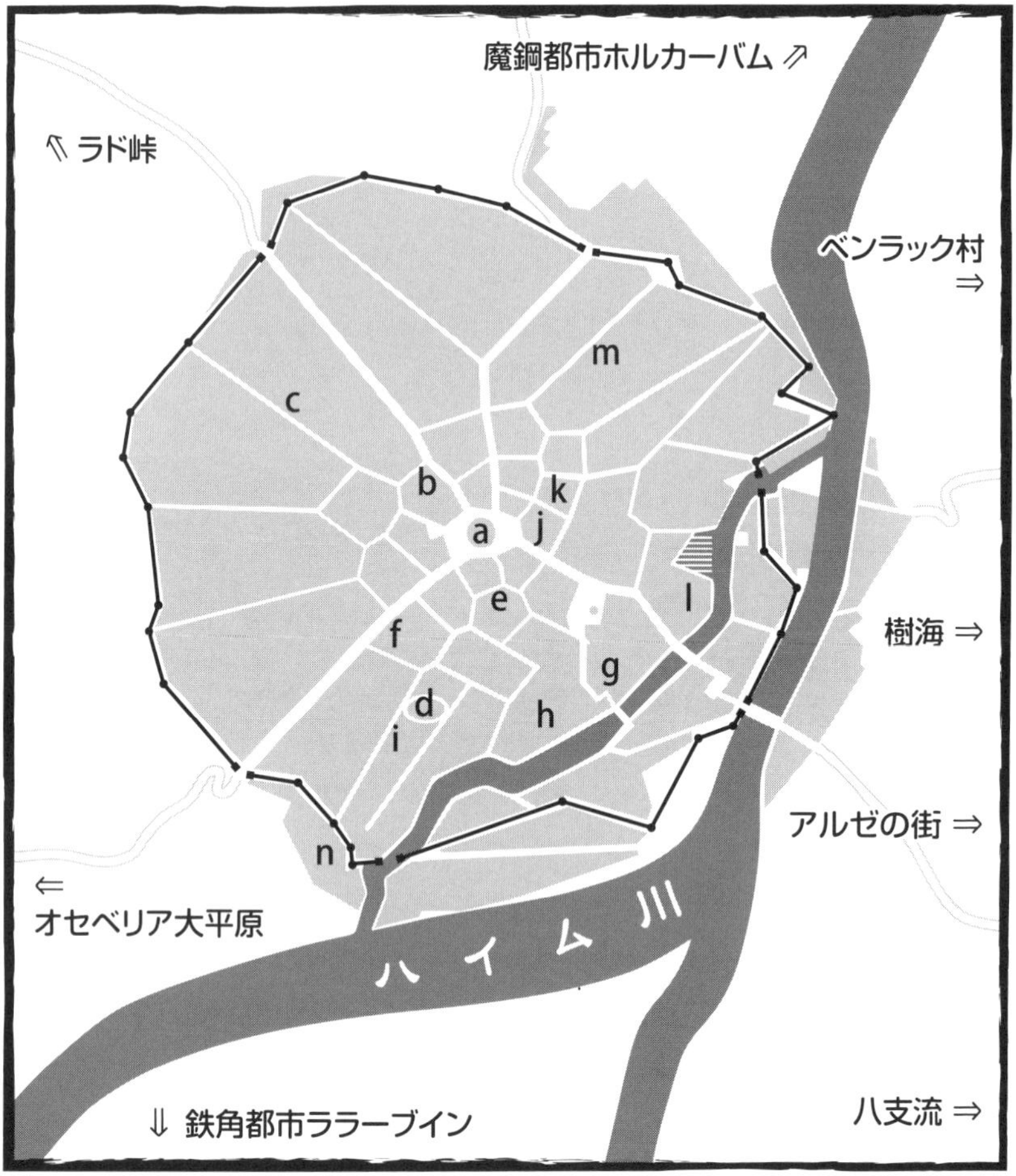

a：第一の円卓通りの迷宮出入り口
b：迷宮の宿り月（宿屋）
c：魔法街
d：闘技場
e：宗教街
f：武術街
g：カザネの占い館
h：歓楽街
i：解放市場街
j：役所
k：白の九大騎士の詰め所
l：倉庫街
m：貴族街
n：墓地

「槍使いと、黒猫。」舞台地図
南マハハイム地方
⇑ 砂漠都市ゴザート
⇐ 古代遺跡ムーゴ&メファーラの祠
ゴルディクス大砂漠
マハハイム山脈
北東、レリック地方 ⇒
■ゴルディーバの里
エルフの領域
（テラメイ王国）
ラド峠
太湖ルルザック
■太湖都市ルルザック
ドラゴン崖
魔霧の渦森
■魔鋼都市ホルカーバム
■葉脈墳墓
■城塞都市ヘカトレイル
レフテン王国
■王都ファダイク
■不屈獅子の塔
●塔烈都市セナアプア
■古都市ムサカ
■城郭都市レフハーゲン
ハイム川
迷宮都市ペルネーテ■
■ベンラック村
ペルヘカライン大回廊
オセベリア大平原
オセベリア王国
バルドーク山
サーマリア王国
グリフォン丘
穀倉地帯
■鉱山都市タンダール
■アルゼの街
ハイム川支流
樹海
王都ハルフォニア■
ノイルの森
ハウザンド高原
⇐ ラドフォード帝国
鉄角都市ララーブイン■
ララーブイン山
⇓ 王都グロムハイム

第二百五十三章「イギルの歌の聖戦士」

サジハリは俺《おれ》が選んだ二つの魔《ま》法書《ほうしょ》を凝視《ぎょうし》している。薄《うす》い魔法書は薄い紙製だが、魔力《まりょく》は分厚い魔法書よりも多く内包されていた。その分厚い魔法書は魔法辞典にも見える。

書物を保存するための帙《ちつ》と似た革《かわ》の装丁《そうてい》が施《ほどこ》されてあった。背には『イギルの歌：聖戦士』とタイトルが記されてある。

耳は盛り上がり溝《みぞ》は深い加工で、表紙には十字架《じゅうじか》の形の翡翠《ひすい》のような魔宝石が嵌《は》まっている。煌《きら》びやかだ。四隅《よすみ》の角革は白色の鋼で書物と帙は補強されていた。

留《と》め具もあるから、帙を開かないと中の書物が取り出せないタイプかも知れない。留め金は小口の一部を覆っている。帙だとしても留め金を外さないと開けない造りだ。

そして、大きさ的に鈍器《どんき》にも使えるかも知れない。留め金には魔宝石が鏤《ちりば》められている。これも煌びやかだ。タイトルに聖戦士とあるから光神ルロディス様と関係する貴重な魔法書だろう。二つの書物を持ちつつ、サジハリは、

「この薄い魔法書と分厚い魔法書はどこから？」

「レーレバ婆《ばあ》が国から奪《うば》った物だ」

「どこの国から奪ったんだ？」

「昔に北マハハイムから南マハハイムまで広大な領土を誇《ほこ》ったエルフの大帝国《だいていこく》があったのは知っているか？」

「あぁ、ベファリッツ大帝国か。そこから盗《ぬす》んだのか」

「否《いや》、レーレバ婆からはベファリッツ大帝国とも争ったと聞いているが魔法書は違《ちが》う国のだ。ベファリッツ大帝国の末期に各地で内戦が起きたのだが、その内戦を利用して独立を果たしたばかりの国から、魔法書を奪ったと聞いている」

「独立を果たしたばかりの国、宗教国家へスリファートか？」

「国の名は知らないねぇ。レーレバ婆は、完成間近の光る建物の一つを破壊《はかい》して、『中に保管されていた光り物を数個奪ってやったのさ！　あいつらは生意気にも私を捕《と》らえようとしてきたからねぇ。ただの古代竜《エンシエントドラゴン》ではない私を……』と、自慢気《じまんげ》に言っていた覚えがある。それが、その光り物の魔法書だ」

光る建物を破壊して魔法書を奪うか。宗教国家へスリファートなら聖堂かな。

あの国が魔族に対して攻撃的《こうげきてき》なのは、聖戦以外にもレーレバ婆にも要因があるかもだ。

魔境の大森林にある傷場から魔界《まかい》セブドラの勢力が進出し、アーカムネリス聖王国や宗

教国家へスリファートを侵略《しんりゃく》しようとした悪魔《あくま》の竜といった風に聖書に記述されているかも知れないな。そう考えてから、

「では、この薄い魔法書から読んでみる」

「あぁ、自由に読め」

頷《うなず》いてから薄い魔法書を読んでいく……言語魔法と似ている。が、異なるのか？

神と精霊《せいれい》に祈《いの》りを捧《ささ》げて詠唱《えいしょう》を行うはずだが、この魔法書には詠唱文は書かれていない。どういうことだろう。〝魔法基本大全〟に書かれていたことが、すべてではないと思うが、自分の声と魔力を糧《かて》に自然界の魔素《まそ》と神と精霊の力を借りることで初めて魔法が生成される。それが言語魔法のはずだ——そんな情報は直《す》ぐに消えた。魔法書から魔法文字と共に魔力が伝搬《でんぱん》してくる……魔法書の内容の理解が少し進むと書に記されていた文字が点滅《てんめつ》し、水に滲《にじ》み揺《ゆ》らぎながら消えるが、その文字のインクが強まりながら紙も不思議と薄まった。そんな現象が起きている間にも魔法書の理解が進む。

どうやら水を操作できる内容の魔法らしい……魔力で水の理に干渉《かんしょう》する。微少《びしょう》な振動《しんどう》を水分子に与《あた》えるように水の精霊と妖精《ようせい》を活性化させて、水の操作の補助が可能となり、俺の魔力が水の理にアクセス可能となるわけか……あぁ、なるほど……言語魔法だが〈水の即仗〉の水神アクレシス様の恩恵《おんけい》があるから普《ふ》通《つう》の言語魔法ではないんだな——。

魔法書の内容が一気に俺の心、精神、脳の意識を司《つかさど》るだろう魔力神経網《まりょくしんけいもう》の接合部位と全身を駆《か》け抜《ぬ》ける。水神アクレシス様に感謝だ——。

水の理と魔法書の理解が進むと魔法書は半透明《はんとうめい》になったが書物に戻《もど》る。

再び半透明となってまた元に戻ったところで、やや遅《おく》れて水の妖精たちが両手に纏《まと》わり付《つ》くような不思議な感覚を受けた。これは水の操作が可能になる魔法か——。

〈水の即仗〉を持つ俺だからこそ魔法書にも意味が出てくると理解できた。

最後の頁《ページ》の魔法文字を読み終えた後にも不思議な余韻《よいん》が残る……。

水の魔法の理解が更《さら》に深まったと理解した瞬間《しゅんかん》——。

脳内の何かが弾《はじ》けた。新たな知見を得たと理解——。

すると、魔法書は水に染《し》みこんだような色合いとなってからドバッと液体化。

その液体は気化したように一瞬《いっしゅん》で消えた——。

水属性の〈水流操作《ウォーター・コントロール》〉を覚えた。

——よっしゃ！

「水の魔法を得たか。見たことのない魔法書の消え方だったぞ」

「あ、はい。かなり貴重な水属性の魔法書だったようです」

「ほぅ」

「では、次の分厚い魔法書を読みます」

「ふむ」

——分厚い魔法書の留め金を外すと、その分厚い魔法書に魔力を吸い取られた。

その途端《とたん》、十字架型の魔宝石が表紙から抜け出《で》るように外れて真上に浮《う》かぶ。

分厚い魔法書の表紙には十字架の窪《くぼ》んだ跡《あと》がくっきりと残る。

魔宝石の十字架は分厚い魔法書の中に埋《う》め込《こ》まれてあった。

隣《となり》にいるサジハリに、この分厚い魔法書は偽物《にせもの》で魔宝石の十字架を格納する物だったのか？　と言うように視線を向けた。意味が通じたか不明だが、サジハリは『知らないねぇ』と意味を込めたかのように首を傾《かし》げる。表情には深みがあった。

浮いている十字架は横回転しつつ輝《かがや》きを強める。と、天道虫《てんとうむし》の形の魔力が大量に放たれ俺の周りを漂《ただよ》い始めた。光の天道虫か……地下で古の星白石《ネピユアハイシエント》の天道虫のペンダントを拾った際《さい》にも出現していた。ゾルの墓の時にも……。

そして、レベッカが持っていた古の星白石《ネピユアハイシエント》と俺が持つ古の星白石《ネピユアハイシエント》を合わせた際にも天道虫の群れが出現しては、レベッカのお父さんの幻影《げんえい》を見せたんだよな。その時と同じ現象だろうか？　すると、十字架から発生している天道虫の群れが一つに集約し太い光に変化を遂《と》げると、その太い光は書棚《しょだな》にあった翡翠の魔宝石へと注がれた。光を受けた翡翠の魔宝石は縦縞模様《たてしまもよう》の光を発して、十字架から出ていた太い光と縞模様《しまもよう》の光が衝突《しょうとつ》し、融合《ゆうごう》すると一気に光度が増していく。やがて、その光度が増した光から天道虫とデボンチッチたちが無数に現れては消え始めた。

「……吃驚《びっくり》だねぇ、こんな魔法とは……」

これも魔法なのか？　と疑問の言葉を口に出そうとした瞬間——書棚の翡翠の石がぷるぷると振動し蠢《うごめ》くと書棚から離《はな》れて十字架に引き寄せられて衝突。金属音が響《ひび》いたが直ぐに魔法書も十字架に引き寄せられて翡翠の石と魔法書と十字架が融合していく。やがて、一つの大きな十字架が誕生した。十文字の穂先《ほさき》でもあるのか？

その十字架にも似た十文字槍《やり》から光が迸《ほとばし》り、俺に近付いて来ると、目の前に耳長のエルフが出現——光の幻影のエルフだ。光の幻影のエルフは「ここはどこだ？」と周囲を見回して隣にいるサジハリを睨《にら》んでから俺を見つめて優《やさ》しい目に戻る。

と、彫刻《ちょうこく》のような固い微笑《びしょう》を浮かべて、

「……光の戦士よ。我を元の場所、金アロステの丘《おか》にある聖なる場所に戻せ」

「貴方《あなた》はいったい……」

「我はイギル・フォルトナー」

「イギル・フォルトナーとは何ですか？」

「嘆《なげ》かわしい……イギルの歌を知らぬのか……光神ルロディスと光精霊フォルトナから祝福された聖戦士の名を受《う》け継《つ》ぐ者だ」

そういえば、何処《どこ》かで聞いたような気がする。

「我をとは、その十字架のことですか？」

「そうだ。光神様、精霊様に祝福を受けた『聖槍《せいそう》アロステ』、アロステの十字槍。これをアロステの丘に刺《さ》し戻すのだ」

すると、浮いていたその聖槍アロステが俺に近付いてくる。右手で握《にぎ》ると魔力を聖槍アロステから感じられた。

「受け取ったな……この我の願いを成就《じょうじゅ》した際に、お前に祝福が宿るであろう」

その途端、幻影は姿を消して聖槍アロステだけが残った。するとサジハリが、

「……シュウヤカガリ。不思議な依頼《いらい》を受けたようだな」

「あぁ、が、元はお婆《ばあ》さんが盗んだことが、原因では？」

「……そうかもしれないが。アロステの丘に返すまでは、その聖槍を得たと同義であろう？」

「まぁ、俺には槍の武器は多いからな」

「返せば祝福が得られるとイギル・フォルトナーも、思念ではなく、話をしていたのだぞ。

光属性だと思うが相当な能力が得られると思うがな……」
「いつか返すとしよう。今は仕舞《しま》っておく」
アイテムボックスに聖槍アロステを仕舞う。そして、覚えたばかりの水属性の〈水流《ウォーター・》操作《コントロール》〉は嬉《うれ》しい。水が操作可能となる魔法。海と川で速く泳げるだろうし、船の操作も楽になるか？ 水の上を歩けるようになるのも大きい。水上戦闘《せんとう》で大いに役立つと予想できる。水に潜《もぐ》る時も使えるか。
この〈水流操作《ウォーター・コントロール》〉は一番の収穫《しゅうかく》だな。しかも〈水の即仗〉があるから覚えられたような感覚もある。
無詠唱はやはり便利だ。そして、今覚えている言語魔法は……。
初級：水属性の氷弾《フリーズブレッド》。
初級：水属性の氷刃《フリーズソード》。
中級：水属性の氷矢《フリーズアロー》。
中級：水属性の水浄化《ピュリファイウォーター》。
上級：水属性の水癒《ウォーター・キュア》。
上級：水属性連氷蛇矢《フリーズ・スネークアロー》。
烈級：水属性の氷竜列《フリーズ・ドラゴネス》。

闇《やみ》属性の闇壁《ダークウォール》。

ここに何級か不明の〈水流操作《ウォーター・コントロール》〉が加わる。

紋章魔法《もんしょうまほう》は全部で四種。

水属性の水壁陣《ウォーター・ウォールハーツ》。

水属性の水耐性《レジスト・ウォーター》。

水属性の凍刃乱網《フリーズ・スプラッシュ》。

闇属性の闇枷《グラバインド》。

紋章《もんしょう》は主に戦闘用の凍刃乱網《フリーズ・スプラッシュ》しか使っていない。〈古代魔法〉の中には自由度の高い紋章魔法もある。

《闇弾《ダーク・バレット》》と名を付けたが、古代魔法だから色々と弄《いじ》れる。他にも水壁陣《ウォーター・ウォールハーツ》と水耐性《レジスト・ウォーター》が使えるが、これらを暑い場所の【独立地下火山都市デビルズマウンテン】で使えば多少はマシだったのか？　ま、俺の場合は光魔ルシヴァル。吸血鬼《ヴァンパイア》系統だからな。無理に使う必要もないか。そして、闇属性の闇壁《ダークウォール》は槍使い的にも性格的にも合わない。潜入《せんにゅう》工作任務で、わたしは魔術師《まじゅつし》です。と、闇の魔法を使って身分を偽る時に使えるかも知れないが
……すると、サジハリが、

「その槍をすんなりと仕舞ったアイテムボックスは、腕輪《うでわ》の硝子《がらす》の中は動いているのか？

あまり見ない形だねぇ」

「迷宮産《めいきゅう》だと思う。予想はある程度しているが、未知のアイテムボックスだ」

「神獣使《しんじゅう》いであり、神話に登場するような槍使いのシュウヤカガリだからな。とんでもない代物《しろもの》なのだろう」

「神話か。俺としてはサジハリの方が神話に出てくるような偉大《いだい》な古代竜だよ」

「照れることを間近で言うな。では外へ行こうか。バルミントに見せたい場所がある」

「了解《りょうかい》、他の通路があるのかな」

視線をリビングから伸《の》びている廊下《ろうか》の先に向けながら話していた。

「下に続く階段の先に、モンスターが湧《わ》く迷宮に続いている地下通路もある」

迷宮か。不思議な家だな。少し興味があるが、魔術師のことが気になる。

「どんなモンスターが出現するのか興味はあるが、案内は不要だ。それよりも、先ほど話していた黒髪《くろかみ》の魔術師を見たい」

「ふむ。バルミントと修業《しゅぎょう》をしてから魔術師のところへ向かおう。魔術師がまだ生きていればいいがな？」

魔術師は死ぬような環境《かんきょう》にいるのか。笑《え》顔《がお》のサジハリと共にリビングを後にした。

サジハリの後ろ姿を見ながら、バルミントがいる場所へと向かう。外は夜。

壁《かべ》が明るいから、バルミントと黒猫《ロロ》が遊んでいる光景が見えた。

「ガォー」

「にゃあ」

バルミントと黒猫《ロロ》は両前足を壁に付けながら上下させている。

あぁ、爪《つめ》で壁を削《けず》っているのか。一心不乱だ……。

地面に黒い削りカスが大量に落ちていた。

「相棒とバルミント、その爪研《つめと》ぎは……もう手遅《ておく》れか……」

そう呟《つぶや》く間にも、相棒とバルミントは一生懸命《いっしょうけんめい》に爪研ぎを行った。

壁の黒曜石は綺麗《きれい》なだけに、爪跡《つめあと》が結構なことに……。

相棒とバルミントが削りまくっている壁も家の一部だ。家主のサジハリを怒《おこ》らせてしまうかも知れないとサジハリを見ると、サジハリは怒っていなかった……よかった。

否、単に気付いていないだけか。そのサジハリは石桶《いしおけ》の水溜《みずた》まりにいたスライムを掬《すく》うように掌《てのひら》に乗せていた。スライムはサジハリの手の上で可愛《かわい》く跳《は》ねて口を動かして会話を行っていた。サジハリは、そのスライムから魔術師のメッセージを受け取ったらしい。

「スラ吉《きち》……そう切羽《せっぱ》詰《つ》まったように何回も言うな、後で向かうと言っただろう。それと、わたしの大事な槍を使う客が、お前の主人を見たいそうだ」

「古竜《こりゅう》様のお客様ですね。しかし……軍勢が」

「しらん！　わたしに三度も言わせるな。魔人帝国《ていこく》ハザーンの軍勢だろうと、亜神《あじん》ゲロナスの手勢だろうが、こちらを優先する！」

サジハリは怒った口調だ。魔力の息を受けたスライムの体がぶよぶよと揺れていた。

スライムには可愛い目と口がある。そして、名はスラ吉か。可愛い。

「分かりました。向こうで古竜様を待っています」

スラ吉はそう言うと、ピョンと跳ねて体の下の部分を窪ませる。と、その窪ませた部分を一気に膨《ふく》らませて地面に衝突させた。その衝撃《しょうげき》を利用するように凄《すさ》まじい速度を出したスラ吉は山の方へと凄《すご》い速度で向かっていく。スライムのスラ吉か。しかし、スライムが普通に会話しているところは初めて見た。俺が知る迷宮のスライムは無機質だったし、食材となるスライムしか知らない。今のスラ吉は可愛い目玉のあるスライムだった。スラ吉に感動していると、サジハリは笑顔を俺に見せてから……此方《こちら》に歩み寄る。と、壁を削りに削る相棒とバルミントの爪研ぎを見て、笑顔のまま、

「お前たちは元気だねぇ。が、そこは遊び場所ではない。今後は壁を削るな。神獣も理解しているな？」

「ガォォ」

「にゃぉ」

サジハリに注意を受けた二匹《ひき》。ピタッと動きをとめてサジハリの足下《あしもと》に移動していた。良い子だ。

「ひゃひゃひゃ、可愛い子たちだ。良し、もう夜だが、わたしらに昼夜は関係ない。修業場所を見せるからついてこい」

「ガォ？」

バルミントはサジハリの後を付いていく。

「ンン」

黒猫《ロロ》は喉を鳴らしながら肩《かた》に戻ってきた。洞窟《どうくつ》の外に出て、迂回《うかい》するように崖《がけ》の反対側へ歩いていく。月明かりのお陰《かげ》で〈夜目〉を使わずとも平気だ。反対側についたが、所々にスキーのジャンプ台を連想させる平らな岩が大量にある。

「ここはわたしが幼い頃《ころ》、飛ぶ練習をした場所なのだ。そして、バルミントも今日からここで訓練を行ってもらうぞ！　さぁ、背中を見せなさい」

「――ガォォォ」

バルミントは元気のいい声で返事をしながら回って背中を見せる。サジハリは微笑《ほほえ》みながら、屈《かが》んで、そのバルミントの翼《つばさ》の端《はし》を両手で持つと強引《ごういん》に横へ広げていた。順繰《じゅんぐ》りに四枚の翼を広げていく。

「よし、今日から、この状態を維持《いじ》するんだ。あ、戻すな。この翼をこうやって――広げる感覚を覚えるんだ。いいね？」

バルミントの可愛い翼を広げたり縮めたり、面白《おもしろ》いことをサジハリはしている。俺もやりたい。

「ガォォォ！」

気合いが入った声をあげるバル。

「ひゃひゃひゃ、元気な声だ」

「ガオッ！」

「良し。この広げた状態の翼は動かさないでいいから、岩先から足を使って跳《と》ぶことを意識しなさい。背中の翼は無視してね、理解したかい？」

「ガッ、ガオォ――」

バルミントは『分かったガオ』といったように吼《ほ》える。

小さい歯は幼児の歯に見えて凄く可愛い。バルミントは走りながら岩の台からジャンプしていた。

小さく跳んで、着地をちゃんとしていた。少し空を飛んだかも。

「にゃおぉ」

肩にいた黒猫《ロロ》が片足をあげて『よくやったにゃ〜』といったように猫《ねこ》パンチを行う。俺的には幼いなりに見事な跳び具合に見えたが、サジハリの表情は厳しい。

「だめだだめだ。まずは飛ぶより跳ぶことを意識しろと言ったろう」

サジハリはバルミントを叱《しか》る。バルミントが背中の四枚翼を少し動かしていたことが気に食わなかったらしい。そこから鬼《おに》コーチ・サジハリの言葉が崖上に響いていく。

バルミントがジャンプ台を利用する間、サジハリは両腕《りょううで》で胸を持ち上がるように組みながら注意をしまくっていた。乳房《ちぶさ》が腕《うで》に乗っているように見える。

うむ、おっぱい神よ……いかん。視線をバルミントに戻すが、サジハリが渋《しぶ》い声を発する度に乳房が揺れるし、腕を上げる度に、乳房がぽよよんと揺れたように衣装が撓《たわ》むから、つい、バルミントを応援《おうえん》しながらも、そのバルミントが飛ぶ訓練より、サジハリの乳房に注目してしまう。朝日が昇《のぼ》るまで訓練は続く。

「今日はこんなもんでいいだろう。シュウヤカガリが見たいといった魔術師に会いに行く」

「ガォォ」

バルミントはどことなく疲《つか》れたような声で鳴いていた。

「バル、休んでいいんだぞ」

「必要ない！　預けたからには、口出しは無用だぞ。シュウヤカガリ」

ひぃあ、怒られた。完全に厳しい母親だ。

「あたしらは高・古代竜《ハイ・エンシエントドラゴニア》だ。人の範疇《はんちゅう》で考えてもらっては困る。将来、空を飛べないブヨブヨのドラゴンにしたいのなら別だが」

「分かった。すまん」

それはダメだ。飛ばねぇ豚《ぶた》はただの豚は困る。

「それもそうだな、バルミントを頼《たの》む」

「ひゃひゃひゃ、分かればいいさ。さぁ、向かうぞ――」

サジハリは赤竜に変身して、バルミントの首上を優しく咥《くわ》えると、己《おのれ》の首後ろに乗せていた。そして、俺に赤く縁取《ふちど》った眼でアイコンタクトしてから空を見上げると、一対《いっつい》の両翼《りょうよく》を羽《は》ばたかせて空高く舞《ま》い上《あ》がる。黒猫《ロロ》は、もう姿を大きい神獣へと変化させていた。斜面《しゃめん》の天辺《てっぺん》にいる凜々《りり》しい相棒に、「俺たちも続こうか」そう告げる前にも、触手《しょくしゅ》が腰《こし》に絡《から》んでいた。神獣ロロディーヌは、

「ンンン」

と、野太い喉声を発した。『さっさと行くにゃ～』と喋《しゃべ》っているように聞こえた。

そんな神獣ロロディーヌの背中に乗った。その背中の地肌《じはだ》と黒い毛を抱《だ》くように身を寄

せる。相棒の心臓音と黒い毛の感触《かんしょく》と地肌の温《ぬく》もりがたまらない――。

が、立ち上がりながら素早《すばや》くカレウドスコープを起動。「GO!」と掛《か》け声《ごえ》を発した。

瞬間的《しゅんかんてき》に体が持ち上がる感覚を得たところで――俺は相棒の頭部に運ばれる。

下の斜面は神獣ロロディーヌの後《うし》ろ脚《あし》の爪で抉《えぐ》られたかも知れないが、もう空の上だ。

サジハリの太い尻尾《しっぽ》を追いかけた。女魔術師が住むという迷宮の場所は赤竜サジハリが語っていたように、そう遠くないところにあるようだ。

サジハリは二つ程《ほど》大きい山を越《こ》えると赤い翼の片方を傾《かたむ》け旋回《せんかい》しながら深い谷間へと潜り込むように降下していく。そのサジハリの姿をカレウドスコープ越《ご》しに捉《とら》える。大きい赤い両翼と尻尾の長く太い造形が凄まじい。サジハリの大きさで山間から出ていた樹《き》が薙《な》ぎ倒《たお》された。と、そのサジハリが向かう谷間に複数の魔素の気配を察知した。

神獣ロロディーヌも山の角を思わせる樹を越えて旋回しながら谷間を降りる――。

右に山の斜面と地続きの大きい洞窟が見えた。横幅《よこはば》が数キロはある。

そんな大きい洞窟の前は平坦《へいたん》な土地で、左側に山を思わせる森が見えた。

森の樹の丈《たけ》は低い。そこにも複数の魔素を察知した。

サジハリは、大きい洞窟を守るように、平坦な場所で多数のモンスターと戦っている。

サジハリは大きいが、洞窟の出入り口のほうが巨大《きょだい》だ。そして、位置的に、その大きい洞窟をサジハリが守っていると分かる。モンスターたちは、大きい洞窟が目当てか。

あの大きい洞窟の中に魔術師がいるようだな。サジハリは、長く太い尻尾を鞭《むち》の如く伸ばし、洞窟の前にいたモンスターたちを薙ぎ倒す。すると、その尻尾をぶあんと音を立てながら真上に動かす。そのまま山の斜面を削るように迅速《じんそく》に振《ふ》り下《お》ろした。

ドドッと重低音が響いたようにモンスターたちを圧殺。

地面ごと陥没《かんぼつ》させて複数のモンスターを倒した。赤竜サジハリは動きを止めない。

尻尾を振り上げながら左翼《さよく》と右腕《みぎうで》を振るう。翼から無数の赤い鱗《うろこ》が飛ぶ——。

右腕が伸びて大剣《たいけん》と化していた。翼から放たれた赤い鱗は杭状《くいじょう》か。その赤い礫《つぶて》に貫《つらぬ》かれたモンスターは体が穴だらけになって倒れた。右腕の大剣が左上から右下に振るわれると、大柄《おおがら》なゴブリンたちの胴体《どうたい》が斜めに両断されていく。

そんな赤竜サジハリの体に無数のジャベリンミサイルのような槍が連続的に衝突した。強力そうな槍だったが、サジハリの鱗には傷はない。刺さらず跳ね返る。

威力《いりょく》の高い〈投擲《とうてき》〉だと思うが、サジハリの赤い鱗は鉄壁《てっぺき》だ。

魔竜王《まりゅうおう》バルドークを思い出す。赤竜サジハリは頭部を支える太い首と胴体を横に素早く回した。そのまま槍の〈投擲〉を行った豚の頭部を持つモンスターに向けて口を広げ「グオラァァ」と咆哮《ほうこう》を発すると、モンスターたちに、歯並びの良い巨大な竜の歯牙《しが》を見せつけるように頭部を突《つ》き出《だ》した。巨大な頭部と上半身が伸びたようにも見えた赤竜サジハリは、豚の頭部を持つモンスターの頭部を豪快《ごうかい》にマル齧《かじ》り――。

その豚の頭部のモンスターは一瞬で上半身を失った。

サジハリは、その上半身を咀嚼《そしゃく》せず肉塊《にっかい》として外に吐《は》き出す。

上半身を失ったモンスターの半身は巨大な質量物体が通《とお》り抜けたような傷痕《きずあと》から盛大に血を噴出《ふんしゅつ》させながら倒れた。続けてサジハリは鱗の一部を杭へと変化させる。先ほど翼から飛ばしていた鱗の形状を杭に変化させた飛び道具だろう。

杭状の鱗を大量に飛ばす。杭状の鱗が向かった先は、大きいゴブリン。その体を一瞬にして、杭状の鱗が貫きまくった。ゴブリンたちの体は吹《ふ》き飛《と》ぶように散る。

ドドドドッと重低音を立てながら大きいゴブリンたちごと地面を削りまくった。

赤い杭状の鱗はガトリングガンから射出されていくオレンジ色の閃光《せんこう》に見えた。

凄まじい勢いで赤い杭状の鱗は剣士《けんし》と魔法使《まほうつか》いの体をも穴だらけにしていた。

魔法使いは盾《たて》のような魔法防御《ぼうぎょ》の魔法を繰《く》り出していたが、その魔法防御の魔法は貫通《かんつう》されている。そして、モンスター以外にも人族か魔族のような軍勢がいるようだ。

しかし、いきなりの凄まじい乱戦か。

すると、サジハリの左側に拡《ひろ》がる森から不可思議な閃光が生まれ出た。

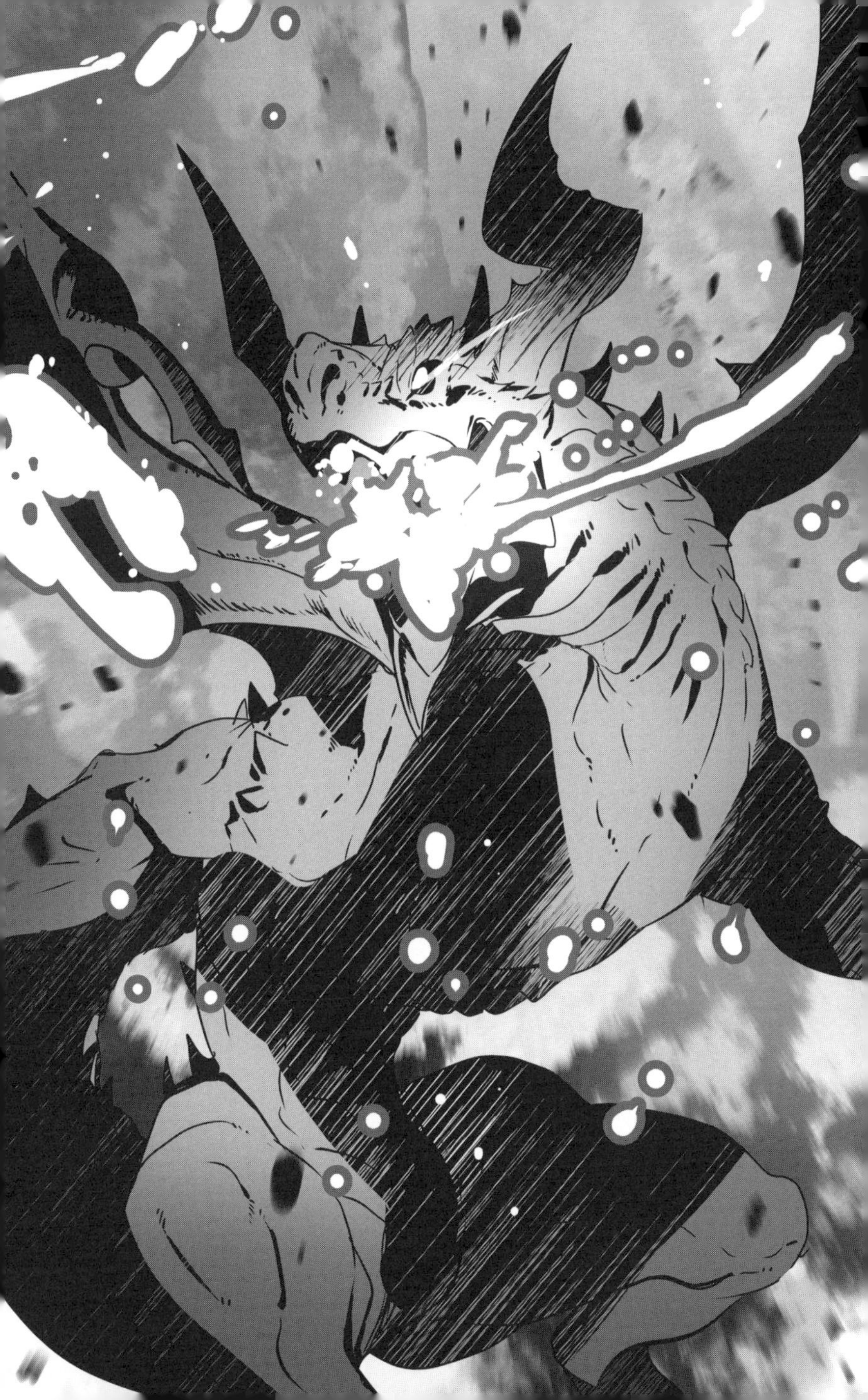

閃光と共に波紋《はもん》を感じさせるような不思議な音が響く。閃光は曲線を描《えが》き一つの環《わ》を作ると虚《うつ》ろな魔力の環を生成。その魔力の環が次々と出現していく。ゲート魔法なのか？

　その魔力の環から魑魅魍魎《ちみもうりょう》のモンスター軍が、次々と出現してはサジハリが守る大きい洞窟へと殺到《さっとう》していく。モンスター以外にも人族と魔族らしき存在が多い。

　敵の増援《ぞうえん》が来たな。赤竜サジハリは、そんなモンスター軍を大きい洞窟に入らせまいと奮闘《ふんとう》。サジハリは口から紅蓮《ぐれん》の炎《ほのお》を吐き出した。強烈《きょうれつ》な炎の息吹《いぶき》は人族と魔族のような存在を一気に燃やしていく。そして、平坦な土地を埋め尽《つ》くす勢いで炎が拡がった。そんなサジハリの炎の息吹だったが、途中《とちゅう》の宙空でねじ曲がって他の方へと散ってしまう。モンスター軍の半分はサジハリの炎の息吹を悠々《ゆうゆう》と避《さ》けながら赤竜サジハリを無視しては、大きい洞窟の中へ雪崩《なだ》れ込んでいく。サジハリもさすがに、すべては追えないか。そんなサジハリの頭に乗っているバルミント。ちゃんと、サジハリの動きを観察している。毛の先ほどの危惧《きぐ》心もない純粋無垢《じゅんすいむく》なつぶらな瞳《ひとみ》だ。少し安心したところでサジハリを避けて洞窟の中に入っている軍勢を凝視。数が比較的《ひかくてき》多いのは、人族とバッタが融合したモンスターだろうか。包丁で切られたような切れ目が幾《いく》つも入った人型の上半身に二本の腕を持ち、バッタのような下半身を持つモンスター。

　次に多いのはマチェーテを持った騎士《きし》風の大柄なゴブリン。

背の高い四腕で直立二足歩行の魔族。

豚の頭部に体がゴリラのようなモンスター。

その豚とゴリラが融合しているモンスターは破城槌《づち》の兵器と繋《つな》がっている鎖《くさり》を胴《どう》に巻き付けて破城槌を運んでいた。数は少ない。

他には軍隊の徽章《きしょう》が胸に付いた革の鎧《よろい》を身に着けマントを羽織る長剣《ちょうけん》を持つ者。

軍服を着てマントを羽織り魔杖《まじょう》を持った魔法使いらしき者たち。

それらの軍勢の中には、手甲《てっこう》と指先から光る糸を射出してサジハリに攻撃《こうげき》している者もいた。光る糸を繰り出している者は素早い。サジハリも敢《あ》えて無視している状態に見えた。

光る糸、略して光糸による遠距離《えんきょり》攻撃《こうげき》を繰り出している者を凝視――軍服は他よりも少し豪華《ごうか》。階級が上かも知れない。糸使いで冒険者《ぼうけんしゃ》にも見える存在か。

昔、エヴァは光糸を使う存在を見て『ん、光斬糸を扱《あつか》う冒険者』と発言していた。

そのエヴァは『先生が教えてくれた。一部の優秀《ゆうしゅう》な冒険者と武芸者の中には、糸を使う強者がいると。鋼糸、緑糸、銀糸、金糸、光糸、闇糸、色々種類があるらしい』と言っていた。そんな強者の冒険者にも見える人族と似た種族は多い。が、あくまでも人族の見た目だから魔族かも知れないな。脳を有した直立二足歩行を行う知的生命体は普《ふ》遍的《へんてき》だ。

軍勢の数は数千は超《こ》えている。女魔術師の危機かも知れない。

ゲートは消えたから援軍《えんぐん》はないと分かるが、またゲートが出現したら直ぐに援軍が来るからな……そして、消えたゲートは俺が扱う二十四面体《トラペゾヘドロン》やクナ製の地面に設置するタイプの転移陣《じん》とは異なるだろう。その軍勢がサジハリの守る洞窟に突進《とっしん》していくのを見ながら――。

イモリザに『腕として出てもらう』と思念で指示を出す。

第六の指状態のイモリザは黄金芋虫《ゴールドセキュリオン》の姿に変身し、俺の右腕を伝い、いつもの肘《ひじ》の付け根ではなく脇《わき》の位置に第三の腕を作った。

腰ベルトから鋼の柄巻《つかまき》のムラサメブレードを抜こうと、新しい右下腕の手を腰に差し向けてムラサメブレードを抜く。魔力を掌から直に鋼の柄巻に伝えると放射口からプラズマのような光る刃がブゥゥンと音を発しながら伸びた。

この鋼の柄巻から未来的な光刀が生える様は熱を感じるから怖《こわ》さがある。

少しずれたら足がジュワッと燃えるわけで。鋼の柄巻に注いでいた魔力を止めた。

続けて肩の竜頭装甲《ハルホンク》を意識。魔竜王バルドークの鎧と光輪防具《アーバー》だった装備を装着しているイメージを思い浮かべると、イメージを汲《く》み取《と》った肩の竜頭装甲《ハルホンク》は口を広げて、その口から紫色《むらさきいろ》の鱗と魔竜王バルドークの素材を吐き出した。一瞬で、魔竜王鎧《まりゅうおうよろい》が体に装着された。左腕《ひだりうで》もブーさんがくれた光輪防具《アーバー》だった物が活《い》かされている。二の腕から腕先まで斑《まだら》模様の環が連なる篭手《こて》。邪神《じゃしん》シテアトップ戦で壊《こわ》れてしまったが、それごと肩の竜頭装甲《ハルホンク》が飲み込んでくれた品を活かした防具だ。

——さて、神槍ガンジスと魔槍杖《まそうづえ》バルドークを消去——。

相棒の頭部に片膝《かたひざ》を突いて、相棒の頭部を片手でマッサージ。

この三腕と装備に二槍流＆ムラサメブレードで突撃《とつげき》を噛《か》ますか。

「ロロ、俺たちも乱入だ。先に飛ぶぞ」

「ンン、にゃぁぁ」

相棒が元気よく鳴いて頷くように頭部を傾けた。

その相棒の頭部を撫《な》でてから、頭部を離れて飛翔《ひしょう》——。

慣性で落下中に指輪の闇の獄骨騎《ダークヘルボーンナイト》を触《さわ》った。その指輪から黒い糸と赤い糸が地面に向かう。

沸騎士たちを召喚《しょうかん》していると地上から光線？　否、光糸の攻撃が飛来してきた。

急いで頭部を傾けた。スレスレで光糸の攻撃を避けた。

光糸の間合いが蛇の如く伸びてきたから、足下に〈導想魔手《どうそうましゅ》〉を生成し、それを蹴《け》って斜め横に跳んで避けた。が、次に飛来してきた光糸の攻撃は避け難《にく》い——。

頭部を傾けて光糸を避けたが痛ッ、光糸は速かった。頬《ほお》を掠《かす》り皮膚《ひふ》が大きく裂《さ》けた——

頬から伝った血が耳朶《じだ》を叩《たた》く。再び下から光糸が迫《せま》った。

左右の手に魔槍杖バルドークと神槍ガンジスを再召喚。

痛みを魔槍杖バルドークに乗せるように右下から左上へと振るい上げた。

目の前に迫っていた光糸を紅斧刃《べにおのば》で捕らえ両断――。

この光糸を射出してくる存在は、人族と魔族に似た種族で、直立二足歩行を行う者。

その敵に向けて左手を翳《かざ》した。飛び道具なら飛び道具――。

左手首の〈鎖の因子〉から〈鎖〉を射出――。

〈鎖〉は銃《じゅう》から発射された弾丸《だんがん》の如く斜め下に直進し光糸を貫いた。

その〈鎖〉は光糸を射出していた者の腕と頭部を貫いた。

――ヘッドショットが決まる。〈鎖〉が伸びきった状態で地面に着地。相棒も着地した。

神獣《ロロ》は体を黒豹《くろひょう》の姿に変化させた。俺たちが降りた場所は大きい洞窟の入り口から少し離れた右の端か。そのまま巨人《きょじん》の口を連想させるような大きい洞窟に入る軍勢と、その軍勢を屠《ほふ》るサジハリが戦っている広い平地を把握《はあく》していく。すると、

「沸騎士ゼメタス、今ここに！　雑魚《ざこ》は私たちにお任せを！」

「沸騎士アドモス、我らに滅殺の指示を」

沸騎士たちが真横の地面に誕生していた。伸びた〈鎖〉を消去しつつ、その沸騎士たちに、

「見ての通り、囲まれた状況《じょうきょう》だ。判断は任せると言いたいが、赤竜サジハリに近付かないようにな。尻尾などの攻撃に巻きこまれたら大ダメージは確定だ」

「ハッ、お任せを」

「承知！　ゼメタスに負けませぬ！」

「ぬ、我こそが一番槍をもらうぞ！」

第二百五十四章「魔人殺しの闇弾《あんだん》」

魔人は魔族と呼びたくなる。どちらでもいいか。そして、まずは、上半身が大柄な人と似た、下半身がバッタのモンスターから狙《ねら》うか。数は見えている範囲《はんい》だけで数十といる。と、その二腕を持つバッタモンスターをよく見たら長い腕と上半身も人族のものではない。頭部には短い触角《しょっかく》と眼《め》と口器がある。前翅のような部位は両肩《りょうかた》で畳《たた》まれている？　分厚い胸には切れ目のような襞《ひだ》が多い。異常に長い両腕の手で歪《いびつ》な形の骨槍を持っていた。指の数は少なく太い。下半身には複数の長い付属肢がある。腹脚、遊泳脚、生殖《せいしょく》肢の区別はつかないバッタのような長い脚が複数あった。その二腕を持つバッタモンスターに対して先駆《さきが》けを競《きそ》う沸騎士ゼメタスとアドモスの不意を突くように前進し二人を抜かす。

「先に動くぞ——」

「閣下が先に！」

「アドモス、閣下に遅れるな！」

「——ぬぅ、負けん、ゼメタス！　閣下の盾！」

「おう、閣下の盾は私たちの務め！」

沸騎士たちの気合いを入れる言葉を背中に感じながら駆けた。

「ンン」

神獣ロロディーヌが右斜め前方に出た。相棒は黒豹のような黒い獣《けもの》に変身している。

黒豹《ロロ》は急激に動きを止めるような摺《す》り足《あし》でマチェーテを持つ大柄なゴブリンに近付く。

と、しなやかに跳んで大柄なゴブリンが振るったマチェーテの刃を避けては四肢《しし》で地面を蹴ってマチェーテを振るった大柄なゴブリンに飛び掛かった。

両前足から伸びた爪が大柄なゴブリンの鎖骨《さこつ》に突き刺さる。そのままのし掛かったゴブリンの首筋を一気に噛み切《き》りながら、その大柄なゴブリンの体を踏《ふ》み台《だい》にするように蹴り飛ばし他の獲物《えもの》に向かった。見事な倒し方、否《いや》、狩《か》り方と言える。まだモンスターと魔人の軍勢は多いが、相棒とゼメタスとアドモスの実力を信じて駆けた。

二腕を持つバッタモンスターとの間合いを潰《つぶ》す。そのバッタモンスターは骨槍を構えてきたが、対応は可能――槍圏《やりけん》内に入った直後――。

魔槍杖バルドークの柄の握りをズラし、二腕を持つバッタモンスターが突き出してきた骨槍の穂先を魔槍杖バルドークの紅矛《べにほこ》で受け流し、その魔槍杖バルドークを左下から右上へと振るう。紅斧刃が二腕を持つバッタモンスターの脚と下腹部を斬《き》った。数本の長い脚が宙を飛ぶ。「げぁ！」と叫《さけ》ぶ二腕を持つバッタモンスターを見るように右足の踏み込みに力を入れながら魔槍杖バルドークを握る右腕と背筋と腰に、力と〈血魔力《ちまりょく》〉を込めつつ魔槍杖バルドークを左へと迅速に振るう〈豪閃〉を繰り出した。

紅斧刃が二腕を持つバッタモンスターの脚を一気に刈《か》り取った。殆《ほとん》どの脚を失った二腕を持つバッタモンスターは、

「うぎゃぁ、ぶべあぁ」

とまたも叫び声を発して体勢を崩《くず》す。口の器官は魔人たちと同じなのか。

その体勢を崩すどころではない二腕を持つバッタモンスターの胴目掛《どうめが》け――右足の踏み込みを実行し、腰を捻《ひね》りながら左手で握る神槍ガンジスの〈刺突〉を繰り出した――。

螺旋《らせん》回転している方天画戟と似た双月刃《そうげつば》の穂先が二腕を持つバッタモンスターの胴を貫いた。「げぇ」と悲鳴を発しながら血飛沫《ちしぶき》が散った。

押《お》し出した神槍ガンジスを持つ左腕を引きながら、その血を吸収し、引き戻していた右手の魔槍杖バルドークで再度――〈刺突〉をバッタモンスターの頭部に繰り出す。

そのバッタモンスターの双眸《そうぼう》ごと頭部を紅矛と紅斧刃がぶち抜いた。二腕を持つバッタモンスターの頭部と脚を失った肉塊は倒れた。その直後、二本の腕が伸びている俺《おれ》に、

「――ヌゴァァア」

「ゴロゼェ――」

「隙《すき》ダラケ！」

と叫びながら群がってくる大柄なゴブリンと長剣を持つ軍服を着た人族っぽい部隊。

油断ではないが、両手を下ろし、軍服を着た連中を見た。

そのままイモリザの第三の腕を意識し、第三の腕の手を腰に沿わせる。

軍人たちの額の端には角が生えている。人族ではなく魔族か、魔人か。

四腕と二腕がいる。魔族と魔人の兵士の格好はほぼ一緒《いっしょ》で区別がつかない――。

大柄なゴブリンが振るってきたマチェーテの斬撃を避けた。

爪先《つまさき》に体重を預けつつ爪先を軸《じく》とする爪先回転の避け技術でマチェーテの刃を避けていく。大柄なゴブリンがマチェーテを振るう度に体を横回転させて、マチェーテ祭と叫びたくなる攻撃の連鎖《れんさ》を避け続けた。だいたいの間合いは掴《つか》めた――が、入念に、大柄なゴブリンたちが連続的に振るい突いてくるマチェーテの突きと斬撃を鼻先三寸といった距離間になるまで避けたところで右下腕で鋼の柄巻を振るった。鋼の柄巻の放射口から伸びている青緑色に光るムラサメブレードが大柄なゴブリンのマチェーテごと太い腕を切断。

そのまま前進する機動力を鋼の柄巻に乗せるように袈裟懸《けさが》けを繰り出した。

腕を失っている大柄なゴブリンの肩口《かたぐち》から青緑色のムラサメブレードの刃が捉えるがま

ま分厚い腹までを両断。その死体を吹き飛ばすように床《ゆか》を蹴って前進──。

　左下腕の鋼の柄巻で八の字を作るように振るう。

　ブゥゥゥンと音を響かせているる青緑色のムラサメブレードが、ゴブリンが振るったマチェーテの刃を弾《はじ》き溶《と》かし、魔族か魔人か不明の兵士が繰り出してくる矛の突きと剣の薙ぎ払《はら》いを流れるように弾き溶かす。更《さら》に、四体の大柄なゴブリンの腕と腹を薙ぎ斬った。

続けて、魔族か魔人か不明の兵士たちの首を切断しながら二体の大柄なゴブリンと槍圏内となった。二体の大柄なゴブリンは完全に鋼の柄巻の放射口から伸びているムラサメブレードを注視している。次の瞬間《しゅんかん》──その二体のゴブリンの頭部目掛《めが》けて魔槍杖バルドークと神槍ガンジスの〈刺突〉を繰り出した。二本の紫電《しでん》を彷彿《ほうふつ》とさせる神槍ガンジスと魔槍《まそう》バルドークの穂先が二つのゴブリンの頭部を突き抜《ぬ》けた。両腕が伸びきった状態となった。

周囲には先ほどと同じく隙だらけの体勢に見えるだろう。案の定、

「ココデ、仕留メル！」

　魔刀を持つ四腕魔族が魔刀を突き出してきた。素早く両腕を引き、体を独楽《こま》のように扱う回転避けを行い、その魔刀の切っ先を避けた。ハルホンクの防護服の一部が掠《かす》った。

「クッ、疾《はや》イ──」

　と言った四腕魔族は二眼。他の魔族兵士や魔人兵士とは違《ちが》うことを示すように、その四

腕魔族は〈魔闘術〉系統を強めて加速してきた。思わず〈魔闘術の心得〉を意識した。

四腕魔族は、額に太い角があり、片側の顔が歪《ゆが》んで口の器官がないように見えた。

他とは異なる軍服を着ている。一般《いっぱん》兵士ではなく将校クラスだろう。

近くにいる二体の魔族兵士も格好が少し異なっている。

二腕だが四腕魔族の側近か？　その魔族か魔人の兵士は魔槍を扱う。

その魔槍で俺の足を刈ろうと連続的に足を突こうとしてきたが、そのすべての攻撃を受けず、爪先回転と爪先半回転の回転避けで、攻撃を避け続けた。

そのまま四腕魔族と二人の魔族兵士の動きと、周囲のモンスターの動きを予測していく。

と視界の端に大柄なゴブリンが味方の動きに阻《はば》まれ動きが鈍《にぶ》くなっているのが見えた。

片手で地面を突く――その片手だけの側転から地面を強く蹴って跳躍《ちょうやく》を行った――。

宙空で体を捻る。

「落とせ‼」

「「おう」」

下から宙を飛ぶように跳んだ俺を攻撃しようとしてきた四腕魔族と、その側近の二体の魔族と他の魔族兵士の攻撃を〈導想魔手〉を囮《おとり》に避けつつ〈導想魔手〉を直《す》ぐに足下に生成。その〈導想魔手〉を蹴って大柄なゴブリンへと近付いた。

宙空で、そのゴブリンの頭部へと両足を突き出す——アーゼンのブーツの裏《うら》でゴブリンの頭部を潰す——ドロップキックを喰《く》らわせた。足裏の手応《てごた》え十分！

頭部が潰れた大柄なゴブリンは吹き飛んで背後にいた魔族たちと衝突《しょうとつ》。

即座《そくざ》に〈魔闘術〉を強めつつ背中に〈導想魔手〉を生成——その〈導想魔手〉に体を預けて〈導想魔手〉を操作して体勢を直しながら両足で地面に立ちつつ魔槍杖バルドークを掲《かか》げた——四腕魔族が突き出してきた魔刀の突きを柄で防ぐ——。

「チッ、先ホドトイイ、何ダ、ソノ魔力ノ手ハ！」

四腕魔族がそう発言し、少し後退。その間に大柄なゴブリンが俺の背後に移動したことを把握。複数の金属音が響《ひび》く中——ドッという音が背中から響く。

〈導想魔手〉で、大柄なゴブリンが振るったマチェーテの斬撃を防ぐ。即座に、半身の姿勢から、反撃《はんげき》の魔槍杖バルドークに魔力を通し隠し剣《氷の爪》の〈刺突〉を大柄なゴブリンに繰り出した。その鎧ごと腹をぶち抜きながら直進した如意棒《にょいぼう》のような隠し剣《氷の爪》を消す。魔槍杖バルドークを素早く回転させて引く。

「——マタカ！　魔力ノ手！」

四腕魔族はそう発言。幾度《いくど》も〈導想魔手〉の掌が、俺を守ったことが気に食わないらしい。その四腕魔族は〈魔闘術〉系統を強めながら魔刀で突いてきた。

魔槍杖バルドークで〈刺突〉のモーションを取りつつ神槍ガンジスの柄で、その魔刀の切っ先を受け弾く。その間に鋼の柄巻を握《にぎ》る第三の手を微妙《びみよう》に動かした。

更に、そのムラサメブレードの切っ先を大柄なゴブリンたちに向けて牽制《けんせい》を行った。

「――ゴブリン共、数で押すのだ！」

四腕魔族の声を耳にしながら鋼の柄巻に魔力を通し、止めるを繰り返す。

そして、大柄なゴブリンに向け一歩二歩と跳ぶような歩法のフェイクを行う。

「今だ、囲め！」

四腕魔族が声を発した。即座に、その四腕魔族の斜め横に出て――、

「――四腕、喋っている間に、胴が空いているぞ――」

と、言葉を投げかけながら左にいる四腕魔族目掛け、迅速に左腕ごと振り上げるような神槍ガンジスの〈豪閃〉を繰り出した。斜め左下から四腕魔族の腹に向かう双月刃が、その腹を捉え、一気に四腕魔族の肩までを両断――「げぇ――」と、二つに分かれた四腕魔族にある片方の頭部の口から響いた悲鳴だ。その体をムラサメブレードが貫いた。ほぼ同時に神槍ガンジスと魔槍杖バルドークで〈白無穿〉を繰り出した。左右の腕が槍と化す。

双月刃と紅矛と紅斧刃の穂先《ほさき》が、もう一つの四腕魔族の体を派手に貫いた。

「四腕のウダン様が！」

「……軍団長候補の……」

二人の側近がそう発言。俺は神槍ガンジスと魔槍杖バルドークを持つ両腕が伸びきった体勢だったが、踏み込《こ》んで来ない。大柄なゴブリンの部隊も俺を見て動きを止めている。

重心を下げながら素直《すなお》に両腕を引く。肩を動かすように呼吸を整える仕草《しぐさ》を周囲に見せた。

ゼロコンマ数秒、一秒、二秒とワザと間を空ける。十秒後、剣呑《けんのん》な雰囲気となったところで、来ないのなら俺から出ようと、〈血道第一・開門〉を意識し、全身から〈血魔力〉を発し、血を撒《ま》き散《ち》らしながら大柄なゴブリンに直進した。

「ぬぁぁ」

と大柄なゴブリンは怯《おび》えたような声を発しながらマチェーテを振るうが遅《おそ》い——。

ゴブリンが振るうマチェーテの軌道《きどう》を読みながら魔槍杖バルドークで〈白無穿〉を繰り出した。前方に突き出た魔槍杖バルドークの紅矛がマチェーテを弾きながら大柄なゴブリンの鎧ごと、その太い腹を豪快に突き抜けた。その右手で握る魔槍杖バルドークを消す。

胸に風穴が空いたゴブリンは絶命。が、そんなゴブリンの頭部目掛けて左手で握る神槍ガンジスで〈刺突〉を繰り出した。蒼《あお》い槍纓を率いるような方天画戟と似た穂先が、もう死んでいるゴブリンの頭部を突き抜けた。頭部は爆発《ばくはつ》したように散る。その頭部を失い胸に穴が空いているゴブリンの死体を踏み台にして斜め上へと跳躍を行った。

「――宙に跳んだぞ！」

「仲間を踏み台にしやがって、ふざけた軽業師《かるわざし》が！」

「上だ、上だ！」

「無理をするな、皆《みな》、着地際《ぎわ》を狙え！」

「突き刺《さ》せ――」

「ギォ！　ギャッ、ゴロゼ――」

「ギャギャッ、オチテクルトコロヲ、ネラエ!!」

「行くぞ、着地際だァァ――」

足下に〈導想魔手〉を生成し、それを蹴り跳ぶ。下から魔族か魔人の兵士たちと、大柄なゴブリンたちが、俺を追うように魔剣《まけん》と魔槍とマチェーテで突いてきた。その勢いは剣《けん》山《ざん》の如く――だったが、靴底《くつぞこ》を掠るのみ――更に、下から迫る切っ先と穂先の勢いを利用するようにアーゼンのブーツの靴底で、穂先と切っ先を蹴りつけ跳んで避けていく。

魔人たちの体も踏み蹴っては前方へとピョンピョンと跳躍を繰り返した。

そして、〈導想魔手〉を足下ではなく、背や脇腹《わきばら》に生成し、その〈導想魔手〉で、俺の背と脇腹を叩くように体を横へと動かす無理やりな軸ずらしを宙空で行いゼロコンマ数秒経《た》たず足下に〈導想魔手〉を生成し直す。その〈導想魔手〉を蹴って前に跳ぶ――といった立体機動戦術をいくどとなく連続実行し、変則機動で宙空を移動していった。

「なんだあれはぁぁ」

「――紫《むらさき》の閃光か⁉」

「速すぎる！　宙空を跳《は》ねて、突然《とつぜん》加速しやがる！」

魔人か魔族か不明の敵兵士たちは、〈導想魔手〉を活かした立体機動戦術に対応ができていない。着地際も悟《さと》らせない――宙で踊《おど》るような機動で魔人兵士に近付いた。

前転から〈導想魔手〉の掌《てのひら》の面を両足で蹴って前方に直進――。

その加速した勢いを魔槍杖バルドークに乗せた〈豪閃〉を繰り出した――〈豪閃〉の紅斧刃が二体の二腕を持つバッタモンスターの頭部を両断。四つに分割《ぶんかつ》された頭部は見ず、続けざま、上げていた左腕を下に振るう〈豪閃〉を発動――。

頭部を失ったバッタモンスターの胴の一部を方天画戟と似た穂先が捉えた。そのまま胴を縦に両断しながら普通《ふつう》に着地と思ったが――バッタモンスターの血飛沫を浴びながらも横から間合いを詰《つ》めてきた四腕魔族がいた。四腕魔族の持つ魔刀の切っ先を視界に捉えながら左手の神槍ガンジスを持ち上げる。

「コロス――」

四腕魔族の魔刀の突きを、神槍ガンジスの柄で防ぐ。その突きを繰り出してきた四腕魔族は先ほどと異なる頭部の造形だ。将校はまだいるのか。その四腕魔族に反撃はせず――目の前にいる大柄なゴブリンへと前転し、大柄なゴブリンの頭部へと浴《あ》びせ蹴《げ》りを喰らわせた。大柄なゴブリンの頭部を蹴りで潰しながら肩へと魔槍杖バルドークの〈刺突〉を繰り出した。頭部が潰れた大柄ゴブリンの肩から下へと体を豪快に貫いた魔槍杖バルドークの穂先が地面と衝突。血濡《ちぬ》れた魔槍杖バルドークで体を支えて体勢を直そうと思ったが――。

「我ガ、オマエヲ倒スッ――」

と、先ほど突きを防いだ四腕魔族が背後から迫る。

魔槍杖バルドークを消しながら、背後の足下に〈導想魔手〉のパーを作りながら振り上げた。四腕魔族の魔刀を下から突き上げて防ぐ。と同時に――、

「ナッ⁉」

横に跳んだ。〈導想魔手〉の指や掌は四腕魔族の魔刀に貫かれ切断されていると感覚で理解しつつ地面を蹴って四腕魔族に向け反転直進――。

四腕魔族の腹目掛け、右下腕の手が握るムラサメブレードで〈水車剣〉を実行――。

シュパッと四腕魔族の胴をムラサメブレードが通り抜けた。胴抜《どうぬ》きが決まる。振り返りつつ戦場を把握。四腕魔族の胴から分断された上半身はズレて落ちた。輪切りの傷痕を残

す下半身の両足は地面を捉えたままだったが、倒れていく。

「四腕のアングソー様が！」

側近の片方がそう叫ぶ。構わず跳躍――宙空から、右手で握る魔槍杖バルドークと左手で握る神槍ガンジスで満月を描くように、ぐるりとぐわわりと振るいまくった。

周囲の軍服を着た魔族か魔人兵士たちの首を一斉《いっせい》に刎《は》ねる――。

強い四腕魔族、四腕魔人は傍《そば》にいないようだ。が、まだ大柄なゴブリンは多い――。

跳躍後の慣性落下を潰すように〈導想魔手〉を足下《あしもと》に生成し、その〈導想魔手〉を蹴って宙を跳ぶ。大柄なゴブリンと長剣と魔槍を持つ魔人たちの攻撃を宙空機動戦術で避けつつ――再び宙空から魔槍杖バルドークと神槍ガンジスで満月を描くように〈双豪閃〉を繰り出した。体を軸にして回転する魔槍杖バルドークと神槍ガンジスの穂先が三体の大柄なゴブリンの首を捉えて刎ねた。他にも、三体の長剣持ちの魔族の頭部と首と上半身を切断。

再び〈導想魔手〉を蹴っては大柄なゴブリンが密集する地帯に宙空から突撃し、即座に〈双豪閃〉を繰り出す。神槍ガンジスと魔槍杖バルドークの穂先と柄が、大柄なゴブリンたちのマチェーテを弾きながら、その体を切断し、吹き飛ばした。近くの大柄なゴブリンや魔族、魔人兵士たちをすべて倒したところで、着地した。

――よっしゃ、これで近くにいた部隊の大半を倒したことになる。

が、まだまだ軍勢の一部だけか。大柄なゴブリンたちの下半身だけとなった傷口から血が勢い良く噴出していく。そして、この血の噴出劇の影響《えいきょう》か周囲のモンスターは動きを止めた。そのまま両足から〈血道第一・開門〉を展開させて、地面の血を一気に吸収――。

微《かす》かな水音が響く。血の吸収音だろう音が戦場を支配しているようにも思えた。

この血の群れが俺の体に宿る光景は、敵も味方も魅了《みりょう》するらしい。洞窟《どうくつ》の右のほうで戦っていたサジハリも動きを止めていた。右にいる大柄なゴブリンと二腕を持つバッタモンスターに魔族か魔人か不明の兵士たちを凝視《ぎょうし》。

「行くぞ――」

と言いながら、その連中に突進――風槍流『異踏』を実行し、魔人兵士が突き出した刃《やいば》を避けて、速《すみ》やかに〈刺突〉で、その兵士の腹をぶち抜く――。

風槍流『支え串《ぐし》』の構えを二槍流に改良した構えで数秒待つ。

「ヌゴォアア」

「ゴラァァ」

左右から大柄なゴブリンが前掛《まえが》かりにマチェーテを振るってきた。

そのマチェーテの刃を神槍ガンジスと魔槍杖バルドークの口金で受けると衝突箇所《しょうとつかしょ》から金属音が響き火花が散る。刹那《せつな》、〈血液加速《ブラッディアクセル》〉を強めた。

神槍ガンジスと魔槍杖バルドークにも〈血魔力〉を纏《まと》わせる。

そして、強引《ごういん》に神槍ガンジスと魔槍杖バルドークを下ろしながら前進し、二つのマチェーテを持つ腕《うで》をへし折るように大柄なゴブリンの鎧へと神槍ガンジスと魔槍杖バルドークの穂先をぶち当てた。

「「ウゲァァ」」

二体の大柄なゴブリンは仰《の》け反《ぞ》って悲鳴を発した。

即座に神槍ガンジスと魔槍杖バルドークを消し再召喚、その神槍と魔槍杖で迅速に〈刺突〉を繰り出した。それぞれの穂先が、仰け反り中の大柄なゴブリンの首を突き抜ける。

二つの頭部が吹き飛んだ。そこから血のスポットライトを浴びたが如くの独擅場《どくせんじょう》と化した。正確にはサジハリが入り口付近で奮闘し、沸騎士ゼメタスとアドモスに相棒のロロディーヌがいるから独擅場ではないが――神槍ガンジスと魔槍杖バルドークの二槍流で、二腕を持つバッタモンスターを倒しまくる。〈鎖〉も使う。大柄なゴブリンの頭部を〈鎖〉でヘッドショット。神槍ガンジスを大柄なゴブリンに向けて〈投擲〉し、速やかに前進――。

大柄なゴブリンの胴に刺さった神槍ガンジスを左手で取りながら右手の魔槍杖バルドークの〈刺突〉を繰り出した。大柄なゴブリンの頭部を紅矛と紅斧刃が突き抜けた。

すると、頭部の中央が割れている四腕を持つモンスターが長柄《ながえ》の棍を振り上げながら、

「ガゲェア‼」

と叫びつつ寄ってきた。その棍の間合いを一瞬《いっしゅん》で把握──。

足下に生活魔法《まほう》の水を撒いて《水流操作《ウォーター・コントロール》》を実行──。

そのまま滑《すべ》るような機動力で、頭部の中央が割れている四腕で棍を持つモンスターとの間合いを潰し、長い棍を扱うモンスターの動きを読みつつ〈血魔力〉を発した。血の目潰《めつぶ》しが、四腕で棍を持つモンスターの頭部を捉え、視界を潰す。

「ホゲェア⁉」

頭部の中央が割れている四腕で棍を持つモンスターは焦《あせ》ったように棍を突き出した。直ぐに跳躍、足下を長い棍が通り抜けるまま魔槍杖バルドークで〈白無穿〉を実行し、カウンターの〈白無穿〉が割れた頭部を貫いた。その頭部は爆発したように散る。と、そのモンスターは棍を落としながら前のめりに倒れた。数秒後、豚《ぶた》の頭部とゴリラのような体を持つモンスターが寄ってくる。そのモンスターは破城槌を運んでいるから超絶《ちょうぜつ》に遅い。爪先半回転を行いつつ、その頭部が豚で体がゴリラのようなモンスターに近付いた。ゴリラは太い両腕《りょううで》を振るう。その攻撃は当たらない。そのままゴルフスイングを行うように魔槍杖バルドークを下から振るう。紅斧刃が、ゴリラのような太い足を捉えて、その足を切断──豚のような頭部を持つモンスターは足を失い転ぶ。その転んだモンスターへと左手の神槍ガンジスを斜め下へと突き出し〈刺突〉を繰り出した。方天画戟と似た双月刃が豚の頭部を穿《うが》つ。豚の頭部とゴリラのような体を持つモンスターを倒《たお》した。すると、徽章を付けた革《かわ》の鎧を着てマントを羽織った長剣を持つ魔族たちが、

「ウダン様とアングソーとバドーンの部隊が！　アッテンボロー様が見ている前で！　くそが！」

「強いが、あれだけ動けば、魔力消費が激しいはずだ！」

「あぁ、行くぞ！」

そう叫びながら寄ってくる。更にマントを羽織る魔杖を持つ魔法使い部隊も、

「おう！　こいつは大赤竜とは異なる！　人族か魔族の範疇《はんちゅう》！　一斉に掛《か》かれば倒せるだろう！」

と言いながら魔杖から火球と雷球を無詠唱《むえいしょう》で繰り出してきた。更に光糸でサジハリを攻撃していた魔族か魔人か不明な者が光糸の攻撃を繰り出してきた。激しい遠距離攻撃祭りかよッ——魔法使いたちが繰り出した魔法を一部浴びて痛みを味わうが、ハルホンクの防護服は頑丈《がんじょう》だ——強めていた〈魔闘術〉を弱めて緩急《かんきゅう》を付けた歩法で魔法を撃《う》ち出すタイミングを狂《くる》わせた。

「あぁ、魔法が当たらない——」

「急に動きが遅く、え、速い――」

そのまま魔法使い部隊と間合いを詰めるや否《いな》や――。

神槍ガンジスと魔槍杖バルドークの〈双豪閃〉を繰り出す。一度に魔法使いたちの首を刎ねた。続けて右腕《みぎうで》の魔槍杖バルドーク、左腕の神槍ガンジス、右下腕の鋼の柄巻で――。

突いて、払い、弾き、柄で殴《なぐ》り、斬る――。

一瞬で、魔族か魔人の部隊の大半を仕留《しと》めた。左にいる長剣を持つ魔族か魔人の足に、魔槍杖バルドークを振《ふ》るった。穂先で、足を引っ掛け転ばせては、素早《すばや》くストンピングを実行。その魔族か魔人の頭部を潰す――。

「ひぃ、あれだけの数がいたのに！」

そう言い逃《に》げようとしていた魔族か魔人の長剣持ちへと向かう。

魔槍杖バルドークで〈豪閃〉を繰り出し、紅斧刃の斬撃で、魔人を両断。

続けて、豚の頭部とゴリラのような体を持つモンスターに近付いた。奥《おく》に、二腕を持つバッタモンスターがいることを視認《しにん》しつつ魔槍杖バルドークを畳むように柄を掌の中で回転させた。その魔槍杖バルドークを下から振るい上げた石突《いしづき》の竜魔石《りゅうませき》がゴリラの下腹部を捉《とら》え、その股間《こかん》を潰した。刹那、周囲から迫ってくる攻撃を察知した。

その方角に魔槍杖バルドークを傾《かたむ》けながら柄に片足を突いて魔槍杖バルドークを踏み台

にする前転を行った――続けて体を捻りながらの踵《かかと》落としを敢行《かんこう》――。

前方で待ち構えていた二腕を持つバッタモンスターが繰《く》り出《だ》してきた骨槍の穂先を、左足の靴底で弾き右足の甲《こう》で、骨槍の穂先の下を蹴る。そこから体を捻り、下方に傾けていた神槍ガンジスの穂先で、バッタモンスターの肩口を穿った。そのまま神槍ガンジスの石突を押し出すように左回し蹴りを神槍ガンジスに当てて神槍ガンジスを直進させた。

双月刃が地面を貫《つらぬ》く勢いで二腕を持つバッタモンスターの胴体《どうたい》を貫いていく。

そのまま反転して回し蹴りを実行――神槍ガンジスが貫いた二腕を持つバッタモンスターの胴体を蹴り飛ばす。付属肢のような長い足が回転しているのを見ながら両手首から〈鎖〉を伸《の》ばす。伸びた〈鎖〉を操作して神槍ガンジスと魔槍杖バルドークを絡《から》めてから、その〈鎖〉を振り回す。ハンマーフレイルを扱うように魔槍杖バルドークの柄と穂先と〈鎖〉で周囲のモンスターたちを薙《な》ぎ倒しまくって前進。

すると、指揮官らしい魔族、魔人の男が現れて近付いてくる。

「――我等《ら》ハザーンの軍属を……異質で下等な人族めが！」

偉《えら》ぶる人物の額には、羊の巻角がある。ゴルディーバ族の巻角とは異なる。

悪魔《あくま》のような角だ。灰色と黒色が混ざった鋼鉄の鎧を装備していた。

脇の溝《みぞ》の隙間《すきま》から液体らしいモノが出ていた。液体は指揮官の周りに多数浮《う》いている。

それはシャボン玉のように見えた。存在感を示す液体かシャボン玉。

特殊能力《とくしゅ》か。あきらかに他と違う。腰《こし》に抜き身《み》の細剣《さいけん》もぶら下がっていた。

細身の剣が主力の武器だろう。

否、周りの浮いているシャボン玉か液体の粒《つぶ》が主力の武具なのだろうか……。

「ガルルゥゥ」

「ロロ、今は抑《おさ》えろ。俺が対処する」

黒豹のロロディーヌは気持ちを抑えてくれた。

良い子な黒豹《ロロ》は可愛《かわい》い。相棒は視線を魔族へと向けている。

きっと、獣らしく睨《にら》んでいるのだろう。

あいつの言葉はまったく聞いたことのない言語だが、理解はできる。

だから相手に合わせるとして……第三の腕の鋼の柄巻を腰に差《さ》し戻《もど》しながら、

「俺は槍使いです。そういう貴方《あなた》はハザーンの軍属？　とおっしゃっていますが、それは国でしょうか？」

「⁉　ハザーン語を……理解しているのか？」

「はい、理解できますね」

「ハザーン語を理解して魔人千年帝国《ていこく》ハザーンを知らぬとは……そんな意味不明な下等民

族如きに……我ら、方面軍の後詰《ごづ》めの大半を……」

「……シュウヤカガリ、やらないのならば、わたしがそいつをやるが……」

人型に戻っていたサジハリが語る。サジハリは赤色の鱗《うろこ》から変化させたであろう赤黒い長剣《ちょうけん》を握る。柄と柄巻は歪な形で、柄巻の頭には細まりつつ∞の文字を作るような孔《あな》があった。かなりお洒落《しゃれ》だ。その赤黒い長剣を肩《かた》に担《かつ》いだ状態で近寄ってくる。

ただの長剣ではなく魔剣か。そして、サジハリの肩が魔剣から垂れていた血で染まっていた。

あの魔剣で多数のモンスターを斬り伏《ふ》せたんだろう。そんなサジハリの足下には、バルミントがいた。バルミントが成長している？　小型だが姿は少し変化していた。

血色が縁取《ふちど》る鱗が妙《みょう》にカッコイイ。バルミントの姿から予想すると、高・古代竜《ハイ・エンシエントドラゴニア》のサジハリと経験と魔力を共有しているのかな？　足の爪《つめ》に血がついているし、バルミントも戦ったようだ。

そんなバルミントの姿に満足しながら、気になったのはゲート魔法のことだ。

「少し待ってくれ。こいつらが使っていたゲート魔法？　もう消えたが、環《わ》の形をした魔法が気になるんだ」

「あれはハザーン独自の魔法だ。集団転移が可能な魔法。しかし、迷宮《めいきゅう》の中ではなく、こいった森や開けた地上でしか見たことがない。だから使い勝手は悪い魔法だろう」

「へぇ」

俺とサジハリの会話を聞いていた魔人の男は、ただ黙《だま》っていたわけではない。

全身から放出している黒い液体を操作し、幅広《はばひろ》な帯の形から擬似的《ぎじてき》なカーテンを作り出すと目の前に展開させている。あれで身を守るのか？

剣が主力だと思うが……カウンタータイプか。

身を守る擬似的なカーテンは少し透《す》けているから魔人の顔が見える。

瞳《ひとみ》の色は暗い海の底を連想させる。光の届かない深海魚の眼球と言えばいいか……。

が、その表情から、気持ちの余裕《よゆう》を感じさせた。腕に自信があるようだ。

「……下等民族で、無知な三つ腕の槍使いは、古竜族《こりゅう》の部下か」

魔人は擬似的なカーテン越《ご》しに、貶《けな》してきた。

「部下ではない。名はシュウヤだ。で、貴方の名は？」

「魔人帝国ハザーン第十五辺境方面軍軍団長ギュントガン・アッテンボロウ。いざ参る！」

魔人帝国ハザーンか。口上と共にゆらゆら揺《ゆ》れていた薄《うす》いカーテンから、スパイク状の物体が生まれ出る。黒光りするスパイクを放ってきた。波のような動きで無数のスパイクが向かってくる。魔脚《まきやく》で地を蹴り、跳躍。目の前に迫ったスパイクを避《よ》けた。

地面にスパイクが衝突し土煙《つちけむり》が舞《ま》い上《あ》がる。

サジハリも小型竜バルミントを抱《かか》えて空へ舞い上がり遠距離《えんきより》攻撃《こうげき》を避けていた。

相棒は後方へ跳躍してから飛び跳ねるように横へ駆《か》けている。

相棒は魔人ギュントガンの背後から隙を窺《うかが》うようだ。

「――シュウヤカガリ、そいつは任せるぞ」

「――ガォッガォ」

飛んでいる俺に向かってサジハリが『早く倒せ』と急《せ》かすようにしゃべってくる。

そんなサジハリに抱えられているバルミントも俺に話し掛けていた。

バルミントには悪いが……豊満なおっぱいに挟《はさ》まれているバルの後頭部が羨《うらや》ましい。

首を可愛らしく曲げる仕草でおっぱいが揺れている。

後頭部にある一対《いっつい》のおっぱいに挟まれる感触《かんしょく》、あれは――と、蘊蓄を考えた瞬間、下からスパイク状ではない黒い帯が伸びてきた――急遽《きゅうきょ》、〈導想魔手〉を足場に使い、下から伸びてきた黒い帯を避けていく。おっぱいの蘊蓄を考えさせてくれない敵の遠距離攻撃だ。

気を取り直し、

「――任された。サジハリ、バルを頼《たの》む。ここは俺がやろう」

「訳の分からない言葉を！　我に下等な言葉を聞かせるな！」

上空にいる俺たちを睨《にら》むギュントガンは、魔族のプライドからか、俺とサジハリが話している言語が気に食わないらしい。さて、角といい言語といい悪魔のような奴《やつ》には似合いの死を用意しようか。クソな悪魔は滅《めつ》するのみ。

魔人ギュントガンは操《あやつ》っていた帯を引き戻し、一つの黒光りするカーテンのようなモノの中に収めていく。今度はそのカーテンが一つに丸まる。

黒い岩のように巨大化《きよだいか》した。随分《ずいぶん》と柔軟性《じゆうなんせい》のある能力だ。

「こんな辺境の迷宮核戦《めいきゆうかくいくさ》で、我の〈黒怨金属《レギオロス》〉が本格的に使わされるとはな……」

魔族は意外だな、と自分の能力について話している。

まぁ、確かに凄《すご》い能力だ。液体金属？　意思が伝わる特別な金属を操る魔法かスキルか。

魔人ギュントガンは液体金属の一塊《いつかい》を惚《ほ》れ惚《ぼ》れするように見つめている。

ナルシスト？　途端《とたん》、その塊《かたまり》から無数の黒色の歪な槍を生み出すと、それらを俺に射出してくる。スキルか魔法か判断できないが――。

先ほどのスパイクとは質が違う。それに凄《すさ》まじい速度――疾い技だ。

〈鎖《くさり》〉で防御《ぼうぎよ》の盾《たて》を生成するのは諦《あきら》めた。

〈導想魔手《どうそうましゆ》〉の歪な魔力の手を、空中で足場にして飛ぶように身に迫《せま》った黒い槍を避けていく。更に〈血液加速《ブラッディアクセル》〉を発動。

発動させた瞬間、足の皮膚《ひふ》から血が漏《も》れアーゼンのブーツの黒革《くろかわ》を血色に染め上げていた。その状態で――〈導想魔手〉を蹴《け》る。素早く黒い槍を避ける――が、間に合わず。痛ッ――頬《ほお》、耳まで削《そ》がれたようだ。ハルホンクも削《けず》られる。血と紫の火花が散った。

俺が今までいた位置を次々と黒い槍が通り過ぎていく。

「素早い……血を操り身体速度を増す能力か……そして、ハザーン語を話すとなると、我らと同じ祖を持つ魔人なのか？　裏切りのハザーン人か？　だが、軍団長クラスとなると……行方《ゆくえ》知れずの、まさか、な……」

相手は俺の考察を勝手に行っている。あの槍、追尾《ついび》性能はない。しかし、無尽蔵《むじんぞう》のようなので弾《たま》切れの気配がないから厄介《やっかい》だ。お？　そこに、魔人の反対側から静かに黒い触手《しょくしゅ》が動いているのが見えた。

ロロディーヌの攻撃《こうげき》だ。地上で灌木《かんぼく》の一部に隠れるように魔族の背後に移動していたらしい。完全に不意を突《つ》いた形だ。全身から孔雀《くじゃく》を彷彿とさせる動きで、鞭《むち》のごとく伸びている触手の先端《せんたん》から骨剣が伸びている。これは決まったか。魔族の背中に突き刺さるかと思われた。

ところが、その触手骨剣の全《すべ》てが完璧《かんぺき》に防がれている。魔族の周りを漂《ただよ》う液体金属の塊が急に横へ伸びて、その魔族の背後を守っていた。触手から突出《とっしゅつ》している白銀色の骨剣が、液体金属の塊に衝突して跳ね返る光景は、小魚の群れに見えてくる。

「……無駄《むだ》だ」

余裕の魔族の言葉とは裏腹に、その魔族の体から魔力がドッと溢《あふ》れる。その魔力により空気が熱く、重くなったようにさえ感じた……軍団長か。他の雑魚《ざこ》とはまったく違う。

邪神《じゃしん》の使徒ともまた違うが強い……。顔も渋《しぶ》いし。

神獣《ロロ》も負けじと触手骨剣を伸ばし攻撃していくが、液体金属の表面を僅《わず》かに撓《たわ》ませるのみ。その黒い液体金属に穴は空けられず。

あの液体金属の動き……角持ち魔族が意識せずとも自動的に防御してくれるようだ。

「にゃごぉぉ」

触手の攻撃が無駄だと悟ったロロディーヌは悔《くや》しそうな声をあげながら、触手を収斂《しゅうれん》させて魔族の周りを走っていく。それに釣《つ》られた魔族ギュントガンが、

「獣風情《けものふぜい》が、我のエクストラスキル〈黒怨金属《レギオロス》〉に傷を!!」

怒声《どせい》をあげたギュントガン。

周りに〈黒怨金属《レギオロス》〉を展開させた状態でロロディーヌを追い掛けながら黒い槍を放出。

ロロディーヌも四肢《しし》に力を入れて神獣の速度で走ってくれているから当然、その黒い槍の狙《ねら》いは大きく外れているが、しかし、傷？　あの黒い液体金属の表面に傷があるようには

見えないが……あのギュントガンという魔族は、スキルで作った金属だから微細《びさい》な傷も把《は》握《あく》できるのかな？

まぁいい、俺も反撃といこうか。あの疾風迅雷《しっぷうじんらい》を思わせる黒槍の中を掻《か》い潜《くぐ》る――。

体に幾《いく》つか傷を作りながらも――魔《ま》槍杖《そうづえ》バルドークで、あの液体金属をぶち抜けるかどうかを試《ため》すのもまた一興だが……ここは、相棒がせっかくフォローして時間稼《かせ》ぎをしてくれている間だけでも、別のことを試すことにする。その前に〈血液加速《ブラッディアクセル》〉を解除。久々に、あの魔法を使おう。スペシャルな魔法で絶対防御を思わせる〈黒怨金属《レギオロス》〉をぶち抜いてやる。そう決意を込めて魔力を腕から指先へ送り、指先に込めて、魔《ま》法陣《ほうじん》を描《えが》く――魔力消費は最大。〈仙魔術《せんまじゅつ》〉を超《こ》える消費量なので覚悟《かくご》が必要だ。

範囲《はんい》と連射性は完全に捨てる。一回のみ。

その代わり、貫通性に特化した大口径のマグナム弾《だん》、大好きなスミス&ウェッソンを連想。魔法の基本はイメージだ。今回は造形にも拘《こだわ》ってみよう。

日本語も書きながら現時点で最大級の魔力《まりょく》を込めて、魔法陣を構築して組み上げていった。小規模だが、濃密《のうみつ》な魔力が内包された闇《やみ》の炎《ほのお》を感じさせる改良型の古代魔法陣が完成。闇の炎に縁取られた魔法陣が独自の意識があるかのようにゆらりゆらりと宙を漂う。前回、一部とはいえ邪神シテアトップをも貫いた〈古代魔法〉の改良型だ。

あの魔人の魔族ギュントガンが扱《あつか》うエクストラスキルとて無事では済まないはず。

まずは……ペンを回転させるように魔槍杖バルドークを回転させる。

そこから魔槍杖バルドークの竜魔石を角魔族へ向けた。

「おい、ギュントガン！」

「なん――」

相手に振り向く間も与《あた》えない。

竜魔石へ魔力を送り隠し剣《氷の爪》を発動させながら。

初級：水属性の《氷弾《フリーズブレット》》。

中級：水属性の《氷矢《フリーズアロー》》。

続けざまに、無詠唱で魔法を無数に念じて斜《なな》め下へ固定砲台《ほうだい》になったかの如く飛ばす。

太い氷の如意棒を彷彿とさせる両手剣の隠し剣《氷の爪》、無数のピュアドロップ型の《氷弾《フリーズブレット》》、《氷矢《フリーズアロー》》が、魔族ギュントガンに向かった。ギュントガンが操る扇状《おうぎじょう》に展開された〈黒怨《レギオ》金属《ロス》〉に、魔法群と隠し剣《氷の爪》が衝突。

《氷弾《フリーズブレット》》の連弾《れんだん》は〈黒怨金属《レギオロス》〉の中に沈《しず》み込むように消えていく。両手剣の隠し剣《氷の爪》も激しい音を立てて衝突。

〈黒怨金属《レギオロス》〉を凹《くぼ》ませていたが、貫けなかった。

「魔法か？　効かぬ、そんなものは効かぬぞ、槍使いとやら――」

ギュントガン・アッテンボロウは魔族らしい愉悦《ゆえつ》の表情を作り嘲笑《ちょうしょう》しながら語っていた。

皮肉っているつもりか。ま、あの顔がどうなるか……見ものだな。

両手を無手に戻しながら《氷弾《フリーズブレット》》に交ぜる形で《魔人殺しの闇弾《ジョーカースレイヤー・マグナム》》を発動させた。

ぐぉ……魔力が瞬時《しゅんじ》に無くなる感覚、胃が重く捩《ねじ》れる。

……胆汁《たんじゅう》か胃酸か分からん汁《しる》が口に溢れた。

同時に、小規模魔法陣から現れたのはスミス&ウェッソンM29に似ている銃《じゅう》。

ところどころに歪《いびつ》な小さい岩が飛び出た世紀末仕様……。

まるで悪魔が使うような特製のマグナム銃だ。

その闇のマグナム銃を掴《つか》む。かなり重い……。

「……これは嘗《かつ》て、世界一強力な拳銃《けんじゅう》と呼ばれたモノだ」

相手にとっては意味が分からないだろうが、がんばって狙いを絞《しぼ》り引き金をひく――。

反動と魔力のマズルブラストを発生させながら放たれた闇の弾丸《だんがん》は凄まじい勢いで加速
――無数の《氷弾《フリーズブレット》》に交ざる形で突き進《すす》む。

空間を一直線に引き裂《さ》くように飛翔《ひしょう》していく。

引き金を引いた直後、重い銃は儚《はかな》く掌から消える。

「……物量で攻《せ》める気か、失望したぞ。所詮《しょせん》は――」

嗤《わら》い喋《しゃべ》るギュントガン・アッテンボロウの眉間《みけん》にマグナム弾が吸い込まれた瞬間《しゅんかん》、その頭部が爆発していた。そう、見事に魔人ギュントガンは引っ掛かった。

――悪魔に似合いの死を、アーメンってか？　どこかの神父になった気分だ。

《氷弾《フリーズブレット》》の形も《魔人殺しの闇弾《ジョーカースレイヤー・マグナム》》と同じ形に変えていたからな……。

色は無理だったが、多重に重ねれば判断は不可能との推測は大当たりだ。そして、《魔人《ジョーカー》殺しの闇弾《スレイヤー・マグナム》》だけが、ギュントガンのエクストラスキルの〈黒怨金属《レギオロス》〉を突き抜《ぬ》けていた。

しかし、性格はアレだが、その防御能力だけは称賛すべき相手だった。

その倒れたギュントガンの体を確認《かくにん》しようと近くに着地する。

懐《ふところ》を探《さぐ》ろうか。ハザーンの軍団長なら何か……そこに、

「軍団長がぁぁ――」

――副官か？　女の魔族らしき者が単独で走り寄ってきた。

俺《おれ》の喉《のど》を突こうと剣先《けんさき》を伸ばしてくる。角ありの美人だ。しかし、ここは戦場、残念だが……避ける必要もない。すべての手に魔槍《まそう》と聖槍《せいそう》を召喚《しょうかん》。

同時に〈導想魔手〉も発動――歪な魔力の手で腰からムラサメブレードを引き抜く。

次の瞬間、魔槍杖バルドークを振り下ろした。

紅斧刃《べにおのば》の上部で、その女魔族が繰り出した剣先を叩《たた》き落《お》とす――。

更《さら》に左手で握る神槍ガンジスと右下腕の魔槍グドルルで――。

二連〈刺突〉を女魔族の腹と胸にドドッと喰らわせた。

体を仰け反らせ女魔族は吹《ふ》き飛んだ。続けざま、足に魔力を溜《た》めて〈血液加速《ブラッディアクセル》〉と合わせた爆発的《ばくはつてき》な加速で前進――二連〈刺突〉で二つの孔が剥《む》き出しの上半身を見せている女魔族との間合いを零《ぜろ》とした刹那、腰を捻《ひね》り――〈導想魔手〉が握るムラサメブレードを振るった。ムラサメブレードの刃を魔族の首へと吸い込ませる。

一瞬で、ムラサメブレードに触《ふ》れた首は蒸発するようにシュパッと消えた。

女魔族の頭部が空を舞う。頭部を失った女魔族の胴体は、そのまま二連〈刺突〉の威力《いりよく》で吹き飛んでいった。そこに一部始終を見学していた黒豹《ロロ》、サジハリ、傷だらけの沸騎士《ふっきし》たちが集まってくる。

「ン、にゃお～～ん」

相棒は黒豹としては大きめの頭部を俺の太股《ふともも》に衝突《しょうとつ》させる。甘《あま》えてきた。

「見事な戦いだった」

「ガォッガォ！」

サジハリとバルミントも話しかけてきた。

「閣下ァ、魔界騎士《まかい》を超える閣下ァァ」

「――お見事でしたぞ。あの魔道具のような魔法はいったい……」

沸騎士たちのテンションは相変わらずだが体は傷だらけだ。しかし、成長している証拠《しょうこ》か、あれだけの数と強い者たちがいた中で、魔界《まかい》セブドラに帰らず残っているんだからな。

ゼメタスとアドモスの強さに感心しながら新しい魔法の説明をしていく。

「……新しい必殺技《ひっさつわざ》みたいなもんだ」

「「おぉ」」

「ところで、お前たち、消耗《しょうもう》が激しいようだから魔界に帰還《きかん》しろ」

「分かりました」

「はい、ではいって参ります」

沸騎士たちは素直に消えていく。そこでサジハリへ視線を移す。

「……外の部隊はこれで倒しきったかな？」

「どうだろうねぇ……まだチラホラと魔力を感じる。だから、バルを連れて周辺を見てくるよ」

「ガォォッ」

バルミントも『がんばるガオ』というように吼《ほ》える。

「了解《りょうかい》。俺はあの迷宮へ突入《とつにゅう》しよう。中に入っていったモンスターを裏から潰《つぶ》していく」

軍団長の懐を調べるかな。ま、忘れてなきゃ後で調べるとしよう。

「分かった。間違《まちが》っても女魔術師《まじゅつし》を殺さないようにな」

「どんな姿なんだ？」

「ローブ姿だ。ローブの下では見たことのない服を着ている時もあったねぇ……そして、前にもいったように髪《かみ》は黒。肌《はだ》は今のわたしに近い、白みのある色だ」

「肌の色は俺と近いんだな。では、後で合流しよう。ロロ、洞窟戦《どうくつせん》だ。見たところ幅は広いが、突っ込《こ》むぞ」

「にゃああ」

第二百五十五章「黒髪の女魔術師は迷宮の主《あるじ》」

女性は大きな鏡に映し出されている映像と情報を見て溜め息をついた。大きい鏡に映る情報を消す。鏡に反射する己《おのれ》の顔を見て憂鬱《ゆううつ》さを誤魔化《ごまか》すように睨んでは、笑顔《えがお》を作ってから頭部を左右に激しく揺らし、己の頬を両手で軽く叩いた。そして、

「しっかりしろ、アケミ！」

と自分を鼓舞《こぶ》してから頷《うなず》く。崩れた前髪《まえがみ》の一部を右手の指先で掬《すく》うように右裏に運ぶ。指先でクラシカルな髪型《かみがた》を整えつつ今度は頭部を左に傾けて反対側の髪を指で梳《す》いていく。

アケミは頷いてから納得顔《なっとくがお》をすると大きい鏡に顔を近づけて太い両眉毛《まゆげ》の眉頭に両手の指を当ててから眉尻《まゆじり》にかけて細まっている眉毛を指でなぞるようにマッサージ。そのまま目元に余計な毛が生えていないか入念に調べていた。数分後、自分の眉毛を見て『うんうん』と頷いてから双眸《そうぼう》付近の皮膚に数本の指を当てて、その指先で小さい円を描くように頬のマッサージをしながら、

「どんな状況《じょうきょう》だろうと女の顔は大事。ハザーンの連中に攻め滅《ほろ》ぼされても、最期まで綺麗《きれい》

でいたい！」と大きい鏡を見ながら独りで喋ると鼻が高まるように指先に魔力を込めながら、鼻のマッサージをしていた。

「……〈美鼻整形術〉もあったらしいけど……もう学ぶことはできない……」

と独りで喋りつつ、唇《くちびる》に指先を当て〈美口紅術〉の魔術を実行する。一瞬でアケミの唇が淡《あわ》く輝《かがや》く。細い顎先《あごさき》に人差し指を置いて、

「よし～完了《かんりょう》」

と宣言。アケミの服は茶色のローブ。その胸元《むなもと》は少しはだけていた。目力を強めたアケミは大きい鏡を意識すると、再び、その大きい鏡に映像と情報が表示される。その光景を見て……暗い雰囲気《ふんいき》を醸《かも》し出し、

「迷宮の外に配置した斥候《せっこう》ゴブリンと簡易スライムの部隊は全滅《ぜんめつ》……ハザーンの連中に一階層に突入されてしまった……ショック過ぎる。頼みの綱《つな》は……」

そう語ると、大きい鏡の端《はし》に表示されている『スラ吉《きち》』の名と『切り札、古竜様！』という名のタグを凝視して、そのタグの名に希望を見出《みいだ》しているのか、数回頷いていた。

その数分後、洞窟の隙間からスライムが現れて、

「ご主人様～古竜様は来られないようです」

「えぇ、そんなァ……」

沈痛《ちんつう》な面持《おもも》ちとなった黒髪のアケミは『慰《なぐさ》めてほしい』と視線で語るように報告してきたスライムのスラ吉はアケミを心配するように丸い可愛らしい瞳を揺らして「ご主人様……」と呟《つぶや》いた。アケミはスライムの泣きそうな表情を見てハッとした表情を浮かべてから頭部を左右に振って目に力を入れる。スライムを見て、

「……スラ吉、報告ありがとう。持ち場に戻っていいわ」

「はい、ソジュ。ボクね、ご主人様の役に立った！」

スラ吉はアケミの隣《となり》にいるソジュという名の脳のような部位と片腕《かたうで》だけの特異な生命体に話しかけている。そのソジュは脳のような表面に出現させた一対の眼球を鋭《するど》くさせ、スラ吉を睨んでから片腕の掌《てのひら》の裂けた口から、

「スラ吉、状況を理解しなさい。そして、ご主人様、古竜様が来られないとなると、プランBから、プランCに移行でしょうか」

そうスラ吉を注意し、アケミに聞いていた。アケミはソジュを見て、

「うん。古竜様はいないことが多いから仕方がない。危機は危機だけど、わたしたちは、なんとかここまで生き延びてきたのだから……最後の最後まで粘《ねば》ってやる！　その対策を考えないと……もう一度情報を整理しましょう」

と、真面目《まじめ》にそう語りかける。そして、目の前の大きい鏡に映っている一階層の状況を

確認し、指先を大きい鏡に映る魔人に当てて、

「見て、武装している魔人もいる……魔人千年帝国ハザーンの連中！　この規模だと、軍団長も来ているのかもしれない……」

アケミの顔は青ざめていた。アケミが迷宮一階層を守るために配置した蛾型《モガ》モンスターと灰牙狼型《エスト・ウォルフ》のモンスターたちが、魔人千年帝国ハザーンのモンスターたちによって一方的に蹂躙《じゅうりん》されている光景が、大きい鏡に映し出されていた。アケミは、黒髪の魔術師の異名を持つ迷宮の主として……『ゲロナスと違《ちが》い魔人千年帝国ハザーンの軍は精強、一階層に設置したモンスターでは歯が立たないわ』と思考しつつ、部下たちに、

「一階層のモンスターでは抵抗《ていこう》が無理なのは分かっている。肝心《かんじん》なのは、二階層。落とし穴とつり橋の罠《わな》コンボと、騎士スラと侍《さむらい》スラ子の攻撃が必勝パターン。これがわたしの迷宮の要。今まで通りなら、この二階層でモンスターの大半は仕留められるはず……でも、今回は軍団長がいると思うから、そのコンボ攻撃でも軍団長の場合は止められないかも知れない」

「ご主人様、私が前線にでましょうか？」

そう発言したのは、黒マントを羽織る血色の骨騎士だ。四本の骨の腕を胸に当てながら頭を下げている。

「……ミレイは、まだよ。そのタイミングではないわ」

「分かりました」

アケミの言葉に素直《すなお》に頷いた血骨騎士ミレイ。腰の剣帯には四つの骨剣がぶら下がっている。このミレイ、今は骨が多い騎士風の姿だが、元々は女性の、十二支族ハルゼルマ家の〈筆頭従者〉。俗《ぞく》に吸血鬼高祖《ヴァンパイアロード》と呼ばれている存在で、世界を放浪《ほうろう》していた。ミレイには深い歴史がある。しかし、ゴルディクス大砂漠《だいさばく》と隣接《りんせつ》したエイハブラ平原とゼルビア山脈の近くの、このアケミが支配する迷宮に侵入《しんにゅう》したことで、ハルゼルマ家の〈筆頭従者〉だった歴史は幕を閉じたが……紆余曲折《うよきょくせつ》の後、ミレイは迷宮核《めいきゅうかく》にて様々な物と融合《ゆうごう》され『血骨重魂騎士』という未知種に生まれ変わっていた。その証拠に、血の骨鎧《ほねよろい》の胸から墨色《すみいろ》の心臓のような立体波紋《はもん》が浮き上がっている。秩序《ちつじょ》を持った血の循環《じゅんかん》と律動が起きている円環《えんかん》の心臓。その墨色の心臓から魔力の波紋が周囲に溢れていた。それは呼吸を表すように薄く濃《こ》く点滅《てんめつ》を繰り返す。

「ミレイ……血に飢《う》えているの？」

血骨重魂騎士に質問しているのは、黒髪のアケミではない。スラ吉と会話をしていた脳と片腕の特異な生命体ソジュだ。特異な生命体は露出《ろしゅつ》した脳と片腕で構成されているソジュ。見た目は傘《かさ》おばけを連想させるだろう。血骨重魂騎士ミレイは、

「ソジュ、分かりきったことを」

そう発言。ソジュは、

「いつもより敵の数が多いし、血が沢山《たくさん》生まれているからね」

掌の口から不気味な声を響《ひび》かせる。

「そんなことより、その〝頭〟を活《い》かして、ハザーンへの対策を考えろ」

「司令室の前に幻惑《げんわく》の森は設置済み。それに、前回と同様に貴女《あなた》が前線に出るかと思って、ここに〝手〟を運んだのだけど？」

「そうであったか。しかし、ご主人様が事前に仰《おつしや》ったように私は一階層にも二階層にも出ないぞ」

「指示には従う。でも、幻惑を使っての、一階層の戦力集中がすべてだと思うのだけどぉ」

ぷかぷかと浮くソジュは胴《どう》と思われる腕《うで》を上方へ動かした。腕の上に付いていた脳が下に移動し手が上となった。その掌の裂けている口から小さい嗤い声を響かせている。二人の側近の会話を聞いていたアケミは、

「戦力集中はうん。ソジュの言う通り。でも、貴女たちは、この三階層の守護者で司令室とわたしを守る要。同時に最強の戦力だから使い所は重要なの」

「ソジュは不満があるようだが、私はご主人様の判断が正しいと考える」

「何度も言うけど、わたしは前と同じようにスラ子たちがいる二階層での総力戦を希望します」

「……総力戦の判断はまだ。今回も敵には軍団長クラスがいるのは確実。その軍団長が前に出た時が勝負、だから、時間稼ぎ戦術を取る」

アケミがそう発言。大きな鏡へと、切れ長の目を向けていた。アケミは胸元が開いたローブを更に広げるように左右へ開きつつ、右腕に嵌《は》まる篭手《こて》と融合したアイテムボックスから左手の魔線と繋《つな》がる薄い鋼板を取り出した。その薄い鋼板はディスプレイ型端末《たんまつ》。表面には魔力量、魔石数、魂《たましい》数、迷宮核、などの細かな数値がグラフで表示されている。

アケミは、そのディスプレイに映し出されているオブジェクトを細い指でタッチしドラッグしながら操作を始めた。薄い鋼板に表示されている情報と大きい鏡に映し出されている情報がリンクし、大きい鏡と同じ光景が薄い鋼板の上にも映し出された。端末を操作しているアケミは焦《あせ》りが顔に出ていたが、細い指の動作は落ち着いている。爪はミステリアスカラーで染まっている。その指が触れている端末のディスプレイには、狼《おおかみ》のグラフィックの下に『消費魔力』、『はい or いいえ』の項目《こうもく》があり、アケミは『はい』を指でタッチした。

すると、大きい鏡に灰牙狼《エスト・ウオルフ》の姿が立体表示された。次の瞬間、一階層の壁《かべ》に不可解な次元穴が開く。そこから大きい鏡に映っているモンスターと同じ姿の狼型モンスターが大量に出現していく。その狼型のモンスター部隊の出現に、二腕を持つバッタモンスターは驚《おどろ》いて転倒《てんとう》していた。しかし、杖《つえ》を持った魔法使《まほうつか》いの集団から風と火の魔法が続けざまに放たれる。狼型モンスターは魔法を喰《く》らう度に体が崩壊《ほうかい》……一階層に突然《とつぜん》登場した灰牙狼《エスト・ウオルフ》の部隊はあっけなく倒《たお》されてしまった。アケミは気にせず端末を操作。小型のゴブリンも違う次元穴から出現させていく。その新しく出現した小型のゴブリンたちもハザーンの兵士たちにより簡単に倒されるが、アケミが時間稼ぎと語っていたように時は確実に過ぎていった。

そして、数時間が経《た》ったところで大きい鏡から警告音が響く。

大きい鏡に『二階層に侵入されました』と文字も表示されていた。

「ついに二階層に……」

アケミは大きい鏡を見ながら呟く。

『大丈夫《だいじょうぶ》。計算通りなんだから……一階層のモンスターは倒されてもいいの』

そう思考しつつ、二階層の落とし穴ゾーンにハザーン帝国のモンスターが突入していく様子を見るアケミ。一階層に配置されていたアケミの迷宮モンスターを易々《やすやす》と屠《ほふ》ってきた多数の魔人千年帝国ハザーンに所属する大柄《おおがら》なゴブリンたちは、力任せな思考を持ち思考力と判断力が欠如《けつじょ》しているモンスターだ。彼《かれ》らは目の前にある不自然な窪《くぼ》みに気付かない。

そのままハザーンが誇《ほこ》る大柄なゴブリンたちは落とし穴の上を通りトラップに掛《か》かる。

彼らはそのまま断末魔《だんまつま》の叫《さけ》びを上げながら落下していった。『よし！』アケミは心の中で喜んだ。

落とし穴の下は剣山《けんざん》。落下した大柄なゴブリンたちは、その剣山に突き刺《さ》さり串刺《くしざ》しとなって死んでいく。しかし、二腕を持つバッタ型モンスターは落とし穴を飛び越《こ》えて回避《かいひ》し、先を進んでいた。

「我らが一番乗りだ、奥《おく》へ向かう」

「おおぉ――」

魔人千年帝国ハザーンが合成させて誕生させた二腕を持つバッタモンスターたちの言葉だ。彼らは人族と同じように頭部があり発声器官もある。その口から味方を鼓舞するような気合いの声を何度もあげていた。そのタイミングでアケミの有能な配下の一人〝騎士スラ〟が動く。騎士スラは槍《やり》を両手に持ったスライム状の人型の槍使いだ。

その騎士スラが狙いを定める相手は、跳《と》びながら気合いの声を発している二腕を持つバッタモンスター。その二腕を持つバッタモンスター目掛《めが》けて槍の〈投擲《とうてき》〉を行った。

騎士スラの〈投擲〉された槍が二腕を持つバッタモンスターの体に突き刺さる。

そのまま背後の二腕を持つバッタモンスター部隊を吹き飛《と》ばすように倒しては数体の二腕を持つバッタモンスターごと壁に衝突し止まった。〈投擲〉された槍は二腕を持つバッタモンスターたちの体に埋没《まいぼつ》して見えなくなっているが威力は凄まじい。

騎士スラは、その結果を見ず――次々と槍の〈投擲〉を行う。

壁に二腕を持つバッタモンスターの彫刻《ちょうこく》を無数に造り上げていた。

そして、二階層には、もう一人のアケミの有能な配下〝侍スラ子〟がいた。

その侍の兜《かぶと》を被《かぶ》るスライム状の人型は、自身のスライムの腕を長細い刃《は》に変形させながら前進し、機敏《きびん》に細長い刃を振《ふ》るい、対峙《たいじ》したモンスターの首を、次々と刎《は》ねていく。そして、落とし穴に落ちても、まだ息のあったモンスターを仕留めるため自ら落とし穴に飛び降りて剣山に着地。両足はスライム状の物質故《ゆえ》に剣山に突き刺さっても平気だった。侍スラ子は、まだ生きていたモンスターの首を狙い細長い刃を突き出し、生きていたモンスターの首を突き刺し留めを刺す。更に、細長い刃を振るって、次のまだ生きていたモンスターの首を刎ねた。侍スラ子は剣山をスライム状の足で蹴って跳躍《ちょうやく》し、落とし穴から離脱《りだつ》し、二階層に戻ると、落とし穴を回避していた豚《ぶた》の頭部とゴリラのような上半身を持つモンスターと対峙。

「ブォボォッ！」

「……」

侍スラ子は豚のような頭部を持つモンスターが喋った言語は理解できない。無言で長細い腕の刃を振るいながら前進――豚の頭部とゴリラのような上半身を持つモンスターの横を駆け抜け一閃《いっせん》――胴抜《どうぬ》きが決まる。ゴリラのような上半身は輪切りに切断されて、二つの肉塊《にっかい》となってズレ落ちていった。侍スラ子の名の通り、ゼリー質の腕を硬質化《こうしつか》し剣刃《けんじん》に変化させることが可能なスライムが、侍スラ子だった。胸はメロンのように膨《ふく》らんで揺れている侍スラ子。豚の頭部とゴリラのような上半身を持つモンスターも、その巨乳に気を取られていたのだろう。

「うんうん、いい動き。騎士スラと侍スラ子たちならいけそう！」

「強い、ボクは突進《とっしん》だけだからなぁー」

「スラ吉だって、その突進は充分凄《じゅうぶんすご》いわ。古竜様が気に入るだけはあるんだから。でも、今がんばっているあの子たちは、わたしの魂の欠片《かけら》と魔石を沢山注いで進化を促《うなが》して育ててきた精鋭だからね」

大きい鏡に映し出されている騎士スラと侍スラ子の働きを見て、黒髪のアケミは喜んでいた。そうして二階層での激戦は長く続いて、時間が過ぎていく。

朝日が昇《のぼ》り地表の明るさが迷宮《めいきゅう》の出入り口を照らす。

　そんな日の明かりも、この迷宮を巡《めぐ》る争いに関係はない。迷宮一階層と二階層での戦いは続いていた。騎士スラと侍スラ子は昼夜をわかたぬハザーンの猛攻《もうこう》により、二階層の奥の空間で体に傷を負っていた。しかし、迷宮の主のアケミから簡易スライム、蛾型モンスター、兵士型ゴブリンの増援《ぞうえん》を受けて、なんとかハザーンのモンスターたちの猛攻を抑えて、一匹《ぴき》たりとも三階層へ突入させず踏《ふ》みとどまっていた。が、もう落とし穴はすべて埋《う》まり、吊《つ》り橋《ばし》エリアは無視されている。アケミは事態の推移をおろおろと気を揉《も》みながら見ていた。アケミの表情が物語っているように、今まで越えられたことがない二階層が突《とっ》破《ぱ》されるのは、もう時間の問題かと思われた……その時——迷宮の入り口付近で、高《ハイ》・古代竜《エンシェントドラゴニア》の赤竜サジハリの姿が大きい鏡に映る。

「やったぁっ！　古竜様が来てくれた！　やはり持つべきものは、偉大《いだい》な竜の友よね？」

「はい、ご主人様！」

「スラ吉を送っておいて正解よっ」

　アケミは余程《よほど》嬉《うれ》しいらしく、スラ吉を抱《だ》きかかえて、柔《やわ》らかいスライム肌を味わうように頬ずりをする。

「ご主人様ぁぁ……痛い」

「ふふー」

一階層の出入り口付近での戦いは静かになった。アケミは、当然、古竜様《こりゅう》が後詰め《ごづ》の部隊、今まで姿を見せていなかった軍団長もやってくれたと判断していた。

「後は一階層、二階層に侵入しているモンスターのみね」

「ぬぬ？」

「あれれ……古竜様以外にもいるようだけど……」

腕と脳のソジュは、脳の一部を変化させる。魔眼《まがん》のような双眸を、脳の表面に幾つも作りだして大きな鏡を見つめていたが、その様子は、いつもの分析《ぶんせき》好きのソジュではない。明らかに狼狽《ろうばい》していた。

その様子に気付いた黒髪のアケミは抱き締め《し》ていたスラ吉を離《はな》してソジュの視線の先に映る大きな鏡を見る。

「あれ、もう一人……え？」

暫し《しば》呆然《ぼうぜん》とするアケミ。大きな鏡には、三本の槍と光刀を使いこなす鬼神《きじん》のような機動力で無双《むそう》している槍使いと大きな黒豹が映っていた。その黒豹は時折、ネコ科風の魔獣《まじゅう》にも変化をしては、黒猫《くろねこ》にも変化する。黒猫のまま走る姿を見て、驚きながらも、槍を扱う男性を見て『同じ黒髪!? 腕が三つ？ 魔力の手？ どういうことなの！』そう思いなが

ら、ソジュとミレイを見る。二人も大きい鏡に映る槍使いと黒猫が躍動《やくどう》する姿を見て驚いていた。アケミは、

『槍の扱いが見たことないぐらいに凄いんだけど、なに、リアル三國志《さんごくし》とか戦国武将がここに来たの！　凄い槍の柄《え》をくるくる回したと思ったら、敵の首と体が一瞬《いっしゅん》で輪切り状態って、なにあれ、あぁ、格好良すぎ！　槍使いの妙技《みょうぎ》！　それに、顔も好みだし……』

と大きな鏡に映る槍使いを見て思考を巡らせていく。槍使いの着ている紫色《むらさきいろ》と暗緑色が基調の鎧が、槍使いに似合っていることも拍車《はくしゃ》をかけている。

その槍使いの傍《そば》にいる黒豹も凛々《りり》しく黒いビロードのような毛は美しい。洗練された黒い獣《けもの》だ。その首元から四つの触手が生えている。

その触手の先端から白銀色の骨が飛び出ては大柄なゴブリンの首を貫《つらぬ》いていた。

その黒豹と似た黒い獣は、双眸を鋭くさせると体から無数の触手を出した。その触手の群れで孔雀の羽を模《かたど》るように展開させる動きから、一気に、大柄なゴブリンと魔族の兵士たちへと直進した。複数の触手骨剣《ほねけん》がゴブリンと魔人兵士たちの体を貫きまっていく。魔人千年帝国《ていこく》ハザーンの軍勢が一斉に倒れた。アケミは黒い獣の動きに驚きを示す。

その黒豹と似た黒い獣は伸《の》ばしていた触手を収斂させながら走り大柄なゴブリンとの間合いを潰すと右前足を振るう。右前足の爪《つめ》で大柄なゴブリンの脛を切断、転倒《てんとう》させると、

口から炎を吐《は》いた。ゴブリンの頭部をピンポイントに燃焼《ねんしょう》させて、ゴブリンを倒していた。

その黒い獣の菊門《きくもん》がドアップ。アケミは、

「わぁ、お尻《しり》ちゃんが可愛《かわい》い～雌《めす》なのね、あの子。そして、頭がいい！」

と発言。アケミの部下たちも頷いていた。皆《みな》で大きい鏡が映す一階層の様子を凝視《ぎょうし》している。黒い獣の躍動は止まらない。魔族兵士の足に触手を絡《から》ませると、触手を引いて、その魔族兵士を転ばせて動きを止める。同時に、他の大柄なゴブリンに首から伸ばした触手を向かわせた。その触手から出た骨剣で大柄なゴブリンの体を突き刺して倒す。その黒い獣は、更に、体から触手を出して、横から近付いてきた他の魔族の足に、その触手を絡ませて、触手を体へと収斂させる。魔族の足を引っ張り持ち上げて振り回してから他の魔族たちが集合している場所へと、その魔族を放《ほう》り投《な》げた。投げられた魔族と魔族たちが衝突し転倒。そこに、黒い獣に向けて突進していた大柄なゴブリンがマチェーテを振るってきた。黒い獣は、俄《にわか》に体勢を下げる。横機動の斬撃は黒い獣の頭部にヒットせず。黒い獣は地面を蹴って加速し、体から無数の触手《しょくしゅ》を大型なゴブリン、ではなく転ばせていた魔族たちへと向かわせた。その魔族たちの体に触手骨剣が突《つ》き刺さりまくる。その勢いはガトリングガンから放たれる弾丸の如く。と、黒い獣は地面を四肢で穿《うが》つような膂力《りょりょく》で、後方へと身を捻る跳躍を行った。マチェーテで攻撃《こうげき》してきた大柄なゴブリンに宙空から近付く。

そして、宙空で、太い触手骨剣を体から生み出す。ハルバードのような大きさの触手骨剣を直進させて、大柄なゴブリンの頭部を貫いた。凄《すさ》まじい攻撃を繰《く》り出した黒い獣に向かう、複数の魔矢と〈投擲〉された武器類が映る。「あぁ、危険よ！　さすがに……」とアケミが言った瞬間、黒豹は黒猫へと姿を変化させた。魔矢と〈投擲〉された長剣《ちょうけん》や槍の攻撃は黒猫には当たらず。「わぁ～変身して避《よ》けるなんて！」と、アケミがその様子を見て興奮。すると、黒猫は、黒豹のような姿へと体を成長させた。ゼロコンマ数秒間で黒い獣に元通り。その黒い獣は、己に対して長剣や槍を〈投擲〉してきた魔族たちへと近づきながら、その体へと触手骨剣を浴びせていく。

触手骨剣を体に喰らいまくった魔族たちは絶命し前のめりに倒れていく。

アケミは「黒い獣に黒猫ちゃんも強い！」と発言。

大きい鏡に映る黒豹と似ている黒い獣は壁際《かべぎわ》の洞窟《どうくつ》を走り始めていた。

アケミは夢中になって黒い獣の動きを追った。黒豹と似た黒い獣は壁に四肢が吸い付いているようにも見える走りから再び己の首から触手を斜め下に向けて伸ばした。その触手が向かった先にいるのは大型のモンスター、茶色の毛の魔獣。名はバウラウド。

そのバウラウドは前足から伸びた鉤爪《かぎつめ》で触手骨剣の一つを弾《はじ》く。が、もう一つの触手骨剣は避けられず、体に触手骨剣が突き刺さると、触手骨剣を収斂《しゅうれん》させた黒い獣に飛びつかれる。黒い獣は四肢を振るいまくっていた。バウラウドの大柄な体は一瞬で切り傷だらけ。更に、その首が飛ぶ。黒い獣が前足を振るった一閃を喰らっていた。

頭部を失ったバウラウドは倒れた。黒豹と似た黒い獣は横に跳躍。

他のバウラウドが放った爪の遠距離《えんきより》攻撃を避けると、体から触手を伸ばし、反撃《はんげき》を繰り出す。爪を射出していたバウラウドの足に触手から出た骨剣が突き刺さった。

バウラウドは動きを止める。と、そのバウラウドに黒い獣は飛び掛かり、首下に噛《か》み付《つ》く。頭部を捻り、その喉輪《のどわ》を強引《ごういん》に裂いてからバウラウドの体へと後《うし》ろ脚《あし》の蹴《け》りを喰らわせて豪快《ごうかい》に吹き飛ばす。黒い獣は槍使いの近くに回転しながら着地したが、一呼吸も置かず左斜めのバウラウドの足に触手骨剣を喰らわせる。そのバウラウドの体に触手を絡ませ、一気に収斂させた。バウラウドは前のめりに転倒しながら黒い獣の足下《あしもと》に転がっていく。黒い獣の体から出ている触手と先端《せんたん》から出ている骨剣は大型のバウラウドと地面に挟《はさ》まれても何ともない。黒豹と似た黒い獣はバウラウドの頭部の匂《にお》いを嗅《か》ぐと、その頭部に牙《きば》を立てた。

「食べた……」

アケミは口に手を当てながらそう発言。そして、黒豹と似た黒い獣はバウラウドの頭部を咀嚼《そしやく》。食べ終わると己の頭部を上向かせた。遠吠《とおぼ》えをしていると分かるように喉元《のどもと》の毛を揺《ゆ》らしていた。「凄《すご》くて格好《かっこ》いいけど、基本はネコ科でもあるのよね」と、アケミは部下に聞くように発言しては「あっ、後ろ、見て！」と大きい鏡に指を当てる。そこに映るのは、黒い獣へと忍《しの》び寄《よ》っている二腕を持つバッタモンスターだった。当然、黒豹と似た黒い獣には、そのアケミの言葉は聞こえない。黒豹と似た黒い獣は『だいじょうぶにゃ〜』と鳴いたか不明だが、後ろに眼でもあるかのように背後へと跳躍を行い——一対《いっつい》の後ろ脚がバッタモンスターの胸へと伸びる。後ろ脚の爪が二腕を持つバッタモンスターの胸を突き破《やぶ》っていた。

「わぁ、後ろ脚の蹴りが馬の蹴りにも見えたけど、カモシカのような細い後ろ脚にも見えた。格好いい黒豹ちゃん！」

とアケミは興奮。黒豹と似た黒い獣は二腕を持つバッタモンスターの胸を貫いた血濡《ちぬ》れた後ろ脚を引き抜く。そして、後ろ脚を振るい、こびり付いていた死骸《しがい》の血肉を周囲に飛ばす。黒豹と似た黒い獣は、そこで休憩《きゅうけい》するように毛繕《けづくろ》いを始める。

「可愛いけど、まだ戦いの最中よ！　油断はダメ。あ、槍使いが……え、スゴッ！」

アケミが指摘《してき》しているように、槍使いは毛繕いを始めた黒い獣を守るように、前に出た。

そして、魔闘術《まとうじゅつ》系統を強めて、一段と加速を強めて速度を上げていた。鬼気《きき》迫《せま》る表情から、〈刺突〉と分かる迅速《じんそく》な突き技《わざ》を繰り出す槍使いは数体の二腕を持つバッタモンスターを数秒で仕留める。続けて側転し蹴り技で長剣を持った魔族を牽制《けんせい》するや否《いな》や、魔族は前のめりに倒れた。

「近すぎて見えなかった！　格闘戦《かくとうせん》もこなすのね！」

魔族との相対時間はゼロコンマ数秒間も数秒もなく足を穿ってからの正中線を連続で突く槍技《やりわざ》で、数体の魔族を倒して、鬼神のような攻撃を繰り返していた。槍使いは両手に持つ槍と第三の手が持つ光刀と手首から突如《とつじょ》として発生している〈鎖《くさり》〉を使う。洞窟に侵入していた魔人千年帝国ハザーンのモンスターと、その兵士たちを蹂躙していく槍使い。尋《じん》常《じょう》ではない速度と急激に速度を落とす緩急《かんきゅう》を活かした槍武術で標的を正確に駆逐《くちく》する。無双の槍武術を駆使《くし》しながら一階層を駆《か》けている槍使いの姿が大きい鏡にズームアップされて映し出されていた。

「槍使いと、黒豹ちゃんと似た黒い獣が華麗《かれい》すぎる！　黒猫ちゃんでもあるようね。あぁ、鳴き声が聞こえてくるよう。でも、黒い獣ちゃんは少し怖《こわ》いかも……」

「あぁ、古竜様を見た時よりも、インパクトある」

「バウラウドの頭部を食べる黒い獣に、槍使いは鎖と魔法も扱《あつか》う。槍武術も相当なレベルだぞ」

「うん、黒髪の槍使い様は素敵《すてき》すぎる……」

黒髪のアケミは自分の胸を手で押さえていた。

「槍使いは異質だ。魔闘術系統を幾《いく》つ持っているの、と聞きたくなるほどの魔力《まりょく》操作を行っているようね。槍の武術は……風槍流を軸《じく》にしているとは分かるけど……独自の槍武術もあるわね……槍を何年扱っているのかしら……」

「ソジュでも分析はできないようね」

「うん。無理、槍使いはあたしの幻視《げんし》で見られない。見える範囲《はんい》だと、魔力が不自然に足に集まったり腕に集まったり……うあぁ、また変化しているし、ナニアレ、戦っている間に魔力操作性が向上しているの？　成長力が常人の域ではない。魔素《まそ》を吸収し展開効率を上昇《じょうしょう》させる恒久《こうきゅう》スキルも持っていることは確実ね。しかも戦闘《せんとう》職業も希少なモノへと変化を促すほどの称号《しょうごう》も複数持ちかな。武具も普通《ふつう》ではないわね。あぁ、わたしも痺《しび》れるほどの黒い瞳《ひとみ》の持ち主だし、敵の軍団長ではないことが救い。魔界セブドラの神々の大眷属《けんぞく》か眷属かもしれない」

脳と片腕だけのソジュが饒舌《じょうぜつ》に語る。ミレイも、

「ありえる。魔人千年帝国ハザーンと魔界セブドラ側の勢力は争い合っている」

ミレイもソジュの言葉に同意していた。すると、スラ吉が、

「そういえば……古竜様が槍を使う客のことを仰っていました。ご主人様を見たいとか」

古竜との会話を皆に告げる。アケミは、ただ黙《だま》って頷き……。

と短く呟いていた。アケミは『あの黒髪の槍使いは、わたしを見たいの？　嬉しい！　仲良くしたい！　あんな黒髪の男子なんてここんとこずっと見ていないし！　あぁ……ここんとこではない、この世界に来てからずっと……あんなカッコよくて強い男子が古竜様とお友達？　信じられない！　しかも、しかもよっ、わたしの危機に助けに来てくれる展開？　こんな王子様風の登場なんて……もうこんな機会は二度とないかもしれない。いや、確実にない。ひゃくぱーない。あぁ、このままいけば、強い戦国武将を感じさせる彼とお話ができる？　ふふふ、よーし、ぜったい、この機会は逃《のが》さないわよ、こんな訳の分からない戦いに巻《ま》き込まれてからというもの、ずっと鬱憤《うっぷん》が溜まっていたんだからね！　腕が三本？　そんなの構わないわ。近くに、腕と脳が融合状態で謎《なぞ》に生きているソジュもいるし。なにより、スライムだらけだし、スラちゃんたちは可愛いけど。やはり清涼剤《せいりょうざい》のイケメン男子は絶対必要なのよ。うん、確信した。緊張《きんちょう》すると思うけど、お話をしてもらおう……できれば友達になってほしい……その、できれば、あの槍を持っている手に触れてみたいな、ふふ』と、封印《ふういん》していた女子としての気持ちを思い出し勝手に興奮しているのであった。

「……いい」

「ご主人様が……今まで見せたことのない笑《え》みを……美しき女の顔だ。私も遥《はる》か昔、血を吸う化け物になる前に好きな男に対してあんな笑みを浮《う》かべていたのだろうか」

「魔眼の魅了《みりよう》にでも掛かったような顔ね……ご主人様が心配だわ。って、骨頭のミレイまで顔を赤くしているし」

「……分からぬが、古き血が騒《さわ》ぐ……」

「皆が、赤く染まっています！　ボクの知り合いのスラ赤君と同じ色ー」

アケミは、死線を共に潜《くぐ》り抜《ぬ》けてきた部下の言葉を聞いていなかった。大きい鏡に近付いて、目を見開きながら槍使いの動きを追っている。ところが、天井《てんじょう》に移動していたその槍使いが、大きな鏡を突如として睨《にら》む。

「え？　わたしを見たの？」

アケミがそう言うが、槍使いは、闇《やみ》の杭《くい》のような物体を射出――一瞬で、大きな鏡の映像は真っ暗となった。その大きな鏡の映像は二階層のものに切り変わっている。

「槍使いは一階層の監視《かんし》に気付いたってこと？　微弱《びじやく》な魔力波動でも見えてるのかしら？」

「気付いたのかもな。感覚も尋常ではない」

ソジュの言葉に頷いたアケミ。

「……なんという感覚の鋭さ。でも、警戒《けいかい》されてしまったかも……どうしよう」

第二百五十六章「ひさしぶりの日本語」

背後から聞こえたサジハリとバルミントの声に向け片腕を上げて、『このまま俺《おれ》たちは洞窟を進む』と意思を示しつつ黒豹《ロロ》と幅広《はばひろ》な洞窟の岩盤《がんばん》を駆けた。ゴリラが生やすような黒い毛を有した大柄モンスターを狙《ねら》う。黒い毛は隆々《りゅうりゅう》とした筋肉を隠《かく》していると想像できた。そのモンスターは、まだ俺たちに気付かない。

掌握《しょうあく》察のような周囲の魔素を探知する能力は低い——。

大柄で、重そうな体だ、加速性能もあまりなさそうだ。

その豚の頭部とゴリラのような体を持つモンスターの背中に向け、腰《こし》を突き出す左足の踏み込みから右手が握《にぎ》る魔槍杖《まそうづえ》バルドークを振るう〈豪閃〉を繰り出した。

右腕《みぎうで》がすっぽ抜ける勢いを持った穂先《ほさき》の紅斧刃《べにおのば》が、ゴリラのようなモンスターの背中を豪快にぶち抜いた。手応《てごた》え十分！　ゴリラのような分厚い体を両断。

切断された体の一つは、「ウゲァア」と豚の頭部から奇怪《きかい》な叫び声を発しながら横回転中に絶命したと理解。輪切り状の傷口から内臓類を撒《ま》き散《ち》らす。

切断された下半身のほうは、二つの足で下半身だけの体を支え立っていたが、輪切り状の傷口から迸《ほとばし》る血飛沫《ちしぶき》が体にかかると背後に倒れた。すると、今の血飛沫が洞窟戦《どうくつせん》の口火となったように周囲のモンスターと魔人の将校クラスと兵士たちが一斉に振り向いてきた。が、左前方の大柄なゴブリンたちは俺たちに気付いていない。

背中を見せながら迷宮を進んでいた。チャンス。

「ロロ、左は俺がもらう――」

「にゃあ」

狙いは、その左を前進中の大柄なゴブリンの背中だ。

筋肉と外骨格が融合したような鎧を着ている。

その背中目掛けて神槍ガンジスを構えランスチャージの如く突進し――方天画戟と似た神槍ガンジスの双月刃《そうげつば》を大柄なゴブリンの背中に喰らわせた。

双月刃の神槍ガンジスは蒼《あお》い槍纓を血に染めて、大柄なゴブリンの腹を貫通《かんつう》。

そして、ゴブリンの重さを神槍ガンジスから感じるがまま神槍ガンジスを振り回し、神槍に刺さっているゴブリンの死体を左に投げ飛ばし、直《す》ぐに前方の大柄なゴブリンに向かった。そのゴブリンは俺に気付くとマチェーテを構えた。

ゴブリンの腕の長さとマチェーテの刃の長さを分析しつつ――。

その大柄ゴブリンとの間合いを詰《つ》めて、相手に合わせず槍《やり》の間合いから魔槍杖バルドークを右から左へと振るう〈豪閃〉を繰り出した。口金が撓《しな》るような勢いの紅斧刃が大柄なゴブリンの脇《わき》を捉《とら》え、その鎧と体を豪快に両断した。俺に迫《せま》る魔素は多い。

即座《そくざ》に右足を引き半身を開きつつ後退を行う。右後方の大柄なゴブリンの攻撃に備えた。

その大柄なゴブリンはマチェーテの切っ先を突き出し、俺の腹か胸を狙ってきた。

その突きの軌道《きどう》を読む。神槍ガンジスを傾《かたむ》けた。

マチェーテの切っ先に、神槍ガンジスの柄を衝突《しょうとつ》させて角度を下げた。マチェーテの刃は、神槍ガンジスの柄の上を滑《すべ》り落《お》ちていく。マチェーテの刃が柄を握る指に迫ったが構わない――神槍ガンジスを握ったまま左腕《ひだりうで》を引く。と同時に右手で握る魔槍杖バルドークを下から左上へと振り上げた。マチェーテを持つ腕を、下に向いたままの大柄なゴブリンの腹を紅斧刃が捉えて腹を斬《き》る――。

「グヴァア」

と悲鳴を発したが紅斧刃が通り抜けた腹の傷は少し浅い、間髪《かんはつ》を入れず、脇を締めるように左腕を引いていた神槍ガンジスで〈刺突〉を繰り出した。

神槍ガンジスの双月刃がゴブリンの頭部を穿つ。と、その頭部は爆発《ばくはつ》するように四散した。良し倒した。今の槍の引《ひ》き際《ぎわ》を狙うように背後と斜《なな》め後方から大柄なゴブリンが寄って来た。ま、その動きは予測済み。爪先回転《つまさき》を行って間合いを調整していく――。

二体の大柄なゴブリンは俺を追うようにマチェーテで斬って突こうとしてきた。　その大柄なゴブリンたちに似合わないマチェーテの扱いを凝視――。

が、ユイとカルードとヴィーネに比べたら、子供と大人の差だ――。

神槍ガンジスと魔槍杖バルドークの穂先と柄で、マチェーテの刃を受けて流し、往《い》なす。

大柄なゴブリンたちは、次第《しだい》に呼吸が荒《あら》くなり動きが乱れ出す。

その隙《すき》を狙っていこうか――突き出たマチェーテの刃と、そのマチェーテを扱う大柄なゴブリンと、背後の大柄なゴブリンの動きを把握《はあく》しつつ重なるように仕組む。

二体の大柄なゴブリンが重なった直後、左に出ながら――。

右手と第三の腕の手で握る魔槍杖バルドークを下へと振るった。

宙に弧《こ》を描《えが》くような軌道の紅矛《べにほこ》と紅斧刃が大柄なゴブリンの右足を捉えると、

「グヴァッ⁉」

と、右足の付け根の一部を切断。ゴブリンは痛みの声を発した。

その大柄なゴブリンは体勢を崩す。チャンスを逃《のが》さず――。

その胴に向け、右足の膝《ひざ》を持ち上げるような踏み込《こ》みから神槍ガンジスの〈白無穿〉を繰り出した。左腕ごと神槍と化すような〈白無穿〉の穂先が大柄なゴブリンの腹をぶち抜き、背後の大柄なゴブリンの鎧と体を豪快に貫く。そのまま神槍ガンジスに魔力を込める。

神槍ガンジスの槍纓の蒼い毛が刃と化して靡《なび》きつつ、神槍にぶら下がったままの大柄なゴブリンの死体を捉えて縦横無尽《じゅうおうむじん》に切《き》り裂《さ》いた。そして、まだ神槍ガンジスを持つ左腕は伸びきったままだったが、周囲の魔人の兵士たちは間合いを詰めて来ない――。

即座に神槍ガンジスを普通に引いて体勢を戻《もど》した……神槍ガンジスの槍纓の刃の一つ一つは鋭《するど》い。それが上下左右に靡いているからな。槍纓の間合いは達人でも早々とは読み切れないんだろう。そして、此方《こちら》に来ないなら此方から行くまでだ――。

と、右足の踵《かかと》で地面を突くようにアーゼンのブーツの底で地面を突く。

すると、周囲の魔人兵士と大柄なゴブリンたちは肩《かた》を揺らす。

次の瞬間《しゅんかん》、魔槍杖バルドークを〈投擲〉――。

宙を直進した魔槍杖バルドークが大柄なゴブリンが持つマチェーテと衝突するが魔槍杖バルドークは止まらない。大柄なゴブリンの鎧を捉え体を貫く。

更《さら》に、背後の大柄なゴブリンの鎧をも突き破って胸に刺さってから止まった。

大柄なゴブリンは胸に刺さった魔槍杖バルドークを両手で引き抜こうとしつつ絶命すると、魔槍杖バルドークに押されたように倒れゆく。前進し――その倒れかかる死体に刺さっていた魔槍杖バルドークの柄を握りながら爪先回転――魔槍杖バルドークを回した。

右にいる魔杖《まじょう》を掲《かか》げて魔法を繰り出そうとしている魔法使いたちへと、魔槍杖バルドークに刺さってぶら下がっているゴブリンの死体を放り投げてやった。

「――ぐあぁ」

「死体が邪魔《じゃま》だっ」

魔法使い部隊の一部はゴブリンの死体と衝突し吹き飛ぶ。右にいた他の魔法使い部隊の人員と魔人兵士と二腕を持つバッタモンスターと衝突していた。

魔法使いの一部の者は大柄なゴブリンの死体の下敷《したじ》きとなっている。

死体と衝突していない魔法使い部隊の一部は反撃の魔法を撃《う》ち出してきた。

火球を魔槍杖バルドークで払《はら》い、風のハンマーを神槍ガンジスの柄で受ける。次の魔法を避けるか、イモリザの第三の腕で受けながら突進か？　と思ったが、そこに相棒が、

「ガルルゥ――」

と、耳を聾《ろう》するような叫び声を発した黒豹ロロディーヌが紅蓮《ぐれん》の炎《ほのお》を吐いた。

直線状の紅蓮の炎は洞窟の右側を燃やし尽《つ》くした。

相棒の紅蓮の炎を浴びた魔法使い部隊の大半は消えただろう。

と思ったが、黒豹《ロロ》の炎に反応を示す者たちもいた。

魔法使い部隊にも優《すぐ》れた魔人はいる。彼らは俺に放とうとしていた魔法攻撃《こうげき》を止めて、

スクエア形の防御結界《ぼうぎょけっかい》を敷《し》いていた。が、その魔法《まほう》防御力が高くとも、神獣《しんじゅう》の火炎《かえん》に長く耐《た》えられる訳もなくスクエア形の防御結界は溶《と》けるように消えた。刹那《せつな》――。

そのスクエア形の防御結界を発生させていた魔法使いの魔人も紅蓮の炎に呑まれて消えた。俺の前髪《まえがみ》も少し焦《こ》げる勢いの紅蓮の炎は強力だ。

相棒のロロディーヌは、ヘルメがいないこともあって紅蓮の炎の出力を上げたのかもしれない。そして、見事なフォローだった。感謝の気持ちで、

「ロロ、ありがとう」

「にゃおお――」

黒豹のロロディーヌは可愛い猫《ねこ》の鳴き声を寄越《よこ》すと他のモンスターへと飛び掛かった。では、俺は此方の敵を倒すとしよう……と左に転がった者たちを睨む。魔法使いの魔人と長剣と槍を持つ兵士たちが多い。背後には、倒れていない二腕を持つバッタモンスターと大柄なゴブリンと、豚の頭部とゴリラのような体を持つモンスターもいる。

それらの軍勢に向け、足に魔力を込めた魔脚《まきゃく》で床《ゆか》を蹴って前傾《ぜんけい》姿勢で突貫《とっかん》――。

凄まじい速度を実感しながら、三つ腕の槍ではなく〈導想魔手《どうそうましゅ》〉が握るムラサメブレードを下段に振るう〈水車剣〉を発動させた。

石の床に転がっていた魔法使いたちの体を溶かすように両断――。

続けて、ムラサメブレードを振り上げる。

「ひぁぁ」

「は、速い――」

魔手の腕《うで》の先がブレて霞《かす》むように見えながら長剣持ちと槍持ちの軍服を着ていた魔人の首を刎ねた。光刀の軌跡《きせき》がネオンのように宙に残る。

蒸発が間に合わない大量の血が門を作るように宙に舞《ま》った。

その舞う血を吸血鬼系《ヴァンパイア》らしく吸収――。二つの〈鎖〉を前方と左斜め上に射出した。

前方に伸びた〈鎖〉は、二腕を持つ多数のバッタモンスターと大柄なゴブリンと魔人の兵士を貫く。一方、左斜め上に伸びた右手の〈鎖〉は洞窟の天井に突き刺さった。

その両方の〈鎖〉を〈鎖の因子〉の中へと収斂。手首の〈鎖の因子〉に〈鎖〉が吸い込まれる勢いを利用して天井へ移動した。両足を天井に着ける――。

逆さま状態で洞窟全体を見渡《みわた》した。軍団長はもういないのか?

そして、何か、見られていると視線を感じた――。その壁に向け〈夕闇の杭《ダスク・オブ・ランサー》〉を無数に射出――。

俺の右手から連続的に〈夕闇の杭《ダスク・オブ・ランサー》〉が飛び出ては、壁の一部に突き刺さっていった。

破壊《はかい》した後、見られている感覚は消えさった。迷宮のシステムか何かか? ここの主に悪

いことをしたかもしれないが……あまりいい気分ではないので壊《こわ》してしまった。すると、下の方から、

「――なんだありゃ」

「槍と不思議な鎖を使う新手が裏《うら》からきたぞ！」

「紫色の騎士鎧《きしよろい》？　槍とあの光る刀は……」

「壁を攻撃していた魔法もある、散開しろ！」

「――ギャッオオ」

「「ギャッギャギャギャギャ」」

「ゴギャギャッ！」

天井に両足をつけたまま壁を攻撃している俺を指差して叫んできた。

片方の手首の〈鎖の因子〉へとゆっくりと収斂中の〈鎖〉には、その〈鎖〉に貫かれた大量のモンスターが血塗《ちまみ》れ状態でぶら下がっているからな。

そこに洞窟の奥から、俺に対して指を差している魔人とモンスター軍団とは違《ちが》う別の声が響《ひび》いてきた。撤退《てったい》中のモンスターたちか。迷宮の主の女魔術師《まじゅつし》の配下たちが、魔人千年帝国ハザーンの軍を押し返しているのかな。豚の頭部とゴリラのような体を持つモンスター、大柄なゴブリン、二腕を持つバッタモンスターなどが逃げてくる。すると、豚の頭部

とゴリラのような体を持つモンスターの頭部が綺麗《きれい》に切断された。切れ味鋭い斬撃を振るったのは、骨の兜を被ったスライム状の人型。細身の人族にも見えたが、ゼリー状の体か。ゼリー状の双丘《そうきゅう》も悩《なや》ましく揺れている。顔もゼリー状なのか？　ここからではいまいち、判別はできない。ゼリーながら胸の造形は美しい。続いて、もう一体のスライム状の人型を見つけた。そのスライム状の人型は騎士の鎧を装備していた。

そのスライムもゼリー状の人型だったが動きが速い。ゼリー状の手で握る水色の槍で〈刺突〉を繰り出した。目の前の大柄なゴブリンの胸を水色の穂先で豪快にぶち抜く。

その背後から黒髪《くろかみ》の魔術師も姿を現した。彼女《かのじょ》がサジハリに助けを求めていた魔術師か。背はそんなに高くない。挨拶《あいさつ》をしたい。が、まだモンスターの数は多い。下のハザーンの軍隊を掃除《そうじ》しよう。体を支えていた天井に突き刺した〈鎖〉を消去して地面に降下。

そこに、丁度良く逃走《とうそう》してきた豚の頭部とゴリラのような体を持つモンスター。

その豚の頭部を両足のアーゼンのブーツ裏で踏み潰《つぶ》した。その頭部を潰した体目掛けて――〈夕闇の杭《ダスク・オブ・ランサー》〉を無数に放った。ゴリラのような体は岩盤に叩《たた》きつけられてペチャンコ状態。

近くで逃げていた魔人が言葉にならない叫び声をあげるが、無視。

単純な手数なら……と考えてから、右下腕の魔槍《まそう》グドルルを消失させた。

『イモリザ出ろ』

右下腕が別意識を持ち地面に落ちながらイモリザの姿へ変身していく。

ハルホンクの防護服の魔竜王鎧《まりゅうおうよろい》は、右下腕があった脇の部分が穴となった。

が、その穴は紫色の鱗《うろこ》に包まれるように塞《ふさ》がった。

さすが神話《ミソロジー》級のアイテムだ。『ングゥウィィ』と、心でハルホンクを褒《ほ》めていたら黄金《ゴールド》芋虫《セキュリオン》はイモリザへと変身を遂《と》げる。

ヘルメがここにいたら何か言ったかもな。銀髪《ぎんぱつ》が綺麗なイモリザは敬礼ポーズ。

「使徒様♪」

「よ、イモリザ。早速《さっそく》だが、あの出入り口へ向けて逃走しているモンスターたちを倒《たお》せ、外に逃げたのは放っておいていい。やれるだけやれ」

「はーい、では、バッタモンスターから――」

イモリザは銀髪を伸ばし、その先端を巨大《きょだい》な鎌《かま》の刃へと変化させると、前進しつつ、二腕を持つバッタモンスターの下に移動しながら、その巨大な鎌の刃を振り子のように振り回して二腕を持つバッタモンスターの脚に衝突させた。その脚を一気に刈《か》り取《と》っては、巨大な鎌の刃を振り上げるように頭部を振るう。一瞬で、二腕を持つバッタモンスターの体が両断されると、イモリザは「まずは一匹！　次は、逃げたゴブちゃんマン！」と、快活に叫《さけ》びながら前進。逃げた大柄《おおがら》なゴブリンに向けて、両手の指から黒爪を伸ばした。

「いえい！　ズキュン！　バンバン的中！」

そう叫ぶと、「魔人か、魔族か、逃げている兵士さんたち、いきまーすーーー」と、イモリザは言いながら大柄なゴブリンの背中ごと胴《どう》を突き抜けた黒い爪を振《ふ》るった。

黒い爪に突き刺《さ》さっていたゴブリンの死体を逃走していた剣を持つ魔人兵士に投げ付ける。死体と衝突した魔人兵士たちは背中が潰れ床に転がった。

「イモリザ、いい動きだ。それと、赤竜サジハリが入り口から来るかもしれないから、気をつけて攻撃しろ」

「お任せください♪　逃がしませんよ〜。久々の個人活動なのです♪」

イモリザは楽しげに話をしながら巨大な鎌の刃《は》に変化させていた銀髪を梳《と》かすように細かに分裂《ぶんれつ》させる。その髪《かみ》の先端を床の岩盤にめり込ませた。

何をする気だと思ったら、石の岩盤に絡ませた銀髪を一気に引き上げて、逃げるモンスターを多数のせている床の岩盤ごと、天井に衝突させて、そのモンスターを倒していた。

モンスターたちが一網打尽《いちもうだじん》だ……。天井と衝突した石の岩盤はバラバラに砕《くだ》け落ちている。

天井と岩盤に挟まれたモンスターたちの肉片《にくへん》が天井に張り付いて、血が大量に滴《したた》り落ちていた。こんな攻撃方法があるとは、俺と黒豹《ロロ》にはない発想がイモリザにはある。元が黄金芋虫《ゴールドセキュリオン》だからか？　と感心したが、イモリザが地面をくり抜いた影響《えいきょう》で床だった地面には巨大な落とし穴のような窪《くぼ》みが誕生していた。そこに、

「あら、凄い髪の毛をお持ちの方もいるのですね……そして、そこの槍《やり》使いさん……」

背後から女性の声が響く。サジハリと同じ言語。素早《すばや》く振り返った。彼女が女魔術師。日本語ではないが日本人なのだろうか。ユイと初めて遭遇《そうぐう》した記憶《きおく》が蘇《よみがえ》る。現代的な若い女子で高校生ぐらいの年かな？　眉《まゆ》は太く眉尻《まゆじり》は細い。整えられている。

細長な目も大人しそうな印象を抱かせる。

鼻は小さくアヒル口で子狐《こぎつね》を連想する可愛らしい顔だ。

そして、そんな可愛い黒髪の女魔術師を守ろうとしているのか、彼女の両脇《りょうわき》と前にスライム状の騎士たちが並んでいた。骨に血が混じる骨騎士は目立つ。頭部は骨が多く肉も多少あった。女性らしく胸が膨《ふく》らんでいて、その胸の真上に黒い紋章《もんしょう》が浮かんでいる。

一方、黒髪の女魔術師の足下にはスラ吉《きち》の姿もあった。さて、名乗るか。

迷宮の主だから冒険者《ぼうけんしゃ》は商売敵《しょうばいがたき》かもしれないが、サジハリと話している言語を意識して、

「こんにちは。名はシュウヤ・カガリです。槍使いで、高・古代竜《ハイ・エンシエントドラゴニア》のサジハリとバルミントの知り合いです」

「はい！　スラ吉から聞いています。シュウヤさん、宜《よろ》しくです。わたしの名はアケミ・

スズミヤといいます」

女魔術師さんの名はあけみ・すずみや。鈴宮朱美《すずみやあけみ》さんかな。アケミさんは緊張している
らしい……唾《つば》を飲《の》み込んだ音が聞こえた。額に髪が付着して、頬《ほお》と首は斑《まだら》に赤い。

マラソンをした直後のような印象だ。忙《いそが》しかったようだな。アケミさんへ、

「アケミさんよろしく。この迷宮《めいきゅう》の主の貴女《あなた》に会いたいとサジハリに頼《たの》んで、ここに連れ
てきてもらったんです」

「――おい、魔術師！　入り口の床がないぞ！　こんな罠《わな》を仕込《しこ》んでいたのか？」

「あ、ごめんなさいぃ。わたしがやりました～♪」

入り口の手前でバルミントを連れたサジハリが叫んでいた。それを聞いていたイモリザ
が、あっけらかんとした態度で謝《あやま》っている。サジハリは、

「何だい？　そのだらしなく伸びた銀髪に魔力も不自然な動きだねぇ、化け物の匂いがす
るよ！　ハザーンの生き残りか!?」

「ガォガォッ」

バルミント、お前まで吼《ほ》えてどうする。と、そう言えば挨拶していなかった気がする。

新しい六本指の状態か、槍の訓練に使う時に新しい腕に変化させていたからな。

「うう……バルミントちゃん！　わたしを忘れてしまったのですね」

巨大な穴の手前にいたイモリザは泣き真似《まね》をしていた。

「サジハリとバル、その子はイモリザ。俺の部下だ。気にするな」

「なんだと⁉　このような者が部下とは……」

「そうですよ♪　サジハリ様、わたしは使者様の下僕《げぼく》。〈光邪ノ使徒〉の一柱であるイモリザといいます。以後、見知りおきを――」

「クククッ、わたしのシュウヤカガリが使者様かい？　独自の支配構造のようだねぇ、部下というより使役《しえき》か」

さすがは高・古代竜《ハイ・エンシエントドラゴニア》のサジハリ。瞬時《しゅんじ》に分析《ぶんせき》を終えたようだ。〝わたしのシュウヤカガリ〟の言葉が気になるが指摘はしない。そこで、黙って話を聞いているアケミさんに視線を向ける。

「あ、わたしに構わず、わたしもその銀髪のココアミルク肌《はだ》の可愛い少女のことが知りたいです」

「ふふ♪」

イモリザはアケミさんに会釈《えしゃく》。そのイモリザを見ながら、

「イモリザは特別な存在だ。元々は邪界ヘルローネに棲《す》まう生命体、黄金芋虫。名はゴールドセキュリオン。それが、邪神《じゃしん》ニクルスの第三使徒のリリザに喰《く》われて、リリザとして

永く生きていた」

「その通り！　少し記憶もあります」

サジハリは、

「邪界ヘルローネ……聞いたことがある。黒き環《ザララープ》の異世界の一つだったはずさね」

「異世界の一つ……」

アケミさんもそう呟《つぶや》いた。言語は南マハハイム共通語とイントネーションは似ている。

「そうだ。セラの地表に横たわる巨大な黒き環《ザララープ》の上に構築されている巨大都市が迷宮都市ペルネーテ。邪界ヘルローネの出入り口だろう」

「ふむ……セラの次元と、比較的《ひかくてき》近いとされている次元世界の魔界《まかい》セブドラや神界セウロスに獄界《ごくかい》ゴドローンと同じような次元世界が邪界ヘルローネだね。無数に存在するとされている異世界の一つが邪界ヘルローネで、十天邪神が支配するとされている異世界。このセラは、他の次元と重なり易《やす》いと嘆《なげ》きの賢者《けんじゃ》は語っていたが……黒き環《ザララープ》も様々だからねぇ

……そして、そのイモリザとなった経緯《けいい》を教えてくれるかい？」

サジハリは数回頷《うなず》き考えながら語る。セラの地表に複数個存在するだろう黒き環《ザララープ》の先を調べたことがあるようだな。俺も最初に地下を放浪《ほうろう》した時に黒き環《ザララープ》を見ている。その時黒き環《ザララープ》を潜《くぐ》ったら違う異世界に行っていただろうな。そんな過去を思い出しつつ、

「少し長くなるがいいかな」

「構わない」

「了解《りょうかい》、最初、邪神ニクルスの第三使徒リリザは迷宮都市ペルネーテの迷宮第五層で活動中だったようだ。そこで俺の高級戦闘《せんとう》奴隷《どれい》たちと遭遇し戦闘となった。幸い高級戦闘奴隷ママニたちは優秀《ゆうしゅう》でリリザから逃げられた。リリザは迷宮都市ペルネーテの迷宮第五層を離脱《りだつ》し、ペルネーテの街に上がってきて魔界セブドラの悪夢の女神《めがみ》ヴァーミナを信奉《しんぽう》する【悪夢教団ベラホズマ】や【悪夢の使徒】などと呼ばれている組織と戦いを始めていた。俺も丁度、その悪夢の女神ヴァーミナを信奉する組織を潰すことになっていたんだ」

「ほぉ……魔界セブドラと邪界ヘルローネの争いか、神界セウロスの者もその争いに？」

「あぁ、正義の神シャファに連なる戦巫女《いくさみこ》も、【悪夢教団ベラホズマ】や【悪夢の使徒】に誘拐《ゆうかい》されていた」

「なるほどねぇ……三《み》つ巴《どもえ》どころか、四つ巴の戦いか……」

「おう。人族の国に、闇ギルドを合わせると四つ巴どころか……非常にカオス過ぎる勢力争いとなる」

「フフ、ハハッ、面白《おもしろ》い。カオスな戦いはどこでも起きているんだねぇ」

「あぁ、それでいて巨大都市で平和な部分も多々あるんだからな。まぁ、少ない言葉で表すなら〝混沌《こんとん》〟か」

ふと、カザネの言葉を思い出す。〝盲目《もうもく》なる血祭りから始まる混沌なる槍使い〟と……。

「ふむ。で、悪夢の女神ヴァーミナを信奉する組織を潰す展開となった槍使いの高級戦闘奴隷に絡《から》んできたリリザとの争いはどうなったんだい。魔術師も話の続きを聞きたいだろう？」

サジハリが少し怖い口調になっている。興奮しているようだ。

「はい、聞かせてください！」

「ボクも聞きたい～」

と、アケミさんとスライムがそう喋《しゃべ》ってきた。イモリザも、手を上げて「わたしも～ふふ」と、分かっているのに発言。笑顔《えがお》になってから、

「俺たちが、悪夢の女神ヴァーミナを信奉する組織を潰すことになった理由だが、俺の屋《や》敷《しき》で働いていたミミがそいつらに誘拐されてしまったからだ。で、ミミを救いに〈血鎖探訪〉という名のスキルを用いて、ミミの血の匂《にお》いを追うとペルネーテの地下の出入り口に到着《とうちゃく》。そこから地下に突入《とつにゅう》。地下といっても迷宮世界ではない街の地下だ。どこかで迷宮に繋《つな》がっているとは思うが、その地下の螺旋《らせん》階段を下りて進むと廊下《ろうか》に出た。その廊下では奥《おく》に囚《とら》われていた女性と子供たちが走って逃げている状況《じょうきょう》だった」

「ほぉ……槍使い以外にも地下で【悪夢教団ベラホズマ】や【悪夢の使徒】と戦っている存在がいたのか。あぁ、それが邪神ニクルスの第三使徒リリザだったたってことかい」

「そうなんだが他にもいた。他の闇ギルドの潜入《せんにゆう》工作員が【悪夢教団ベラホズマ】や【悪夢の使徒】に潜り込んでいたようだな。実際ミミは、『……お前ら騒ぐなよ。この通り扉《とびら》を開けてやった。あの魔人に食われたくなかったらさっさと逃げろ』と第三者の言葉を語った。檻《おり》の鉄扉《てつぴ》を開けてくれたそうだ。その第三者は多分、【悪夢教団ベラホズマ】や【悪夢の使徒】と敵対関係にある、他の都市を中心に活動している闇ギルドの人員と予測している」

「……闇ギルドとは、ますます面白い。魔界セブドラの勢力も互《たが》いに争うから確かに三つ巴どころではないな。地下の勢力も合わせると、獄界ゴドローンのキュイズナーたちも絡んでいそうだ。で、話の続きを頼む」

キュイズナーか。ナロミヴァスもその獄界ゴドローンのことを告げていた。

「あぁ、奥には地下祭壇《さいだん》を兼《か》ねた広場があった。中央で、邪神ニクルスの第三使徒リリザと、【悪夢教団ベラホズマ】や【悪夢の使徒】と呼ばれている組織の幹部クロイツと、その邪教《じやきよう》の親玉だったナロミヴァスが戦っていた。ナロミヴァスたちは、女性たちを捕《と》らえて、生きたまま喰うとか、ふざけた儀式《ぎしき》を行って悪夢の女神ヴァーミナに魔素や魂《たましい》を捧《ささ》げていたようだ。幸いにして、正義の神シャファの戦巫女イヴァンカは救えたが……とにかく、凄惨《せいさん》な状況だった。そんな状況で悪夢の女神ヴァーミナと接触《せっしょく》したが、まぁこれは省く。ナロミヴァスは魔人に転生した反吐《へど》が出るような野郎《やろう》だった。で、そいつらと三つ巴の戦いとなってナロミヴァスを倒した。クロイツとリリザの戦いは激戦となった。そこに俺が乱入し、クロイツを倒し、リリザも瀕死《ひんし》状態となったところで、そのリリザに特別なスキルを用いて眷属化を試みた。すると、リリザが体内に取り込んでいた三つの魂を俺が救出した。否《いや》、抽出《ちゅうしゅつ》したとも言えるか。そうして三つの新しく誕生した存在が〈光邪ノ使徒〉の一人のイモリザ。イモリザの内部にはピュリンとツアンの人格がいる。イモリザは、その二人と黄金芋虫《ゴールドセキュリオン》と、今の姿に変身が可能」

「ほぉ……驚《おどろ》きだ。だから銀髪を自由に扱えるんだねぇ」

「はい♪　わたしは〈光邪ノ使徒〉。シュウヤ様は〈光邪ノ使者〉様です。わたしはツアンとピュリンにも変身が可能なんです」

イモリザは一瞬《いっしゅん》でツアンとピュリンと黄金芋虫《ゴールドセキュリオン》に変身しては元のイモリザに変身。アケミさんはイモリザに、

「……凄《すご》い！　一人の中に三人の人格を有している……しかもシェイプシフターのように姿を変えられるのですね」

「はい♪」

イモリザがそう返事をした。俺は頷く。サジハリは、

「邪神ニクルスの第三使徒リリザが取り込んでいた三人の命を救う形の眷属化か。何度も言うが、面白いぞ、槍使い！　オマエの冒険《ぼうけん》が見たくなった！　そして、先ほどの戦場での槍捌きといい神獣ロロディーヌの使役と邪神ニクルスの使徒の眷属化に、神々との会合など神意力がありそうな展開を考えるに、シュウヤカガリは神格をも得ているのか？」

「ガオォ？」

バルミントはよく分かっていないようだ。イモリザのことを見て『あいつは食べないガオ？』と聞くように、新・お母さんサジハリを見上げている。

「神格？」

「分からないなら気にするな」

サジハリの表情から『少し意外だねぇ』という声が聞こえたような気がした。すると、黒豹から黒猫《くろねこ》に戻った相棒が大きな穴の前まで移動していく。

イモリザの横で止まると、「にゃおお」とバルミントとサジハリとイモリザに挨拶するように鳴いていた。エジプト座《ずわ》りの相棒と横にいる銀髪の美少女イモリザは絵になるな。

アケミさんは、

「あ、古竜《こりゅう》様！　挨拶が遅《おく》れました。今回の助《すけ》っ人《と》、大いに助かりました！」

部下と共にサジハリに挨拶するアケミさん。高《ハイ》・古代竜《エンシエントドラゴニア》の正式名称《めいしょう》は知らないのか、略して古竜と呼んでいるだけかな。サジハリは、

「魔術師、久々だな。礼なら、そこのスラ吉に言うんだね。それより、命を助けてやったんだ。例のモノをよこせ」

アケミさんを魔術師と呼ぶサジハリ。例のモノとは報酬《ほうしゅう》か。今回の救助に対する対価をアケミさんに要求か。得る物があるから、この女魔術師のアケミさんはサジハリに生かされているんだな。サジハリは体から放出されている魔力《まりょく》の質と醸《かも》し出《だ》す雰囲気《ふんいき》までも変えてきた。やはり高《ハイ》・古代竜《エンシエントドラゴニア》の赤竜だ。

威厳《いげん》を感じさせる。アケミさんは、

「あ、はいですっ！　ソジュ、聞いていたわね？」

「勿論《もちろん》――」

驚いた。なんだありゃ、アケミさんの頭上から突然《とつぜん》、片腕《かたうで》と脳が融合《ゆうごう》している奇怪なモンスターが出現した。サジハリは、

「ふん、そいつか」

と、言って、その片腕と脳が融合しているモンスターを睨む。そのモンスターが突然現

れたように見えたのは不可視《インヴイジビリテイ》の魔法《まほう》でも使っていたのだろうか。腕と脳が融合している生命体ソジュが、

「では、古竜様、ご主人様の指示がありましたので、この魔石《ませき》と迷宮核《めいきゆうかく》の欠片《かけら》を捧げます」

そう発言すると、点滅《てんめつ》を繰《く》り返《かえ》しながらサジハリの前に転移した。ソジュは魔力を内包させた脳の表面に出現させている眼《め》の一つを瞬《まばた》かせる。と、二つの袋《ふくろ》が目の前に出現。

その二つの魔法袋《まほうぶくろ》をサジハリの足下《あしもと》に移動させた。黒猫の姿に戻っていた黒猫《ロロ》が、イカ耳となって毛を逆立てて「ンン」と喉を鳴らし、ソジュに向け両前足を斜め前《まえ》に少し上げながら前進していく。通称《つうしよう》『やんのかステップ』を行った。

さすがに猫パンチは打たない。警戒していると分かる。一回ジャブのような猫パンチを放って直ぐに逃《に》げるという感じだろう。

「ガォッ！」

バルミントは警戒せず、トコトコと穴の前に移動して、穴に落ちそうになりながらもソジュを見上げていた。興味本位で腕と脳の生命体ソジュへと飛《と》び掛《か》かろうとしている？

「バル、そいつに関《かか》わるな」

「——ガォォ？」

バルミントはサジハリの言葉を聞いて振り返る。疑問風に鳴いてから、背中の四枚の翼《つばさ》

を動かしてサジハリの背後に移動した。サジハリの足に隠れるようにしてからつぶらな瞳《ひとみ》を向けていた。魔石は分かる。が対価として価値の高い迷宮核の欠片とは何だろう。

同じようなエネルギー源なのだろうか。と、考えているとアケミさんが傍《そば》に寄ってきた。

黒猫《ロロ》を見たアケミさんはニコニコと笑顔になって、

「可愛《かわい》い黒猫ちゃんですね～」

「にゃ～」

黒猫《ロロ》はゴロゴロと喉を鳴らしつつアケミさんの足に頭突《ずつ》き。そのままアケミさんの脛に体を擦《こす》り付《つ》けて甘《あま》えていた。「わぁ～嬉《うれ》しい～」と黒猫《ロロ》の頭部を撫《な》でていくアケミさんは「うふふ～逃げないでいてくれる……優《やさ》しくて、可愛い～」と発言しては黒猫《ロロ》の頭部から背中を撫でてあげていた。抜《ぬ》けた黒毛が少し舞う。そんな黒猫《ロロ》はアケミさんから離《はな》れて、俺の足下に戻った。と、アケミさんも傍にきた。アケミさんのローブの隙間《すきま》からセーラー服らしきものが見えた。

第二百五十七章「友と古竜たちとの別れ」

「アケミさん、その中の制服って……」

「あ、気付きました？　この制服……あ、もしやシュウヤさんは、にほん人なのですか？」

お、久しぶりの日本語だ、嬉しい。そして、アケミさんは緊張《きんちょう》しているらしい。少し言葉を噛《か》んでいた。アケミさんの表情を見ながら、

「そうです。昔は地球の日本人」

と日本語で伝えた。アケミさんの黒髪は艶《つや》がいい。シャンプーで洗いリンスやトリートメントを施《ほどこ》して綺麗に整えてあり清潔感があった。迷宮の中に風呂《ふろ》があるのだろう。そして、セーラー服は可愛い。

「わたしも地球の、鈴宮朱美、日本人です。この下に着ているセーラー服の通り軍武科に通う高校一年生でした」

一年生だと十六歳《さい》ぐらいか。だが軍武科？　宗教系のスクールなのか？

「同郷は嬉しいな。その喋り方だと関東地方ですか？」

「はい、大関東の帝都《ていと》東京出身、東日本ですね」

帝都？　大関東というフレーズは、カザネの……『シュウヤさんも、その喋り方からすると、前世は大関東圏《けん》、東日本の方かしら？』と喋っていた。他にも『少なからずあるわ。全員が微妙《びみょう》に歴史が違う現代日本から転生した点ね。それと、幼い時に病気や頭を打った衝撃《しょうげき》で日本人としての記憶を突然に思い出している。共通しているのは、それぐらいかしら、この世界《セラ》での生まれや育ちは皆《みな》、バラバラだったからね』

そんなカザネたちと同じ日本からアケミさんは転移してきた？　それとも異なる歴史を歩む日本からの転移だろうか……アケミさんは、カザネ、【クラブ・アイス】のアンコ・クドウ、ケイコ・タチバナなどの他の転生者たちとはまた違う日本からの転移者かもしれない。

「……それで迷宮の主ですか」

「そうなんです。軍部教練の授業中……目の前の光景が突然変わってしまい、気付いたら、迷宮核の一部が目の前にあって、司令室の中でしたから……しかも周りはわたし一人だけの状況。当時はめちゃくちゃ、混乱しました。魔術《まじゅつ》、魔法の結界に捕らわれたにしては、オカシイし現実的過ぎると……そして、迷宮核と融合しました。と、脳内に謎《なぞ》のメッセージが響いて……」

迷宮核と融合か……アケミさんにとって辛《つら》い記憶だったようで、目から涙《なみだ》が零《こぼ》れて頬を伝う。泣いてしまった。しかし軍部教練？　魔術、魔法？　俺《おれ》の地球日本とは違う。その事は聞かず、アケミさんに寄《よ》り添《そ》う気持ちで、

「……転移した直後の気持ちなら分かる。俺の場合は誰《だれ》も何もない地下空間……自分の力しか頼《たよ》れない状況だった……」

「地下なら、わたしと近いです！」

表情を変えて俺を見つめてきた。共通点が得られて嬉しいようだな。

緊張も解《ほぐ》れたようだ。

「地下か。この一階層のような場所なのかな？」

「そうです。最初は一階層の奥でした」

「最初……ということは拡張を？」

「はい」

「なるほど、迷宮の主か」

俺がそう言うと、アケミさんは、また緊張したような顔付きに戻る。

歳を考えて……もっと柔《やわ》らかさを意識して話をするかな、

「そのセーラー服可愛い。その服と同じように、他にも日本の物は持っているのかな？」

「あ、ありがとう。嬉しい……」

頬を朱《しゅ》に染める、アケミさん。

「あ、他にもありますよ！　教科書とノートが入った鞄《かばん》と携帯《けいたい》に筆記用具とか、見ますか？　友達にも自慢《じまん》していた可愛い消しゴムがあるんです、ふふ」

携帯と教科書は気になる。金儲《かねもう》けのヒントがありそう。スマホは最新技術。Bluetooth信号に超音波《ちょうおんぱ》技術も魔法のような印象を抱《いだ》かせるからな。が、電源の問題はあるか。それよりも先ほどの〝迷宮核と融合した〟という言葉が気になった。

「筆記用具は可愛いんだろうな。が、それよりも、辛い思い出のようだが、迷宮核との融合のことが聞きたい。最初から迷宮の主としての自覚を持っていたような感じなのかな」

「はい、脳内にメッセージが響いた時は驚き、混乱したんですが、予《あらかじ》め生まれ持って知っていた感覚……自然と呼吸している感覚といいますか……最初から全部の指が自然と使えているのと同じ感覚で……〈迷宮核〉というエクストラスキルがわたしに宿っていました」

「エクストラスキルか。よく分かるよ。俺もスキルを獲得《かくとく》した時に、そんな感覚を抱いた」

そう語り、自然と微笑《ほほえ》む。アケミさんも笑顔を返してくれた……可愛い。

「そのスキルを使い、スラ吉というスライムを使役したのです」

「ご主人様、知らない言語でボクのことを話しているの～？」

下から見上げるスラ吉は日本語が分からない。この日本の会話は俺とアケミさんしか分からないだろう。と、周囲を見る。サジハリは双眸《そうぼう》から怪光線《かいこうせん》を放出しているような凄い形相で俺たちを睨《にら》んでいる。バルミントはサジハリの後ろで待機。そして、イモリザは戻《もど》していた銀髪を細かく伸《の》ばして猫じゃらしを作ると、黒猫《ロロ》と楽しく遊んでいた。

俺も交ざりたくなるような遊び。アケミさんの部下にも視線を配る。

スライムの侍《さむらい》と騎士の隣《となり》に立っている骨に血が混じっている骨と血肉で構成されているような騎士は鋭《するど》い双眸で俺を見ているだけ。その略して血骨騎士の胸の前に浮《う》かんでいる墨色《すみいろ》の心臓は律動しているから不思議だ。一方、ソジュと呼ばれた脳と腕の生命体の方は、ぷかぷか浮きながら近くに来ては脳の表面に幾《いく》つも眼球を出現させていた。

ソジュは、眼球のスキルだと思われる魔眼《まがん》を発動させている。

睥睨《へいげい》した眼、静かに眺《なが》める眼、黄色と白銀が螺旋を描《えが》く眼、感情がむき出しになった眼、瞬きを繰り返している眼、神秘的な色彩《しきさい》を見せている眼、何かの汁《しる》を出している眼……その一つ一つの眼の形と魔力の質は異なっていた。それらの不気味な眼が、俺の体と傍で遊んでいる黒猫《ロロ》のことを凝視《ぎょうし》してくる。様々な眼と魔眼か。

いったい幾つの魔眼能力を脳内に持っているんだろうか。

こんな部下を持つアケミさんも、一見美少女に見えるが実は頭の後ろに大きな口があったりしないだろうな？　首の後ろに邪神ヒュリオクスのような蟲を飼っている？

驚かせるのは止めてほしい。そして、迷宮の主と言えばヘカトレイル近郊《きんこう》の魔迷宮《まめいきゅう》のサビードを思い出す。アケミさんは、地球からの転移者だがサビードと同じく魔界の神々と繋がっている可能性もあるのか？　カレウドスコープで調べるか？

と、疑心暗鬼《ぎしんあんき》になってアケミさんを見ていると、アケミさんは膝《ひざ》を抱《かか》えるように屈《かが》んだ姿勢となって、スラ吉と視線を合わせている。

「そうなの、今、シュウヤさんと大切なお話をしているところだから、スラ吉、今はシッね？」

足下から可愛く見上げていたスラ吉へ『邪魔《じゃま》しないで』とメッセージを込《こ》めたように小《こ》振《ぶ》りの唇《くちびる》の表面に人差し指を当てていた。

「はーい」

スラ吉は可愛い。唇に当てた人差し指の表面に注目した。

魔力を感じるマニキュアか。赤が基調で細かな模様が施されている。

「あ、この〈美爪術《びそうじゅつ》〉、気になりますか？」

アケミさんは立ち上がりながら、そう聞いてくる。頷いて、

「美しい化粧《けしょう》だ」

「ありがとうございます。でも、普通《ふつう》の〈美爪術〉ではないんです」

アケミさんは照れながらも両手の爪の模様を見せる。指先に魔力を集中させていた。

「〈美爪術〉は特別な魔術？」

「はい」

アケミさんの爪の色合いが変化。爪と指先では魔力の質が異なるが微妙に繋がっている。独自の魔術系統、魔法系統の技術があるように見えた。

模様が変化しつつ、爪だけでなく指の一部にも魔法の文字の群が現れると、その爪に幾《き》何学《かがく》模様が生成されて六芒星《ろくぼうせい》の模様なども続けざまに現れた。小型の紋章の魔《ま》法陣《ほうじん》だろうか。アケミさんは細い両腕《りょううで》を真《ま》っ直《す》ぐ伸ばし、指先を見せる。

「ふふ、興味を持ってくれて嬉しい。少し見せますね〈美爪術・透刃《クラリティ・エッジ》〉――」

スキルを発動すると六芒星の模様から半透明《はんとうめい》な魔力が滲《にじ》むように出現。

半透明な魔力は丸くなった直後、爪と繋がって、その爪の先端《せんたん》が長細い刃に変化しながら一直線に洞窟《どうくつ》の壁《かべ》へと向かう。その両手から伸びている半透明な刃が壁に突《つ》き刺さった。

半透明な刃は振動《しんどう》しながらも壊れない。柔軟性《じゅうなんせい》と硬度《こうど》を併《あわ》せ持《も》つ爪のスキルか……サジハリがアケミさんを黒髪の魔術師と呼ぶ理由なのかも知れない。その際《さい》にカレウドスコープでスキャンを実行――。

アケミさんの頭部と首には蟲はいない。内臓の位置が違う？　マンデラエフェクトでよくある心臓の位置が左ではなく真ん中にあるといった感じで微妙に臓器の位置が異なるようだが人族系と分かって安心した。しかし、その魔法が少し違うような気もする。

聞いてみようか。無詠唱《むえいしょう》だったしな。右頬のアタッチメントを触《さわ》って、元の視界に戻しながら、

「……無属性か風属性？　無詠唱だし、微妙に違うような感じの印象を受けたが」

「はい、これはわたしが鈴《すず》宮《みや》家の人間だから使える独自の魔術なのです。指に対応した魔術が使えます」

「鈴宮家の人間だから魔術が使える？」

「そうです。魔術と魔法。十二名家の一つ鈴宮家で育てられましたから基本的な魔術の素養はあるつもりです。ただ、御守《おまもり》様との契約《けいやく》をする前に、この世界にきてしまった。御守り様と契約したかった……」

十二名家か。確実に俺が知る日本ではない。

「名家独自の魔術があったりする？」

「知っているのですか？　この世界にある魔石と似たような感じで、宝石を媒介《ばいかい》にする魔術もあります」

アケミさんが住んでいた異世界地球の話も面白そうだが、アケミさんと魔人千年帝国《ていこく》ハ

ザーンとの争いの原因を聞くとしよう。

「話を変えるが、今、争っていたハザーンの連中は何が目的でこの迷宮に？」

「ハザーンの他に、ゲロナスという名の勢力があります。それらの勢力の目的は迷宮核です。魔神具《まじんぐ》の一部に用いることが可能と、昔、捕らえた魔人が語っていました」

魔人千年帝国ハザーンとやらは、エネルギー源として欲《ほっ》していると……。

「魔神具なら聞いたことがある」

「色々なことに利用しているようです。ゲート魔法もその一つかと思います」

「その魔法ならサジハリが使い勝手は悪いと言っていた」

日本語からサジハリと話していた言語に戻す。

「ようやく、わたしも分かる言語だ。それより、お前たち知り合いだったのかい？」

サジハリが落とし穴を飛び越《こ》えて寄ってくる。

「初対面だ。たまたま故郷が同じ星だったのさ」

歴史は違《ちが》うが、同郷だ。

「そうなんです。同じ島国なんですよ。内部の戦争と外の戦争が激しいですが」

内部の戦争と外の戦争が激しい？　やはり俺の知る地球と日本とは違う。

「……アケミさん、俺の知る地球日本とアケミさんの地球日本は違うようだ」

「え……シュウヤさんの地球と、その日本のことを少し教えてくださいますか？」

「あぁ、魔術や魔法は存在しない。第二次世界大戦に敗れた日本で、ダウンフォール作戦を免《まぬが》れた後の日本だ。３Ｓ政策の下で、偽《いつわ》りの平和が長く続いている時代に生まれ育った。戦争を知らない子供。子供の時は平和に思えたが、それは洗脳政策にどっぷりと浸《つ》かっていたせいだろう。治安が良い地域で育ったこともある。ある意味、何も知らずにいたほうが幸せだったのかも知れない。が……知ったからには黙《だま》っていられなかったな。そういった真実の植民地支配が続いていたことを、一般層《いっぱん》の日本人になるべく気付かせない方向で、時間をかけてゆっくりと日本は解体されて浸蝕《しんしょく》されていたんだ」

「植民地支配……」

「あぁ、見せかけの民主主義。一部の特権階級が日本を支配していたんだ。選挙も不正が疑われていたが報道なんてされず、司法も在日特権が問題だったが、報道されず。立候補するにも大金が掛かる。だからこそ民主主義の根本の選挙制度と公務員制度の改革に大規模な税金を注ぎ、徹底的《てっていてき》に透明性《とうめいせい》のある選挙と公務員制度を敷《し》くべきだったんだが、公僕《こうぼく》なんて夢幻《むげん》の如く。政治家や政党や高級官僚《かんりょう》は己《おのれ》の利権で動く者ばかり。見濁の邪教が政権与党《よとう》とタッグを組んで日本が良くなるようなことに税金を注ごうとしない。しまいには、己の私腹を肥やすために外国勢力に加担し、国民主権と基本的人権などの私権を削《そ》いで、日本を戦争に巻き込もうとするクズ連中の極《きわ》みが政権与党には存在していた」

と、簡潔に俺の知っていた日本の一部を日本語で話す。

「売国奴《ばいこくど》……しかも私権を削ぐとは為政者《いせいしゃ》に批判もできない状況だったのですか？」

「いや、そこが皮肉で、第二次世界大戦で負けた後、９条を最初に草案した幣原《しではら》氏の下で日本国憲法が作られたんだが、その個人の権利が守られる基本的人権が保たれていたお陰《かげ》で、なんとか一部の国民は、己の考えの下で自由に政権批判を行えた。しかし、外国勢力と連《つる》んでいる政権与党は、そうした個人の私権を削ごうと、憲法改正や改憲の名の下で、日本を戦争ができる状態に持って行こうとしていた。こうした真実の話を伝える方々はSNSに存在していたが、何かと言論統制や言論弾圧《だんあつ》を受けていた状態だったな。更《さら》には、警察が、『攻《せ》める防犯』や福祉《ふくし》の名の下で、犯罪者予備軍だなどと嘘《うそ》の話を店側や公共団体に吹《ふ》き込んでただの一般市民に嫌《いや》がらせ行為《こうい》をさせるなど、人権蹂躙《じんけんじゅうりん》が始まっていた状況だった」

「監視《かんし》社会に公僕の立場が、嫌がらせ行為とは……陰湿《いんしつ》かつ卑怯《ひきょう》で気持ち悪いですね。そして、総理大臣は八九式戦争で活躍《かつやく》した菊池丘隆三《きくちおかりゅうぞう》ではないのですね」

「確実に違う」

アケミさんは愕然《がくぜん》とした表情を浮かべる。

自分の知る日本ではないと知ってショックだったか。

「……気に食わないねぇ、その言語で話すのは止めろ。分からない」

「ンン、にゃあ」

「ガォォォッ」

「わたしも使者様の言葉が分かりません～」

「わたしもだ。ご主人様の言語はいったい……」

「……」

俺たち以外の全員がチンプンカンプンという顔付き。共通語に戻すか。

「ということで共通語に戻すが、いいかな?」

「分かりました……あ、あの、し、シュウヤさん」

そう聞いた途端《とたん》、アケミさんが、どぎまぎした様子を見せて、顔に湯気が掛かったように赤らめる。違う日本と聞いて動揺《どうよう》したのか?

「ん?」

「突然ですが……わたしと、友達になってください!」

アケミさんは顔を真っ赤に染め上げていた。そして、告白するように手を伸ばしてきている。動揺したのではなく恥《は》ずかしかっただけか。そして、友達になるのなら可愛いアケミさんだから、此方《こちら》からお願いしたいくらいだ。握手《あくしゅ》をしておこう。希望通り、柔らかい手を握《にぎ》ってあげた。

「……わぁ、これが、強い、だ、男子の……」

アケミさんは手を握りながらも、ブツブツ独り言を……。

興奮しているらしい。ま、喜んでくれるなら嬉しい。友になれたかな？

「……おう、これで友だな？」

「はい！」

「――にゃお」

その握手した手の上に黒猫《ロロ》のお豆型の触手《しょくしゅ》が重なる。

交ざりたいらしい。イモリザとの遊びを止めて足元に来ていた。

「ふふ、可愛い……触ってもいいですか？」

「いいよ、ロロが許せば」

「にゃ？」

黒猫《ロロ》は首を傾《かし》げていたが、天邪鬼《あまのじゃく》は起こさず。

アケミさんに頭を撫でられていた。

「……とても癒《い》やされます……」

アケミさんは片膝《かたひざ》を床《ゆか》につき、黒猫《ロロ》と視線を合わせながら、黒猫《ロロ》の頭部と背中を掌《てのひら》で優しく撫でて、黒毛を梳《す》いてくれている。その光景を見ていた血骨騎士《きし》が微笑んでから近寄ってきた。血骨騎士の頭部には骨の部分が多い。そして、血も混じっている。が別段に怖《こわ》さはない。女性らしい顔付きだからだろう。そして、胸の前には、墨色の心臓のようなモノが浮かんでいるが、その心臓のようなモノから紋章《もんしょう》のような波紋《はもん》が心臓の律動を示すようにリズミカルに浮き上《あ》がっていた。その墨色の魔力を放つ心臓のようなモノは、胸元《むなもと》の骨の鎧《よろい》とも魔線で繋がっている状態だった。

四本の長細い腕《うで》。元は魔族だったんだろうか。ジッと見ていると、親近感を覚える血の匂いを得た。血骨騎士は女性だからかな。アケミさんに、

「……アケミさんの部下たちは個性がある」

血骨騎士に、俺の部下である沸騎士の姿を見せたらどんな反応を示すかな。アケミさんは黒猫《ロロ》とのイチャイチャを終わらせてから立ち上がると、

「あ、紹介《しょうかい》が遅れました。彼女《かのじょ》はわたしの重臣。第三階層を守る守護者の一人。ミレイ・ハルゼルマ。元は吸血鬼《ヴァンパイア》。ハルゼルマ家の〈筆頭従者〉でした。ですから、この大陸の歴史をミレイから学ぶことが多いんです」

血骨騎士のミレイさんか。高祖十二支族の一つハルゼルマ家の出身とは驚きだ。

しかも、〈筆頭従者《ひっとうじゅうしゃ》〉の一人。吸血鬼《ヴァンパイア》の女帝《じょてい》〈筆頭従者長《選ばれし眷属》〉は三人の〈筆頭従者〉を作り出せる。そのミレイさんには骨が多いが人族か魔族っぽい肉もある。そして、吸血鬼《ヴァンパイア》系統が扱《あつか》う〈血魔力〉もあった。

「……吸血鬼《ヴァンパイア》が骨？　肉もそれなりにあるが……」

「不思議ですよね、まずはわたしの事から説明します。お分かりの通り迷宮《めいきゅう》の主がわたし。迷宮の主とは、迷宮核が宿り、この迷宮と同一化した存在のことです」

　アケミさんは胸に手を当てている。迷宮核は心臓にあるということか？　松果体とかではないようだ。アケミさんに、

「この迷宮と一体化しているとは、外に出られない？」

「……遠くには行けない。進化したら分かりませんが、現状では一キロ離れたら、生命活動に支障がでてしまう……でも――」

　と、アケミさんは床に手を当てると魔力を送り始めた。すると、イモリザが破壊《はかい》した入り口手前の岩盤《がんばん》が石畳《いしだたみ》の床へと変化し新しくなった。大きな穴が開いた箇所《かしょ》が埋《う》まり真新しい床に変わっている。

「凄い……この迷宮の補修能力は、先ほど行った鈴宮家の魔法、あ、魔術か。違うのか？」

「にゃおおぉ」

「ガォッ――」

黒猫《ロロ》も驚いて埋まった箇所を走っていく。バルミントが追い掛けていったが、他のメンバーたちは、サジハリも含《ふく》めて、当然という表情を浮かべている。

「はい、鈴宮家の魔術とは関係がないです。魔力はそれなりに消費しますが、迷宮の範囲《はんい》内《ない》なら天井《てんじょう》、柱、狭《せま》い岩場といったように、色々と自由に弄《いじ》れるんです」

「まさに迷宮の主が、アケミさんか。迷宮の主の証明でもある迷宮核が体にある感覚には当初は混乱したのかな」

「はい。転移した直後、この迷宮核の力と一体化したことには慣れず途方《とほう》に暮れていました……当初は受け入れられませんでしたが、スラ吉《きち》に出会い……司令室という場所で〈創成〉というスキルを使って、モンスター同士を掛け合わせることを徐々《じょじょ》に学んでいくうちに、少しずつ楽しくなってきたんです。その過程で、迷宮核が奪《うば》われたら命も無くなることも学びました。そこから必死に鈴宮家の魔術を活《い》かして独自の戦い方など色々なことを覚えながら、この迷宮に挑《いど》んでくる者たちと戦った結果、引き抜いたり、契約したりして、ミレイなど、頼《たの》もしい部下が増えて今に至るというわけです」

そのスラ吉は、新しい床を走るのに飽《あ》きた黒猫《ロロ》の猫《ねこ》パンチを下腹部に浴びていた。ぷにょんぷにょんと効果音が響《ひび》く。浮いている片腕と脳のソジュが、スラ吉を守ろうとしてい

たが、銀髪《ぎんぱつ》のミルクココアの肌《はだ》を持つイモリザが、ソジュに近寄っていた。アケミさんは、

「だから〈創成〉スキルを用いれば新しい配下を作れるんです」

「あの腕と脳しかない部下のソジュもアケミさんが作ったのかな」

「そうですよ。彼女も大切な側近です。魔界《まかい》四九三書をよく知るソジュが居たから助かった事もあるんです。古竜様はあまり好きではないみたいですが……」

「当たり前だ、下らん幻術《げんじゅつ》といい、見た目といい気持ち悪いだろう？　あの頭の表面が蠢《うごめ》いて汁のようなものが垂れているのはなんなんだい？　しかし、シュウヤカガリの使徒とやらは仲良くしているようだ……」

　ソジュの片腕がイモリザの銀髪を撫でていた。

大丈夫《だいじょうぶ》か？　イモリザは幻惑魔法《げんわくまほう》に掛かったような表情を浮かべているが……。

「ソジュさん、気持ちいい♪」

「ハハハッ、そうでしょう？　わたしのこの腕は、かの天帝《てんてい》も欲した黒犬傭兵《ようへい》団を率いた英雄《えいゆう》の腕だからね！」

　ソジュの掌に出現している口が流暢《りゅうちょう》に喋《しゃべ》っていたが、その掌の口の中にイモリザの銀髪が入っている……あんな状態でよく喋れるな。イモリザとソジュは仲良くなっていた。

「ガォッ、ガォ」

「にゃ、にゃ、にゃぁーん」

「ボクの体は玩具《おもちゃ》じゃない～」

バルミントもサジハリから離れて、相棒の行動を真似《まね》するようにスラ吉の表面に頭部を擦りつけていた。黒猫《ロロ》も負けじと右前足を前に出して、スラ吉の腹を肉球でタッチしては、猫パンチをスラ吉の下腹部に当てていた。またも、ぷにゅぷにゅと音が響いてきた。スラ吉は少し喜ぶように、叫《さけ》んでいる。俺もスラ吉の腹の感触《かんしょく》を確かめたい……。

そこに、血骨騎士のミレイ・ハルゼルマの変な笑い声が響く。

鴉《からす》の模様のバックルが付いた剣帯《けんたい》に、四つの骨剣がぶら下がっている。

ルリゼゼと同じく四剣流の使い手か。少し話をしてみるか。

「……ミレイさん、少し尋《たず》ねたいことがある」

「何だ？　異質な槍《やり》使い」

「昔は吸血鬼《ヴァンパイア》ロードだったと聞きましたが……」

「そうだ……〈筆頭従者〉の一人」

ミレイさんはそう発言。目の前に浮かぶ墨色の心臓と、血が混じる骨鎧の表層に浮き彫《ぼ》りになった毛細血管のような血管が太くなって蠢いた。ミレイさんの気持ちと骨鎧の胸が連動しているんだろうか。そして、骨鎧だが、血肉骨鎧のネーミングのほうが合うかも知れない。肉の部分が鎧なのか、ミレイさんの肉なのか分からないが……。

そして、ミレイさんの声は渋《しぶ》いから雰囲気がある。ミレイさんに、

「ヴァルマスク家は知っていますか？」

「そうですか。ハルゼルマ家の吸血鬼《ヴァンパイア》だった貴女《あなた》が何故《なぜ》、この迷宮に？」

「【大墳墓の血法院】のヴァルマスク家か。聞いたことがあるが、それだけだ」

「吸血鬼《ヴァンパイア》のパイロン家と古代狼《おおかみ》族などとの争いでハルゼルマ家は滅《ほろ》びたのだ。そして、その争いで生き残ったわたしは永い間放浪《ほうろう》を続けた故に、ここにいる」

「……なるほど、生き抜いたんですね」

ミレイさんは微《かす》かに頷《うなず》いた。沈黙《ちんもく》が流れる。サジハリはアケミさんからもらった袋の中を調べている。

「古竜様、顔が若返っていますね」

「お、魔術師《まじゅつし》、分かるかい？　シュウヤカガリが分かりやすい反応を示すからねぇ」

サジハリは袋を調べながらも俺に視線を向けてくる。

「当たり前だ。俺は男で女が大好きだからな。そんなことより質問がある。アケミさんから、もらった迷宮核の欠片とは何だ？」

「これかい？」

と、サジハリは人差し指と親指で、将棋《しょうぎ》の駒《こま》でも持つように挟《はさ》んだ状態で煌《きら》びやかな欠片を見せる。虹《にじ》のように輝《かがや》く硝子《がらす》の破片《はへん》には膨大《ぼうだい》な魔力が内包されていた。

「そうだ。その迷宮核の欠片」

「単純だ。これを取り込めば魔力が得られる。更に、力と精神と思考が研《と》ぎ澄《す》まされる。生命力も上がる。すべての能力が上昇《じょうしょう》するのだ。今回は、〝迷宮核の欠片〟のすべてを、バルミント用の食事に混ぜる予定だがね」

「ガォッ」

バルミントは期待を寄せるように鳴き声を発した。バルミント用か。サジハリは母としての顔を示す。優しい表情で、魅惑的《みわくてき》。そして、将来のバルミントは、母親のロンバルアを超《こ》えるんだろうか。

光魔ルシヴァルの血を引く唯一《ゆいいつ》の高・古代竜《ハイ・エンシエントドラゴニア》か……さて、アケミさんとの挨拶《あいさつ》も済ませたし、そろそろ家に帰るとしよう。

「ではサジハリとバル、名残惜《なごりお》しいが、俺たちはそろそろペルネーテに帰ろうと思う」

「そうかい、魔術師に会ってから帰ると言っていたからねぇ……しかし、淋《さび》しいぞ。わたしのシュウヤカガリ」

サジハリは本当に悲しそうな表情を浮かべながら、そう言ってくれた。そんな顔をされると……一緒《いっしょ》に住みたくなるだろう……が、俺には帰る場所がある。レーレバの笛もあるし、また会いにくるさ。と、内心で思うが口には出せず。

「キュッガォォッ！」

遊んでいたバルミントも、俺の傍に来て、可愛い声で挨拶してきた。

「ン、にゃぁ」

黒猫《ロロ》も少し淋しげに鳴く。

「シュウヤさん……せっかくの貴重な男子……ううん、友達になったのに……もう帰ってしまうのですか？」

アケミさんも声のトーンを落とす。

「あぁ、友だからこそ、またいつか会えるだろう」

「はい、最後にもう一度、握手をお願いできますか？」

アケミさんは手を伸ばしてきた。望み通り握手をする。

「当然だ――」

「……ふふ、シュウヤさんの、男の手……」

「そりゃ、俺は男。アケミさんの手は柔らかくて女性らしい」

そこで手を離した。

「あ……」

アケミさんは残念そうに声を漏《も》らす。その吐《と》息《いき》から女を感じ取る。

しかし、こんな可愛い子がいきなり異世界とはキツイだろうな。……当初は、大変という言葉では言い表せない苦労があったはず。すると、アケミさんが籠手《こて》の魔道具を弄り始める。籠手から丸石を取り出していた。あの籠手はアイテムボックスなのか。

「シュウヤさん！　これを受け取って下さい」

丸石を受け取った。表面が妙《みょう》に美しい色合いの宝石だ。

魔力《まりょく》も感じる。高級なアイテム？　助けられたお礼かな？

「これは何だろう……」

「ソジュ曰《いわ》く、時空属性に関係するアイテムらしいです。名は双子《ふたご》石。もう一つ同じ双子石があれば、真価を発揮するとか。珍《めずら》しいらしいです」

「そうなんだ、ありがとう」

「はい。よかった。今、お礼に渡《わた》せるのはそれぐらいしかなかったので」

「気持ちだけで十分だ。久しぶりに日本語が聞けたことが嬉しい」

「わたしも一生分ドキドキして、凄《すご》く楽しかったです！　本音を言えば、もっとお話をしたかった。シュウヤさん、また、ううん、必ず会いに来てください」

アケミさんは、胸を張って目の前に来る。キスできるような近距離《きんきより》だ。ドキッとする。

「お、おう」

「ほう、魔術師……わたしのシュウヤカガリに手を出す気かい？」

「古竜《こりゅう》様、わたし、これでも女子ですから……」

「生意気だねぇ……この迷宮ごと潰《つぶ》すよ？」

「ひぃ――」

「ご主人様！」

ソジュが即座《そくざ》に防御《ぼうぎょ》結界をアケミさんの周囲に張った。

血骨騎士ミレイさんが四本の骨剣を抜く。女の意地を見せたアケミさんを守ろうと、皆、独特な構えで臨戦態勢を取った。

「――ガォッ」

その時、足下《あしもと》にいたバルミントがサジハリに体当たり。

「おや、バルミント、そうかいそうかい。分かったよ。翼《つばさ》を見てほしいんだね。まったく可愛《かわい》い子だ……」

サジハリは一気に機嫌《きげん》を直しバルミントの背中を弄っていく。

……剣呑《けんのん》な雰囲気《ふんいき》が一瞬《いっしゅん》で、のほほんとした空気に包まれた。

「バル、今後ともサジハリのことを頼む」

「ガォォッ」

バルミントはサジハリの手元から離れて、俺の脛に頭を衝突《しょうとつ》させてくる。

「逆だと思うがねぇ」

サジハリの声が響くが、構わず、

「はは――バル！　眷属たちもお前の成長を願うと共に寂《さび》しがっていたんだぞ。だから、お前も新・お母さんの下で、修業《しゅぎょう》をがんばるんだ！」

ずっしりと重くなっている可愛いバルミントを持ち上げて、つぶらな竜の瞳《ひとみ》を見る。

「ガォォン」

バルミントは『分かったガオ』と鳴いているのかもしれない。

次に会う時……もうこうやって持ち上げることはできないかもな……舌の動きに幼歯が可愛い。そして、淋しいが成長のためだ……よし、帰ろう。あ、その前に、ハザーン軍団長の死骸《しがい》を見ていこう。バルミントを地面の上に優《やさ》しく降ろしてから、

「イモリザ、指に戻ってこい、ロロも一旦《いったん》、外に出るぞ」

「はーい」

「にゃあ」

第二百五十八章「〈従者長〉軍団の誕生」

ハザーン軍団長の死体ごと装備品を回収。二十四面体のトラペゾヘドロンをアイテムボックスから取り出した。一面の赤い溝《みぞ》を指でなぞると赤い溝が緑色に変化。

二十四面体のトラペゾヘドロンは掌から浮き上がりつつ高速回転をしながら光を発して、折り紙のように面と面が重なり折《お》り畳《たた》まれた。すると、その二十四面体《トラペゾヘドロン》はパッと弾《はじ》けるように光のゲートに変化を遂《と》げた。光るゲートにはペルネーテの自宅の内装が映る。黒猫《ロロ》を抱っこして、

「相棒、ペルネーテに戻る前に足を拭《ふ》くからな」

「ンン」

大人しく足を拭かせてくれた黒猫《ロロ》を抱きながら光のゲートを潜《くぐ》った。

迷宮都市ペルネーテの寝室《しんしつ》に帰還《きかん》――「にゃ～」と鳴いた黒猫《ロロ》は寝台《しんだい》に一足飛び。跳《は》ねて遊ぶのかと思ったがタオルケットと毛布の匂《にお》いをクンクンと嗅《か》いでから両前足で、そのタオルケットと毛布をフミフミと踏《ふ》み始めて可愛いパン職人となった。すると、トラペゾ

ヘドロンが、いつものように周りを衛星のように回り始める。背後のパレデスの鏡から外れた二十四面体は球体に近い。ダイスを転がすTRPGは面白《おもしろ》かった。学生時代にTRPGを遊んだことを思い出しながら、その二十四面体《トラペゾヘドロン》を掴《つか》んでハルホンクの防護服のポケットに仕舞《しま》う。このポケットも便利。戦闘《せんとう》型デバイスのアイテムボックスと共存できると考えつつ、ペルネーテの自宅の匂いを感じながら廊下《ろうか》に出てリビングへ向かった。やや遅《おく》れて相棒の黒猫《ロロ》も部屋から出てきた。

「ご主人様、お帰りなさいませ」

「お帰りなさいませ」

アンナを先頭にメイドたちが挨拶してきた。

「よっ、ただいま」

「ンン、にゃぁ～」

黒猫《ロロ》はメイドたちに挨拶しつつ板の間を駆《か》けた。肉球のグリップ力はどこにいったというように机の下を滑《すべ》りながら進んで見えなくなったが、その滑った姿は可愛らしかった。相棒はバルミントとの別れの淋しさをポポブムと魔造虎《まぞうとら》の黄黒猫のアーレイと白黒猫のヒュレミたちに伝えたいんだろうな。そんなことを考えながら双子石を副メイド長のアンナに見せた。リビングにはイザベルとクリチワの姿はなかった。ヘルメもいない。

「アンナ、これは双子石。マハハイム山脈とゴルディクス大砂漠《だいさばく》を越えた遠い北西地方で、迷宮の主を数奇《すうき》な運命で務めるアケミさんから報酬《ほうしゅう》代わりに頂いたアイテムだ。これを棚《たな》の上に飾《かざ》ろうかと思うが、どうかな？」

アンナに双子石を手渡《てわた》した。アンナは両手で持った双子石を近くで凝視。双子石から反射した光を受けた虹彩《こうさい》がキラキラと輝いて見えた。アンナは感嘆《かんたん》の小声を発して、

「双子石……石の中に綺麗《きれい》な星々が住んでいるようにも見えます。あ、流れ星も、動いているようで止まっている？　不思議で美しい石ですね」

「おう。時空属性が関係するかもな」

「はい、あ、ご主人様が飾られていた鋼板の隣に置きましょう！」

「あぁ、内装の飾りは任せるよ。よろしく」

そう言いながら血文字で眷属たちにメッセージを送る。すると、相棒の「ンン、にゃ～ご、にゃごぉぉぉ、にゃ～～、ンン、にゃごぉ～、にゃおぉぉぉぉ、はげぇ、にゃおぉぉ」と面白い鳴き声が庭から響いてきた。皆《みな》にバルミントのことを伝えているんだろう。

俺《おれ》もバルミントへの想《おも》いとバルミントの新しい母親兼師匠《ししょう》となった赤竜サジハリのことを伝えていく。その旅路の始めの宙空では、神獣《しんじゅう》ロロディーヌと赤竜サジハリ&バルミントで、空中にいるモンスターたちと激しく戦い、それに気持ちよく勝利したこと、サジハ

リの家に到着《とうちゃく》した後に見学したバルミントの翼を広げて可愛くジャンプする特訓のことと聖槍《せいそう》アロステと《水流操作《ウオーター・コントロール》》を入手したこと、次に迷宮の主で魔術師でもあるアケミさんとの出会いと、アケミさんが転移者であること、その配下のスラ吉とソジュとミレイのことも報告。ミレイさんはハルゼルマ家の〈筆頭従者〉の生き残りで、アケミさんの迷宮に入り込んだが、逆にスカウトされたか倒《たお》されてアケミさんの血と骨と肉が活かされた格好良い騎士的な部下になったと告げると皆は驚《おどろ》いていた。ヴェロニカもミレイさんの変化具合に興奮しているのか、少し変わったフォントの血文字を寄越《よこ》してきた。赤竜サジハリと魔術師アケミさんとの絡《から》みで、その迷宮の主でもあるアケミさんの迷宮核《めいきゅうかく》などを狙《ねら》い迷宮に攻め込んできた魔人千年帝国ハザーンとの争いに参加したことも告げた。その結果、バルミントの成長に繋《つな》がる迷宮核の欠片《かけら》を、サジハリがアケミさんから報酬としてゲット。それをバルミントの食事に使うというサジハリの言葉を皆に報告した。バルミントの成長に繋がる事象なだけに皆凄《みなすご》く喜んでくれていた。エヴァは、『ん、シュウヤの判断は間違《まちが》っていない。迷宮核はきっと凄い栄養源！　バルちゃんも成長する！』と言ってくれた。俺も嬉《うれ》しい。そこからは、エヴァや〈筆頭従者長《選ばれし眷属》〉たちの報告を聞くことが多くなった。授業の合間だったミスティに高・古代竜《ハイ・エンシェントドラゴニア》の鱗《うろこ》を忘れたことを告げたが、文句は言われなかった。皆との血文字コミュニケーションを円滑《えんかつ》に終えた後、リビングを見回して……「へルメは、見当たらないが……」とアンナに聞いた。

「ヘルメ様なら植木を沢山《たくさん》お買いになって屋敷《やしき》に戻《もど》られて、庭で踊《おど》りながら水を撒布《さんぷ》してから、水と植物のお歌を披露《ひろう》してくれて、うふ……あ、消えるように跳躍《ちょうやく》して、ハイム川の方へ散歩に出ます！　と宣言してから、まだお帰りになっていません。さすがに、外には……見失いました」

アンナは悲喜こもごもに語る。しかし、事細かにヘルメの行動を知っているのはヘルメの追っかけでもしていたのか？　そして、皆、お出かけ中か……アンナに、

「散歩か、了解《りょうかい》、外に出る」

「はい」

アンナの笑《え》みを見て癒やされた。そのままリビングから庭に出た。バリアフリーの坂を下りつつ涼《すず》しい庭の風を受けながら、『魔人千年帝国ハザーンの軍団長アッテンボロウのアイテムを調べて、墓標に眠《ねむ》る転生者たちも解放してあげたいな』そう思考しつつ庭の左側に足を向けた。黒猫《ロロ》は厩舎《きゅうしゃ》前でアーレイとヒュレミとポポブムと会話のようなアンサンブルを奏《かな》でていた。法螺貝《ほらがい》と猫声の音頭《おんど》はリズミカルで楽しそう。

使用人のミミたちも音頭に乗るように動物たちに餌《えさ》をあげていた。

微笑《ほほえ》ましい和《なご》やかなムードだ。魔造虎のアーレイは黄色と黒色の虎に変身して、ミミの

膝《ひざ》へと頭部を何度も衝突させていた。ミミは黄黒虎《アーレイ》に倒されそうだったが、黄黒虎《アーレイ》はミミの背後に移動して虎の体格を活かすように小柄《こがら》なミミのことを支えてあげていた。大きな虎のアーレイは優しい。ミミは嬉しそうにアーレイに抱《だ》きついていた。凄く微笑ましい光景だ。心が温まる。ミミは獣《けもの》使いの使用人に進化したりして……そう考えながらアイテムボックスから軍団長アッテンボロウの死体を取り出した。死体を芝生《しばふ》に置く。ハザーンの軍服。生地《きじ》は絹を厚くしたような繊維質《せんいしつ》。ガトランスフォームのように洗練されている訳ではないが……この辺にはない技術かもしれない。

複数の釦《ぼたん》と穴に金具と徽章《きしょう》も立派。いつか、この軍服を着てハザーン帝国軍の基地に潜《せん》入《にゅう》任務とかあるかも知れないな。と思いつつ、軍服の内ポケットを調べた。ポケットの中に装身具のペンダントを発見。地球の軍隊にもありそうな認識票《にんしきひょう》かな。表に打刻された文字と番号がある。裏のソケットを開けると、家族の絵が……ギュントガン・アッテンボロウの家族か？　魔人にも家族がいる……互《たが》いに殺し合った戦争の結果だが、苦いものを感じた……負の螺旋《らせん》、切ない歴史まで一々背負っていられないが、背負うのもまた宿命か。認識票ペンダントをアイテムボックスの中に仕舞う。次は魔力が内包された長剣《ちょうけん》とグラディウスを振《ふ》るう。〈筆頭従者長《選ばれし眷属》〉たちのお土産《みやげ》になるほどの武器かは不明だ。次は漆黒《しっこく》の革と小さい兎《うさぎ》の螺鈿《らでん》細工が美しい剣帯も見た。これは優秀《ゆうしゅう》そうな雰囲気があるが、いつかスロザの店主に鑑定《かんてい》してもらうか死蔵かな。死体と一緒にアイテムボックスの中に仕舞った。次は、墓標に魔力でも注ぐとしよう。ここに閉《と》じ込《こ》められている人たちの解放はいつになるのか不明だが、眷属たちが帰ってくるまでアンコ・クドウ、ケイコ・タチバナ、ケイティ・ロンバート、ジョン・マクレーンと会話でもしようかな。

ここ数日、眷属たちとのデート以外は毎日武術の訓練を行っていた。

今もヘルメと激しい模擬《もぎ》戦《せん》だ。ヘルメは半身の姿勢で相対しつつ闇《やみ》の霧《きり》が漂《ただよ》っている腕氷剣の切っ先を此方に向けながら左後方に後退――幾度《いくど》となくトフィンガの鳴き斧《おの》を、そのヘルメの腕氷剣に当てていくが、防御剣術《ぼうぎょけんじゅつ》が巧《たく》みなヘルメ。その防御は崩《くず》せない。

そして、ヘルメの体は液体状態を保つことが多いから防御剣術をすり抜《ぬ》けても、攻撃《こうげき》が体にクリーンヒットする確率は低い。これがまた厄介《やっかい》だ――両腕《りょううで》の氷剣を此方に向けつつ半身の姿勢も維持《いじ》するヘルメは格好良い――そして、強い。

――トフィンガの鳴き斧を振るってもヘルメの体に刃《は》を当てることは難しい。

ヘルメは魔《ま》剣《けん》師としても相当に実力が高い。が、俺も負けられない――。

〈魔闘術の心得〉と〈魔闘術〉に〈血液加速《ブラッディアクセル》〉を交互《こうご》に繰《く》り返《かえ》して両足と体幹に纏《まと》う魔力の配分を微妙《びみょう》に変化させながらヘルメを追うように左手が持つトフィンガの鳴き斧を斜《なな》め上《うえ》から振り下ろした。

「閣下の動きが急に――」

ヘルメの左腕《ひだりうで》の氷剣とトフィンガの鳴き斧の刃が衝突。トフィンガの鳴き斧の刃は水に流されたように、下に傾《かたむ》いた腕氷剣の表面を滑って往《い》なされた――凄い剣術《けんじゅつ》だ。

この辺は常闇《とこやみ》の水精霊《せいれい》ヘルメだからできる芸当だろう。ヘルメの水の技術と腕氷剣の扱いに感心しながらヘルメの半身の姿勢を崩そうと、右手で握るトフィンガの鳴き斧を右から左へと振るう。ヘルメの右肩《みぎかた》付近を狙った。ヘルメは俺と呼吸を合わせるように右腕《みぎうで》の氷剣を左斜め上に構えた。切っ先の角度を変えて両腕の氷剣を胸前でクロスさせる。そのクロスした氷剣でトフィンガの鳴き斧を防ぐと硝子が砕《くだ》けるような音がトフィンガの鳴き斧から響いた。刹那《せつな》、トフィンガの斧刃《ふば》から薄緑《うすみどり》色の獅子《しし》の頭部の幻影《げんえい》が飛び出て――。

「え！」

両腕の氷剣をすり抜けてヘルメの体に喰《く》らいつく。

「キャァ」

悲鳴を発したヘルメは転倒《てんとう》して石畳の上を転がった。両腕の氷剣を普通《ふつう》の腕に戻して腹を片手で押《お》さえつつ「――くっ、閣下」そう告げると、獅子の頭部の幻影は霧が散るように消失。ヘルメは上半身を起こして、俺を見る。体にトフィンガの獅子が噛《か》みついたような傷跡《きずあと》があり、そこから液体が出ているヘルメは、

「参りました、その斧から出る幻影は物理属性も備えているようです」

「おう、傷は大丈夫か？」

「はい、大丈夫です。直《す》ぐに回復します」

そう発言すると、体から無数の水飛沫《みずしぶき》の魔力を発生させた。水飛沫の魔力を得たヘルメは傷ついた部分を一瞬で再生させると両手を広げつつスピンしながら華麗《かれい》に立ち上がった。

「それよりもトフィンガの鳴き斧は優秀です」

「あぁ、精霊のヘルメを捕《と》らえるほどだからな、さすがは伝説《レジェンド》級の武具だ――」

両手で握るトフィンガの鳴き斧へ魔力を浸透《しんとう》させる。そのまま柄《え》から発生している魔力紐《ひも》を結合させて、上下に斧刃がついた斧槍《ふそう》に変化させた。

「あ、模擬戦の最中に……そのような斧槍への変形はなかったです」

「トフィンガの斧槍は魔槍杖《まそうづえ》バルドークと似た動きになるからな」

そう言いながら両端《りょうたん》の斧刃バランスを確認《かくにん》。そのまま『片切り羽根』の変形、足を伸《の》ばす行為が含まれている『片折り棒』のステップを踏む。石畳の上で踊るように体を動かし

ていった。両手で握るトフィンガの斧槍を胸の前で数回回して片手持ちへ移行した。

そのまま背筋を伸ばした体勢のままフェンシングを行うように無手の片手を背中へ回しながらトフィンガの斧槍を片手一本で振り回して前進を行う。そして、俄《にわか》に軸《じく》をずらすように両足の爪先《つまさき》を軸に体を横回転させた。体が独楽《こま》になった如くの横回転を数回続けてから片手に持ったトフィンガの斧槍を背中に回した。

「相対していれば、閣下の背中に斧刃と腕が隠《かく》れて、次の攻撃の予想がつきませんね」

「――その通り」

一度、背中に回したトフィンガの斧槍を、目の前に戻すように下から振るい上げ、ヘルメにトフィンガの斧槍を見せてから、もう一度トフィンガの斧槍を背中に移動させた。

「ふふ、閣下の動きが読めません」

観察しているヘルメに笑顔《えがお》を向けながら――トフィンガの斧槍を背中側で左手に持ち替えて、そのトフィンガの斧槍を左脇《わき》から引き上げるように斜め下から斜め上へと半円を描《えが》く軌道《きどう》で持ち上げる。そこでゆっくりと半身の姿勢に移行しつつトフィンガの斧槍を胸前で掲《かか》げて足を止めた。最後にハルバードとしての武器の重さを確かめた。

……いい感じだ。今日はこんなもんかな。

「――主、訓練は終了《しゅうりょう》か！」

ビアの早口言葉。他の高級戦闘奴隷《せんとうどれい》たちも集まっていた。頷きながら柄の端《はし》が繋がって斧槍になっていたトフィンガの鳴き斧を二つに分かれさせる。

「おぉ、分かれた」

手斧《ておの》に戻したトフィンガの鳴き斧。その斧刃に血が付着していることを想像させるように上下に振るいながら掌の上でトフィンガの鳴き斧の柄を回転させてから右手首に嵌《は》まるアイテムボックスの中へと、トフィンガの鳴き斧を収めた。

「これで訓練は一旦終わり」

「「「おぉ」」」

「渋くて素敵《すてき》……」

フーの言葉に笑顔を向けてからヘルメとハイタッチ。ママニたちは拍手《はくしゅ》してくれた。

「閣下、ビアの舌は健康のバロメーターなのでしょうか」

「気分によって変わるようだが」

「……主、実は斧使いか？」

ビアはヘルメと俺の会話を気にしていないのか、斧についての質問をしてくる。ビアに、

「一応、魔槍杖バルドークの紅斧刃で〈豪閃〉も使えるからな。といっても、まだ斧のスキルは得ていないが……」

「スキルを毎回の如く獲得《かくとく》している武芸者など聞いたことがない。気にするな」

「そうですよ。しかし、ご主人様なら練習量が凄《すさ》まじいですから、そのうち何かしらのスキルを獲得するかも知れません」

「気長にやるさ。ところでお前たち俺に何か用があったんだろう？」

「そうだ！　大草原で狩《か》りの手伝いを終えて暇《ひま》なのだ！」

「ビアの話すとおり、エヴァ様の手伝いを終えて帰る途中《とちゅう》で、カルード様から最後の教えだと対人戦を教えて頂きました……対モンスターの戦い方を教えてくれた礼もあると仰《おっしゃ》って……」

ママニは髭《ひげ》を小刻みに揺《ゆ》らしながら語る。髭は風に揺れていた訳ではないからカルードに恐怖《きょうふ》を覚えているのかもしれない。

「ご主人様、カルード先生が冒険者《ぼうけんしゃ》を懲《こ》らしめている時、少し怖かったです。でも、外の仕事は久しぶりでしたので楽しかった。たまにはいいですね、魔法《まほう》も気分よく放てました」

耳長《エルフ》のフーは機嫌がいい。柔《やわ》らかそうなほっぺを赤く染めていた。

「ボクも、迷宮外のモンスターは久しぶりで楽しかったです。カルード先生が怖かったのには同意します」

「我も同じだ。曽祖父《そうそふ》から〈尻尾連舞《しっぽれんぶ》〉からの〈大肘落とし《ひじ》〉の連携技《れんけいわざ》を教わっていた頃《ころ》を思い出すほど、カルード先生の教育は厳しかった……」

エヴァたちとの食材狩りの手伝いだけでなく、カルードのしごき教室と化していたようだ。カルードは旅に出る予定だ。ユイに武術と暗殺術を教えていた頃を思い出すように教育したんだろう。俺に剣術を教授してくれた時は優しかったが……ママニたちのときと違《ちが》い褒《ほ》めて伸ばす教育方針だったらしく……気持ちよく剣術を習えたのは、カルードなりの気配りか。

ママニたちに尊敬の眼差《まなざ》しを向けて、

「がんばったな。だから次の仕事の指示を待っていた訳か」

「「「「はい」」」」

いい気合いの声だ。熱い想いを感じられた。よーし、ならば……ここらで血、俺の眷属について詳《くわ》しく話すか。ママニたちが光魔ルシヴァルの〈従者長〉を望めば叶《かな》えてあげよう。

「その気合いとやる気と信頼《しんらい》に応《こた》える訳ではないが……」

「閣下……まさか……」

「そのまさかだ。で、皆、俺が普通ではないことは知っているな?」

四人は顔を見合わせて、頷く。ママニが代表して答えた。

「……はい、血の眷属、吸血鬼系《ヴァンパイア》の種族だと知っています」

「そうだ。で、お前たちが望むなら、俺の一家に迎《むか》えたいと思うんだが、どうだろう」

「「おぉぉぉ」」

轟《とどろ》きのような声が庭に響く。特にビアとママニの声だ。ビアは舌を絡ませながら叫ぶ。

そのまま鎧《よろい》と蛇《へび》を太くしたような腹に装備した佩楯《はいだて》を吹《ふ》き飛《と》ばすように脱《ぬ》ぐと、自らの乳房《ちぶさ》の膨《ふく》らみを左右の手で確認するように触《さわ》ってから、両手を広げて伸ばす動作を繰り返していた。蛇人族《ラミア》の挨拶か。ママニは体を巨大化《きょだいか》させているし、あれが切り札か。

顎《あご》の髭が生き物みたいで別個の意識があるように動いている……魔力の内包というか放出が激しい。あの動く髭には何かありそうだ。前に、虎獣人《ラゼール》と豹獣人《セバーカ》の変異体と特異体の話を聞いたことがある……それと関係がある？　それにママニが装備する白い甲殻《こうかく》とゴッドトロールの素材が活かされたレザーアーマーはママニが巨大化しても壊《こわ》れていない。肩《かた》が露出《ろしゅつ》していていい感じの鎧だ。前は、ごつい筋肉系のイメージがあったが……若干《じゃっかん》、細身になりシャープ感が増している？　名はゴッドトロール製の鎧だったっけ……かなり伸《しん》縮性《しゅくせい》があるようだ。

「……ボク、ごしゅさまと一緒になれるの？」

サザーは大粒《おおつぶ》の涙《なみだ》を流す。ご主人様と喋れていない。

「そうよ、わたしたち、奴隷《どれい》なのに……家族にしてくれるって……」

フーも口に手を当てて泣いていた。

「……身寄りのない、奴隷のわたしたちを家族に……」

「我も嬉しい。リザードマンとの争いで、もう故郷はない……グリヌオク・エヴィロデ・エボビア・スポーローポクロンの名は本当に終わり正式にビアとなる。主の新しい家族の一員になるのだ」

ママニもビアも泣いている。気持ちを込めた声で故郷とか聞くと、俺も泣きそうになる。いつかママニたちのために行動を起こしたいが、変な希望は与《あた》えない。今は強くなることが重要だ。

「……全員、眷属《けんぞく》化を望むということでいいんだな？」

「「はい！」」

「そうだ！」

「はいですぅ」

皆、心地《ここち》いいぐらいの気合いが入った返事だ。

「ふふ、いい心掛《こころが》けです。〈従者長〉軍団の誕生ですね。その間に、わたしは植木の祭典でお買い物をしたばかりの植木たちに水やりをして、〈瞑想《めいそう》〉を行います」

ヘルメはママニたちの様子に満足そうだ。庭の一角に向かう。

「了解。ではママニたち、俺の部屋に来い」

「「「「はいっ」」」」

リビングにいたメイドたちに暫《しばら》く二階から上の部屋に入るのは禁止と指示を出した。

廊下を進み螺旋階段を上がる。二階で大きな部屋を選んでから、

「その部屋の中で眷属化を行うとしよう。が、まずは説明をするから入ってくれ」

「「「はい」」」

「大きい部屋です」

その大きな部屋の壁《かべ》側に寝台が四つあった。が、今は使わない。

ママニたちに、〈筆頭従者長《選ばれし眷属》〉と〈血魔力〉に〈大真祖の宗系譜者《そうけいふしゃ》〉のスキルに〈光闇の奔流《ほんりゅう》〉のことを説明していく。

「――要するに光と闇の種族が光魔ルシヴァル。光と闇の魔法に強くなる吸収も可能。ま、相性《あいしょう》もあるし、物理属性が強い場合などは、どちらの属性も吸収できないこともあると思うが……ま、今までの種族をベースに進化すると言えば手っ取り早いか。と、ここまで説明を続けたが、ママニ、ビア、サザー、フー。そろそろいいかな。お前たちを〈従者長〉として迎え入れようと思う」

「「「ハッ」」」

「それではママニからだ。他の者は隣《となり》の部屋で待機していてくれ」

「ご主様、エヴァ様とレベッカ様の時に起きたようなことが……」

「ご主人様の体が痛まれるとも……」

サザーとフーがそう心配して聞いてきた。笑って、

「心配してくれるのは嬉しく思う。だが、大丈夫だ。一度に複数人を眷属化する試みは当分しない。一人ずつ〈従者長〉にする。だから大船に乗った気分で待っていろ。そして、俺も血に魔力を得て成長している。〈大真祖の宗系譜者〉も同じ。それに使えば使うほど洗練される。進化も果たすかも知れない。痛みも慣れっこだ」

フーは瞳を震《ふる》わせてから俺の気持ちを読んだように静かに頷いた。

「……はい、では、隣で待機しています。サザー、隣の部屋に行きましょう」

「うん」

サザーが先に出て、フーが最後にお辞儀《じぎ》をしてから部屋を退出。部屋に残ったママニに、

「では、ママニを〈従者長〉として迎え入れようと思う。しかし、ママニは虎獣人《ラゼール》のラーマニ族の特異体継承者《けいしょうしゃ》だが……」

「遠慮《えんりょ》は要りません。光魔ルシヴァルに帰依《きえ》致《いた》しまする。一万の部族よりも珍しいラーマ

ニ族長の血が消えて能《あた》わずとも、そのすべてを認めていますに……よろしくお願い致《いた》します――」

ママニの声はママニの魂《たましい》の肖像《しょうぞう》に思えた。

「虎獣人《ラゼール》らしく帰依《きえ》か……良し、〈大真祖の宗系譜者〉――」

体から光魔ルシヴァル宗主《そうしゅ》の大量の血の〈血魔力〉が迸《ほとばし》った。

瞬《また》く間《ま》に部屋は血で満ちた。開かれている扉《とびら》から廊下へと血は排出《はいしゅつ》されていない。

扉の表面にはフォースフィールドのような膜《まく》が張られているようにも見えた。〈始まり《ビギニング》・の夕闇《ダスク》〉的な血の結界か。そして、虎獣人《ラゼール》のママニは血の海の中で静かに漂いながら落ち着きを見せる。口から銀色の泡《あわ》を吹かせているが、『溺《おぼ》れるようなことはありません』と語るように鋭《するど》い双眸《そうぼう》を見せてきた。しかと見届けなければならない〈大真祖の宗系譜者〉の制約の一つだが……渋い素敵なママニだ。

ママニを銀色の泡が子宮の形となって囲う。ママニに動揺《どうよう》は見られない。フジク連邦《れんぽう》ラーマニ部族の虎獣人《ラゼール》。その特異体故の精神力の強さか性格からか。その血を纏い、既《すで》に血を活《い》かしているような野獣《やじゅう》性を感じるママニの体に血が吸《す》い込まれていく度、ママニは体を徐々《じょじょ》に大きくさせた。顎髭《あごひげ》の毛が蛇の如く蠢《うごめ》く。髭はそれぞれ意識があるように先端《せんたん》が伸びながら、大きな虎へと変化。

その大きな虎はそれぞれに個性があり、造形が異なった。が、すべての虎の後部は同じでママニの細い髭と繋がっている。大きな虎は、ランプの精のようだ。

同時に戦車か馬車に乗ったママニが大きな虎たちを操作する御者《ぎょしゃ》にも見えた。

大きな虎たちは「ゴガァァァァ」と吼《ほ》えるように口を開けて俺の血を吸い寄せていく。

血の海のような血の世界だったが咆哮《ほうこう》が轟いてきた。迫力《はくりょく》が凄まじい。顎髭の変化もラーマニ族の特異体継承者の能力か。ママニの部族の能力も関係していそうだ。

周囲の血の流れが加速すると泡の形が子宮からルシヴァルの紋章樹《もんしょうじゅ》へと変化し、同時に俺の心臓の鼓動《こどう》も速まった。ルシヴァルの紋章樹の幹には〈筆頭従者長《選ばれし眷属》〉たちの名が刻まれている。何百もの枝と小枝に、新しい小さい円が刻まれる。

その円の中にママニの名が刻まれると胸から閃光《せんこう》が迸る。目映《まばゆ》い閃光は血と融合《ゆうごう》しつつあちこちに渦《うず》を作る。渦は一瞬で光と闇を意味する陰陽太極図《いんようたいきょくず》のような模様に変化を遂げていた。〈従者長〉ママニの名が刻まれたルシヴァルの紋章樹がママニの体と重なっていく。

周囲の陰陽太極図は〈光闇の奔流〉の意味でもあると理解している。〈筆頭従者長《選ばれし眷属》〉たちと同じだ。血の流れが激しくなるとママニはすべての血を吸い込んだ。ルシヴァルの紋章樹は自然とママニの体の中に消えた。一瞬、ママニの体がまた大きくなったが、元の体格に戻ったママニは部屋の中心で倒れ掛《か》かる。が気を失うことなく立っていた。さすが、丈《じょう》夫《ぶ》だ。

「ママニ、大丈夫《だいじょうぶ》そうだな」

「はい！　ご主人様、〈従者長〉になりました！」

「では、ママニ、サザーを連れてきてくれ」

「はい、しかし、ご主人様の血の消費は激しく見えましたが……」

「はは、心配するな。大丈夫」

「ハッ」

その後、サザーとフーに〈大真祖の宗系譜者〉を使用。血の儀式《ぎしき》ともいえる行為《こうい》を完了《かんりょう》させて、〈従者長〉になってもらった。皆に集まってもらい、

「……〈従者長〉としての、ルシヴァル一門としての力を感じられる」

「うん、ボクも感じるよ。ご主人様の分厚くて温かい燃えさかる炎《ほのお》のような大きな血を。同時に優しい命の炎だと分かる……凄い……」

「はい、ご主人様と深い繋がりを得たと分かります。〈血魔力〉の繋がりの範疇《はんちゅう》だとは思いますが……〈共感術〉に近いのでしょうか……音の捉《とら》え方《かた》も変化しました」

「新しく血の命脈を得た！　そして、わたしの場合は嗅覚《きゅうかく》も……」

「おう。まだ続きがある。〈血道第一・開門〉。略して、〈血道第一〉、〈血道第一開門〉、〈第

一関門〉などと呼ぶ場合がある。その〈血道第一・開門〉を覚えてもらおう。風呂場《ふろば》で行うからついてきてくれ」

ママニたちをベランダと地続きの風呂場に誘《さそ》った。風呂場は小さい塔《とう》の中だ。床《ゆか》はタイルで冷たい感触《かんしょく》。バスタブの形は前と変わらない。

「上半身は裸《はだか》のほうがいい」

「承知！」

ビアは既に上半身裸だった。三つのおっぱいを揺らしている。

「分かりました」

「ボク、ビアみたく体は大きくないけど……」

「……では」

正直、フーのおっぱいは美しい。サザーも粒《つぶ》がカワイイ。が、あまりエロい視線は送らない。宗主らしく、厳しい表情を保った。ビアの三つのおっぱいは美しい。が、強烈《きょうれつ》。

どんな……と、えっちな想像をかき立てられる。

「……処女刃を渡す。これのギミックの刃を使い血を放出させるんだ」

ママニたちに処女刃の使い方を説明してから〈血魔力〉の〈血道第一・開門〉を覚えさせるべく、処女刃を使用させていく。暫くして……それぞれタイミングが異なったが、無事に〈血道第一・開門〉を覚えた。さすがに、〈筆頭従者長〉たちよりは少し遅《おそ》かったが。

「……これが血の匂いか」

シュルルルと音を立てながらビアの蛇の舌が伸びる。舌の動きが速くなった？

「虎獣人《ラゼール》の特殊《とくしゅ》スキルが〈血嗅覚烈〉に進化した。そして、戦闘職業も〈特異血虎凱〉に変わった。凄い……血のオーラだと？　把握《はあく》が難しい……」

「うん。ボクは〈飛流剣舞士《けんぶし》〉だった戦闘職業が、〈血速剣師《けんし》〉という名になった」

「我は〈血騎蛇士〉だ」

「わたしは〈血族魔士〉に……」

それぞれ〈血魔力〉の第一段階の〈血道第一・開門〉をマスターしたか。

吸血鬼《ヴァンパイア》の一年生だな。

「これで、皆と血文字コミュニケーションが可能。外で活動中の〈筆頭従者長〉たちへ連絡も行えるからな」

「「はい」」

「承知」

ということで、皆を連れて地下二十階層に行って大魔石集めでもするか。

小型オービタルも気になる。庭か屋根の上で休む黒猫《ロロ》を回収しよう。

「……閣下、終わったようですね」

「おう」

ヘルメだ。ベランダからバスタブエリアを覗《のぞ》いている。待っていたらしい、千年ちゃんは持っていない。

「……目に戻ります」

「こい——」

常闇の水精霊ヘルメが左目に入ると、ビアが舌をシュルルと音を発して伸ばしてから、

「我も精霊様のように光魔ルシヴァルの〈従者長〉として、主に貢献《こうけん》する！」

「おう、ビア。貢献してくれると助かる。そして、装備を調《ととの》えてから迷宮《めいきゅう》へ向かうとしようか。大魔石集めだ」

「了解しました、急ぎ用意してきます——」

ママニが先にベランダエリアへ向かう。

「ボクも」

「わたしも」

「我もだっ」

ビアの寸胴《ずんどう》な腹がくねくねと動くと、塔の壁に腹が衝突《しょうとつ》。壁材《へきざい》が剥《は》がれたが指摘《してき》はしな

かった。蛇人族《ラミア》の強烈な鱗は鎧の強度を超《こ》えている。俺もベランダに出た。ママニの姿を確認。庭に着地してから制動もなく寄宿舎へと颯爽《さっそう》と走るママニ。元が虎獣人《ラゼール》だから野生化した大虎に見える。アーレイの姿と重なった。

『閣下、〈従者長〉軍団のやる気を感じます。ルシヴァル神聖帝国《ていこく》は近いですね、ふふ』

たまにはジョークに乗るか。

『おうよ。お尻帝国《しりていこく》なら近いかも知れない！』

『なんと！』

第二百五十九章「邪界ムビルクの森」

ここは迷宮都市ペルネーテの地下二十階層の【邪神《じゃしん》ノ丘《おか》】の東部に広がる【ムビルクの森】。ムビルクの森は蜘蛛《くも》神の配下の大型蜘蛛ソテログア、ストレンジャーという鰐《わに》頭を持つ未開種族、未知のモンスター群、血を好むセエガロという植物モンスターを含《ふく》めて数多くのモンスターたちが徘徊《はいかい》している危険な場所でもある。が、西方の山脈の麓《ふもと》に広がる【未開巨大《きょだい》原生林】に生息する巨大生物たちに比べれば危険度は大いに下がるだろう。

ここに【影鷲《かげわし》王の城】から直接派遣《はけん》されている邪界《じゃかい》導師への昇格《しょうかく》が決まった邪界騎士《きし》シゼブアロス率いるムビルクの森制圧特殊部隊がいた。

【スレイドの街】に暮らす邪族たちが組織する【ムビルクの遺《い》跡《せき》探索《たんさく》隊】以外に普通の邪族が、ここに近寄ることはない。ところが、そんな危険な【ムビルクの森】の奥《おく》に住んでいる部族もいた。その名はウルバミ族。子供も含めて特殊能力を持つ一族であることは有名だ。彼《かれ》らウルバミ族の大半は森のモンスターを狩り、魔石を得る生活をしながら、鰐頭と人族の下半身を持つ種族ストレンジャーと生きるための争いをしているが、ウルバミ族は強く、特殊能力も持っているお陰《かげ》で鰐頭種族ストレンジャーとの争いは優位に運んでいた。しかし、そのウルバミ族が暮らす集落に魔族が現れる。

見た目は四眼と四腕の一般的《いっぱんてき》な魔族。ヴァクリゼ族の出身。狂眼《きょうがん》と呼ばれている魔界騎《まかいき》士《し》の一人だ。この四眼四腕の魔族は対立している神族と邪族の勢力だけでなく、この邪界ヘルローネの地に一緒《いっしょ》に転移されてきた魔族たちからも狂眼、炎眼《えんがん》、四眼、気狂《ぐる》いの放浪《ほうろう》者《しゃ》、亜《あ》種《しゅ》など無数の渾名《あだな》で呼ばれて忌《い》み嫌《きら》われていた。

その魔界騎士の狂眼がウルバミ族の青年と接触《せっしょく》。

「――何だ、お前は！　こんな森の中に魔族だと？」

「ふはは、森で遊んでいたら楽しそうな集落を見つけた！　お前も俺の剣の糧《かて》となれ！」

気狂いの放浪者こと四眼四腕の魔族は近くで驚いている青年を見て、『新しい玩具《おもちゃ》を見つけた！』と、言わんばかりに叫《さけ》びながら前進。驚いていたウルバミ族の青年を斬《き》って捨《す》てる。その四眼四腕の魔族の迅速《じんそく》な四剣術を見た若い青年と中年男性のウルバミ族たちは、

「――なんだ！　あいつは！」

「皆、イルアロスがやられたぞ。出ろ魔族だ！」

「磨《みが》いたシーグの斧でやってやる！」

と、口々に仲間を呼ぶために叫ぶ。一箇所に拳《こぶし》を作るように集結していた。若者と中年の男性たちにはウルバミ族としての誇《ほこ》りがあった。四眼四腕の魔族に立ち向かう。

ウルバミ族たちは一斉《いっせい》に武器の刃を突《つ》き出《だ》す。四眼四腕の狂眼は四つの魔剣の構えを崩さず四腕を巧みに動かし体を前後させつつ四つの魔剣を使ってウルバミ族の攻撃を防ぎ続けた。一対一なら腕の数は優《まさ》るがウルバミ族は複数人だ。無数の攻撃が四眼四腕の魔族に襲《おそ》い掛かるが、狂眼と呼ばれている魔界騎士の一人、難なく攻撃を往なし、今も一人のウルバミ族の男を蹴《け》り飛ばした。その実力差は圧倒的《あっとうてき》だ。ウルバミ族たちが繰り出す剣を、右上腕の魔剣で弾《はじ》き、即座《そくざ》に左下腕の魔剣を突き出して、ウルバミ族の男の胸を貫《つらぬ》いて倒す。続いて、四眼四腕の魔族は二本の魔剣の袈裟懸《けさが》けを行い、ウルバミ族の男性を両断した。そのまま四本の腕を躍《おど》らせウルバミ族の男たちの体を斬りまくった。その四眼四腕の狂眼は、目にも留《と》まらぬ速度で駆《か》けて四本の魔剣による突きと斬り払《はら》いの剣舞を繰り出した。相対していたウルバミ族の男性が混乱したような表情を浮《う》かべると、一瞬《いっしゅん》で、その全身が切断されていた。

「ちくしょう！　ユバを！」

そう叫びながらウルバミ族の男性が〈邪精霊《じゃせいれい》〉系統を強めて四眼四腕の魔族の背中を狙

う。剣を突き出しながら加速突進《とっしん》。四眼四腕の魔族は口笛を吹いて「へぇ――」と言いながら身を翻《ひるがえ》し背後からの攻撃を避《さ》ける。ウルバミ族の男性が「そこだ！」と言いながら振るった剣の払いを見るように四眼四腕の魔族は体勢を屈《かが》めて、青白い魔剣を下から振るう。ウルバミ族の男性の脇を捉えた青白い魔剣。その脇から鮮烈《せんれつ》な血が迸った。「ぐぁ――」ウルバミ族の男性は体勢を崩しながらも長剣を手放さず、四眼四腕の魔族に長剣を向ける。が、四眼四腕の魔族はもう目の前、その魔剣の一つがウルバミ族の首を貫いていた。

「――まったく、だめだよぉ、てこずらせちゃ」

四眼四腕の魔族は、嗤《わら》うように四眼を煌《きら》めかせて、そう発言しながら前進し、逃《に》げようとしていたウルバミ族に近付いた。左上腕の刃渡《はわた》りが長い青色に輝《かがや》く刀身を鋭く真横に振る。逃げているウルバミ族の男の背中を愉快《ゆかい》そうに斬っていた。

「――ひぃぃ」

「おかあさぁぁん、お父さんがぁぁぁ」

「ムク、貴女《あなた》は逃げなさい……ここはわたしが」

「でも、お母さんの邪精霊じゃ……」

「お前たちは早く逃げろ！　ここは俺《おれ》たちが――」

三眼の邪族の一つウルバミ族。彼らとて並の一族ではない。視力は桁外《けたはず》れであり、戦士でありながら邪精霊使いという独自の魔法《まほう》技術を有しており、他の邪族にはない光を見られる。髪《かみ》の色は黒。皆《みな》、額に入れ墨《ずみ》がある一族だ。そして、このムクと呼ばれた少女の兄は影鷲王スレイドが率いる邪界導師の一人に見出《みいだ》され導師隊の副官も務めていた。ムクの叫び声が呼び水となり、集落の精鋭《せいえい》たちが集まってくる。抜き身の長剣と銀色の斧を持った二刀流のウルバミ族たちだ。魔闘術系の亜種といえる邪精霊という精霊体を身に纏い身体能力を上げるウルバミ族の精鋭たち。

先ほどのウルバミ族の若者と中年たちとは明らかに動きが違って見えた。彼らは仲間同士、死を覚悟《かくご》した表情で頷《うなず》き合うと狂眼と呼ばれている四つ眼の魔族に襲い掛かる。

先頭のウルバミ族の戦士が銀色に輝く手斧を狂眼へ向け投擲《とうてき》するが、

「ははは、小生意気な邪族ーーー」

と嗤いながら狂眼はスキル〈縮地〉を使う。投擲された銀の斧を回避《かいひ》した一瞬の間で、右に移動しては左に移動を繰り返す。瞬《しゅん》の間《あいだ》に——四腕が八つに見えるほどの剣の残像を空中に生んでいた。迅速な狂四眼魔《きょうしがんま》剣《けん》流の〈剣魔《けんま》速《そく》・時狂い〉。斬り掛かってくる邪精霊を纏ったウルバミ族の精鋭でさえ寄せ付けない。ウルバミ族の戦士の体に無数の線のような細い血が生まれ出ると、その体から血が噴出《ふんしゅつ》し、バラバラになって落ちていく。四眼の狂眼系スキルではなく独自のスキル〈縮地〉を合わせた狂四眼魔剣流の〈剣魔速・時狂い〉

は強烈だ。気狂いと揶揄《やゆ》される狂眼だが……彼が扱《あつか》う緑刃と青刃の魔剣は信じられないほどの美しさを持っていた。嘗《かつ》て、シュウヤと死闘《しとう》を繰り広げたルリゼゼを彷彿《ほうふつ》とさせる魔《ま》剣術《けんじゅつ》。繰り出される体術の質も高い。彼は背中に眼があるが如く背後からの奇襲《きしゅう》さえも対応していた。仙術《せんじゅつ》めいた〈縮地〉の剣術によりウルバミ族の戦士たちは斬られていく。

ウルバミ族たちは怯《ひる》まず立ち向かう……。

「うがぁぁぁぁ」

ウルバミ族の決死の行動の間に、

「ムク、逃げるわよ」

「うん」

ムクと母は集落からなんとか脱出《だっしゅつ》できた。

「皆、集まれ、この二十四面体《トラペゾヘドロン》のゲート魔法を使い迷宮五階層に向かう」

「な、ななんとぉ」

ビアは顔を上向かせて、舌を伸ばしながら発言。納豆《なっとう》という言葉に聞こえる。胸の上部にあった奴隷特有の痣《あざ》は消えていた。光魔ルシヴァルの眷属となった証拠《しょうこ》だろう。

「了解《りょうかい》しました、光魔ルシヴァル一門の初陣《ういじん》として頑張《がんば》ります」

「ミスティ様から聞いていましたが、本当に迷宮の地下へ直にいけるのですね……」

「ボクもユイ様から聞いたよ。ビアだけ理解していなかった？」

「にゃお」

ビアの代わりに黒猫《ロロ》が挨拶《あいさつ》。

サザーの膝《ひざ》に『ポン』と可愛い音が響くような猫《ねこ》パンチを当てている。

「ロロ様！　今日は宜《よろ》しくお願いします」

膝がカックンと可愛《かわい》く動くサザー。膝蓋腱《しつがいけん》反射は人族と同じらしい。

「ンン、にゃお」

サザーは黒猫《ロロ》へ丁寧《ていねい》に頭を下げる。サザーは背が低いから余計に小さく見えた。そんなサザーを見た黒猫《ロロ》は器用に一対《いっつい》の後《うし》ろ脚《あし》で立つ。餌《えさ》くれホイホイのポーズかと思ったら違った。サザーのもこもことした毛が面白《おもしろ》いのか、変な表情を浮かべる。そのまま両前足をリズミカルに上下に動かして、サザーの頭と体に肉球タッチを繰り返していた。

「……遊んでないで、移動するぞ」

「ンン」

返事を耳にしながら胸ベルトから二十四面体《トラペゾヘドロン》を取り出した。掌《てのひら》の中で二十四面を転がして遊ぶ。そして、十六面の謎《なぞ》記号を親指でスワイプするようになぞり十六面を起動させた。いつものように光る二十四面体《トラペゾヘドロン》は一瞬で折り紙の如く折《お》り畳《たた》まれながらトポロジーを表現するように上昇《じょうしょう》し光の扉のようなゲート魔法へと変化を遂《と》げた。ゲートには五階層の邪神像の中に存在している秘密空間の床が映る。

「よっしゃ、出発しようか」

左目にヘルメを宿し、黒猫《ロロ》を肩に乗せてゲートを潜《くぐ》った。

五階層に〈従者長〉軍団と共に移動。昔と同じ青白い靄《もや》が足元に漂《ただよ》う。

邪神シテアトップ……見ているんだろうな。

「……五階層だ。この間、お前たちが守っていた寺院遺跡《いせき》の地下にある邪神シテアトップの像の中だ。そして、あそこに鎮座《ちんざ》している歪《いびつ》な水晶《すいしょう》の塊。あの水晶の塊を使えば、地下十階、二十階、三十階、四十階、五十階、とショートカットできる」

『ここは邪神シテアトップがいつ出てきてもおかしくない場所です。閣下、ご用心を』

『大丈夫だよ。この間の邪神の顔を見たろう？　あれは相当ビビっている』

『閣下、ワザとわたしたちを自由にさせている可能性も……』

『それならそれでいい、仲良くしたいなら握手《あくしゅ》だ。絡《から》んでこなきゃ無視でいい』

視界の端に漂う小さいヘルメと念話を行った。

「……あれが、前代未聞《ぜんだいみもん》の地下に突入《とつにゅう》できる……」

「ボク、ドキドキが止まらない」

「わたしだって、肩がこってしまう」

フーは動きが一々色っぽいんだが、そのおっぱいのせいで肩がこるのか？

「主人、ここは薄気味悪《うすきみわる》い。邪悪《じゃあく》な気配を感じる……〈麻痺蛇眼《まひじゃがん》〉を発動したくなる」

「気持ちは分かる。ここは完全に邪神シテアトップの領域といえる場所。だが、気にするな、邪神は出てこないと思う。このまま二十階層へ向かうぞ」

「承知した……」

青白い靄が蠢いたような気がしたが、そのまま、水晶体を皆で触って地下二十階に移動。

「よし、無事についた。それじゃ、〈筆頭従者長〉たちに連絡《れんらく》をするからお前たちはここで待機」

「はい」

「承知」

彼女《かのじょ》たちは周囲を見渡《みわた》しながら警戒《けいかい》。

俺は血文字で〈筆頭従者長〉たちと会話を行った。

『ふーん、魔石集めかぁー総長はやはり冒険者ね。わたしは興味ないけど。で、眷属化のことなんだけど、その血を分ける予定のメルがユイを護衛にベネットを連れて、この間、手に入れた船に乗ってホルカーバムとヘカトレイルに作った新事務所を見に出かけちゃったから、まだ暫く掛かりそうー。その新事務所は、港近くにある荒《あ》れた新街にあるらしいから【血長耳】を含めた他の闇《やみ》ギルド戦を想定してるとか、少し心配。ま、眷属のユイの他にも、わたしが生成した角付き傀儡《かいらい》兵もつけてるから、心配はしてないけど』

メルたちは船旅か、ヴェロニカの〈筆頭従者長〉としての女帝《じょてい》化は少し先かな。

しかし、メルとベネットがヴェロニカの〈筆頭従者〉になるとして、三人目は誰《だれ》だろうか。カズン？　ゼッタ？　まさか白猫《マギット》だったりして、なわけがないか。俺の血を吸収したバルミントは、俺の魔力《まりょく》を元にして生まれてきたからな。

『ご主人様、玄関《げんかん》に手紙が置かれていましたので、寝室《しんしつ》の机に保管しておきました。それと、ヴェロニカから血魔力、武術、魔法の稽古《けいこ》をしてくれると提案を受けたのでエヴァの店に向かいます。ガドリセスを用いた釼先が少し伸《の》びる剣に慣れてきたので、血魔力の〈血道第二・開門〉を覚え更《さら》なる進化を果たしたいぞ！　と、気持ちが強まってきました。しかし、ヴェロニカ曰《いわ》く時間が掛かるとのことです。ヴェロニカに神聖ルシヴァル帝国《ていこく》のために、メルをご主人様の〈筆頭従者長〉にと何度も薦《すす》めていたのですが、残念なことに彼女は独自の〈筆頭従者〉にするようです。しかし、よくよく考えたら同じルシヴァル一門。納得《なっとく》しました。そして、わたしも〈血道第三・開門〉を獲得した時には、従者を増やせるかもしれないとのこと。ですが、はっきりいえば従者は要《い》らないです。ご主人様専用の特別な従者であればいいのです……話を変えますが、テンテンデューティーを市場で買い占《し》めていると、そのティーを作り上げた神の右腕《みぎうで》を持つと言われている黒髪《くろかみ》の職人がわたしに接触してきました。タイチという名だそうです。口調が乱雑でしたが、膨大《ぼうだい》な魔力の持ち主でした。危険かもしれません。他にも第一の円卓《えんたく》通りから比《ひ》較的《かくてき》近い東の市場を調査中に大騎士レムロナと会いまして、近いうちにご主人様の屋敷《やしき》に行くと話をしていました。「わたしのスキルでお前の主人を見ることがあると、だから、至急、相談したい」と語っていました』

手紙？　俺が移動した直後に来たのか？　帰ったら読むか。

ヴィーネに接触したタイチという名の黒髪も気になるが、大騎士のレムロナが俺の姿を？　個人的な礼ではないのか。個人的な礼のことを考え過ぎて俺の幻影《げんえい》を見るようになったか？　と、己《おのれ》でボケてどうする。たぶん、権力争いに嫌気《いやけ》がさして疲《つか》れているのかもしれないな。

『ママニたちから報告あった。シュウヤの屋敷強くなるから眷属化は賛成。メイドならイザベルを眷属化したらいいと思う。イザベルは商才がある。シュウヤが預けた邪界牛グニグニを取り引きの材料に使ってハウザンド産レーメなどを取り扱う大商会の下部商会とコネを作っていた。後、ディーの近所の商会にも。そして、そのイザベルの話とは、あまり関係がないけど、今、ディーの店で新しい素材をリリィと一緒に整理中なの。後でディーが挑戦《ちょうせん》する新作料理の試食会を兼《か》ねたヴェロニカの血魔力の講義を受ける予定で、レベッカとヴィーネも店に来る！　楽しみ！』

イザベルはミミが行方《ゆくえ》不明になった時も必死だったし、素晴《すば》らしい仕事するし、エヴァも気に入ったようだ。後、試食会&ヴェロニカと訓練か。

その訓練も見たいが、やはり注目すべきはディーさんの新作料理だろう。

大草原にいるという鹿《しか》モンスターを使った肉料理なのだろうか……。

『眷属化はシュウヤが宗主なんだから自由にしたらいいのよ。それより、今ヴェロニカ経由で【月の残骸《ざんがい》】副総長のメルの手伝いで船に乗っていたりするの。船旅よ？　いいでしょうー。あ、帆《ほ》が黒猫のマークで船首が黒猫の形にデザインされているのはシュウヤの案？　可愛い。でも、内実は対闇ギルドを想定しての護衛なんだけどね。先ほどもこの船に乗り《の》込《こ》んできた海賊《かいぞく》のチンピラたちを神鬼《しんき》・霊風《れいふう》の刀を使い、二重に斬り刻んであげたところよ。あ、その闇ギルドといえば……父さんが、そろそろ古い伝手《つて》の【ロゼンの戒《かい》】に所属している鴉《からす》がペルネーテに来るはずだと語っていた。その鴉さんと早く会いたいな。過去、暗殺者として仕事をしていた時、お世話になったエビがどうしているか聞きたいし。でも、鴉さんを父さんの下に置くということは【ロゼンの戒】から引《ひ》き抜《ぬ》くのと同じ……ヒュアトスが旧世代の遺物たちと馬鹿《ばか》にしていた大貴族だけど、サーマリア王と繋《つな》がるロルジュ公爵のことだから、どうなるか……』

ユイはメルと船旅か。人員の引き抜きで追っ手を差し向ける可能性……んーそれはあまりないと思うが。優秀《ゆうしゅう》なのか鴉とは。それよりエビとは確か……。

『魔石集めにまた邪界の地下に行っているのね。わたしは学校&研究で忙《いそが》しい。迷惑《めいわく》かけたから今更《いまさら》だけど、工房《こうぼう》で実験中に爆発《ばくはつ》しちゃったからね……その部屋の片付けもある。幸い素材と魔導人形《ウォーガノフ》は無事だったけど。後、新しい家族のママニたちから連絡が来たわ。やはり家族が増えるのは嬉《うれ》しい。それにもう何度も彼女たちと話をしているし、正直遅いくらいよ。これで、庭で行われていた模擬戦《もぎせん》もポーションを無駄《むだ》に消費しなくて済む？』

ミスティは、実験に失敗して工房の一部を爆破《ばくは》させたからな。

倒《たお》したが、変な怪物《かいぶつ》も生まれてたし。

『地下二十階か～わたしが言えたことではないけれど、眷属になったばかりのママニたちは、浮かれていそうだから気をつけてね。わたしは今サーニャさんとその門弟《もんてい》たちと訓練中。体術って奥が深いのね。腰《こし》の捻《ひね》りと腕の動作。全身の筋肉と下半身の重心も大事だと学んだわ。この技術は無駄にならない。剣術《けんじゅつ》の基本でもあるようだけどね。お陰で蒼炎《そうえん》の拳とジャハールの扱いと、身のこなしも良くなった。詠唱《えいしょう》を行う魔法《まほう》もスムーズになったんだ。他には……シュウヤが喜ぶ情報がある。武術の訓練で腰が少し細くなったかもー、ふふ。でも、胸は大きくなっていない……』

レベッカには、小ぶりなお椀も天下の茶器に勝《まさ》ると教えてあげた。おっぱい神の教典通りフォローを行うが、意味が分からないと返される。そんなやり取りを小一時間たっぷりと行った。待っていた〈従者長〉と黒猫《ロロ》に顔を向けて、

「……完了だ。このまま地下二十階に向かうぞ」

第二百六十章「邪神シテアトップと再会」

選ばれし眷属の〈筆頭従者長〉と連絡を取った後、ふとした思いつきを試《ため》すことにした。アイテムボックスを弄《いじ》る。リリザが落とした十天邪像ニクルスの鍵《かぎ》を取って掲《かか》げた。

カブトムシの頭部と似た鍵。この鍵に邪神シテアトップが反応を示すかと思ったらナッシング。青白い靄か霧《きり》のようなモノは薄気味悪く漂うのみ……。

「邪神シテアトップさんよ、実は見てるんだろ？　この鍵、興味を持つかと思ったんだがな」

そう霧に問いかけた瞬間《しゅんかん》。青白い靄が集結しながら邪神シテアトップの頭部を形成。

「フンッ、ひさしぶりだなぁ槍《やり》使い。今回俺様が現れてやったのは特別だからな？」

『閣下、噂《うわさ》をしたら本当に出ました！　しかし、この間とは違《ちが》います。魔力が非常に薄《うす》いです』

ヘルメの指摘通り……魔力は薄い。邪神の声は前と変わらないが……。

「特別なのか？　ま、久しぶりだな、邪神シテアトップ様」

「そんな挨拶は不要だ。それより、その鍵だ。それをどこで手に入れたんだ？」

黒猫《ロロ》は邪神シテアトップの頭部だけの姿に興味を持ったのか、頭部を向けて「ンン、にゃぁぁ」

と鳴いて俺の肩《かた》から降りようとしていたが、押《お》さえた。

「何ですか、あれは！」

「不気味な霧の正体か！　喰《く》らえ――」

蛇人族《ラミア》のビアが何かスキルを発動したらしい。が、邪神シテアトップの顔が少し揺《ゆ》れるだけで何も起こらず。

「我の〈麻痺邪眼《まひじゃがん》〉が効かぬ、のか？」

「ご主人様、これが邪神……」

「そうだよ。お前たち、攻撃《こうげき》はしないでいい、下がれ」

戦闘《せんとう》態勢の〈従者長〉に向けて『大丈夫』と伝えるように右手を泳がせてから退かせた。

邪神シテアトップを睨《にら》みながら、

「この鍵は邪神の使徒を倒し、いや、使徒の一部を部下にして手に入れたんだ」

そこでワザと新しい指を少し動かす。

「おぃ、邪神の手駒《てごま》を自分の手駒にしただと？」

「そうだよ」

「偶然《ぐうぜん》が重なった結果と推測するが……めちゃくちゃな野郎《やろう》だ」

確かにリリザだからこそ、俺のスキルが通用した面もあるだろうな。

「……俺様の一部を吸収し、俺様の使徒である槍使いと、黒猫ならば……ありえるのか？」

「お前の使徒になった覚えはないが……」

「グハハハッ、笑わせる。お前はもう使徒なんだよ。俺様の力を取り込んだ時点でな？ 吸収……されたのは完全に予想外だが……クソ、思い出すだけで……」

邪神の虎顔《とらがお》の表情は面白いかもしれない。下顎《したあご》を広げた。

乱杭歯《らんぐいば》を見せながら、勝手に喜び、悲しみ、怖《こわ》がっている。

「……邪神シテアトップ、お前は俺を使徒だと思い込みたいだけだろう？」

「フンッ、可愛くない奴《やつ》だ。それにいいのだ！ 俺様の力が解放されたのは事実だしなァ」

図星なのか、瞳孔《どうこう》が散大している邪神シテアトップ。

「話がそれた。肝心《かんじん》のお前が手にしている鍵は甲虫《かぶとむし》の頭からして……邪神ニクルスの鍵と見たが、それを俺様に奉納《ほうのう》する気なんだよな？」

「奉納？ これを捧《ささ》げて踊《おど》れと？ そんなことをして俺はどんな得をする？」

そう聞くと、邪神は表情を歪《ゆが》めてから、醜《みにく》く嗤う。まさに邪神だ。

「……代わりに、俺様の邪界道具。邪具、邪道具《じゃどうぐ》、邪神具と、呼び方は様々だ。魔界《まかい》なら魔具に魔道具、ま、特別なアイテムだ。それを授《さず》けてやろう」

「邪界道具に特別なアイテムか……」

　この甲虫の形をしている十天邪像の鍵を用いれば五階層と十階層の邪神ニクルス像の下にある扉を開けられる。開けたら、この邪神シテアトップ像の中と同じく邪神ニクルスと関係した秘密の空間があり、邪神ニクルスか分身体か、使徒と会うことになるだろう。転移装置の歪な水晶《すいしょう》の塊《かたまり》もあるはずだ。その水晶の塊も、ここの歪な水晶の塊と同じく【クラブ・アイス】が語っていた十五階層にある新世界《ニューワールド》への転移が可能かも知れない。それか別世界に転移できるかもな。そもそもシテアトップは何故《なぜ》、この鍵を欲《ほ》しがるんだろう。

「……どうしてこれを欲しがる？」

「……いいから寄越《よこ》せ。特別な樹言《じゅごん》サージ、樹条網群《ダブルエプロンフェンス》、樹愚《きぐ》ベスト、心理植物《サイコダイブプラント》、シテア・ストーン、極樹呪文《ごくじゅじゅもん》学、樹剣《きけん》・爆弩、樹槍《じゅそう》・雷屈《らいくつ》、ペザンチウムの十二羽……まだ、他にもあるが、このアイテム群の一つと、交換《こうかん》してやる」

　邪神シテアトップの周りに漂う青白い靄がアイテム類に変わっていた。

　提示したアイテム群はどれも非常に気になる。が、先に【クラブ・アイス】の面々と知り合ったからな。それに、この邪神の態度はあからさま。渡《わた》すのは止《よ》しておく。

「……この鍵は渡さない」

「チッ、欲がねぇのかよ！　まぁいい。お前が邪神ニクルスの眷属《けんぞく》を引き抜いた行為は、他の神々にも脅威《きょうい》に映ったはずだ。このままだと俺様と同じ道を歩むぞ？　グハハハ」

邪神シテアトップと同じ道を歩む？　昔、邪神シテアトップが語っていた言葉には……

『その十天邪像を持つということは、俺の駒《こま》になる適性があるということだ。だからここにアクセスできたのか……お前、本当に人族か？』

ようするに邪神シテアトップは、邪神ニクルスの鍵を持っている俺が、その邪神ニクルスの使徒や眷属になり得るから接触してほしくないと考えているのかもしれない。

まったく的外れかもしれないが……邪神シテアトップに向け、

「俺は俺の道をゆく」

「フン、気が変わったらまた呼べ、その鍵と交換してやろう――」

邪神シテアトップは興が冷めたのか、目を点にしながら俺の言葉を待たず、霧のように消えていく。

「もう消えたか……」

「主人、邪神シテアトップとの会話……顔だけのようだったが、凄《すさ》まじい重圧を感じた……」

「……はい、わたしたちの宗主様《そうしゅ》は、神と会話を……」

「そんなことはいい、外に向かうぞ」

邪神の間を皆で歩く。だんだんと窄《すぼ》むように狭《せば》まる空間なのは、前と変わらない。

お猪口《ちょこ》のような狭《せま》いところに到達《とうたつ》した。『ここが出口だぞ』と邪神シテアトップの声が響《ひび》いたような気がした。それほどに立派な黄金の扉《とびら》は、前と変わらず。

「この先に出る」

と皆に告げながら、黄金扉の鍵穴《かぎあな》へと十天邪像の鍵を差《さ》し込み回すと甲高《かんだか》い音が鳴《な》り響き重低音も響いてから扉が開いた。これには〈従者長〉たちも驚《おどろ》いて悲鳴をあげていた。

サザーはあまりの震動《しんどう》と音に腰を抜かしたらしく、見事に転んでいる。

床に転んで青白い靄に埋《う》もれてしまい、姿が見えない。

ところが、そんな小柄《こがら》なサザーを的確に捕《と》らえる黒猫《ロロ》の触手《しょくしゅ》。

サザーの体に触手を巻き付かせて、優《やさ》しく起こしてあげていた。

「ロロ様……ありがとう」

サザーは触手に包まれていたが、仄《ほの》かに頬《ほお》を赤く染めていた。

「ンン、にゃお」

『気にするニャ』と、鳴いているのかもしれない。優しい黒猫《ロロ》。そのまま全員で扉を潜り外に出た。地下二十階層の邪神像が立ち並ぶ遺跡を見学。途中《とちゅう》、ニクルスの邪神像を確認《かくにん》。

鍵穴らしきモノを発見したが今回はスルー。そのまま遺跡の奥にある階段を上り【邪神ノ丘】に戻《もど》ってきた。前と変わらず、けぶったような薄日《うすび》の空。あの空の何処《どこ》かに十九階層へ繋がる穴があるようなことを魔族のスークさんが語っていた。

「……ここが地下二十階層の世界ですか！」

「おぉ、我らは伝説のクランを超えた！」

ビアが独特な喜びに似た吼《ほ》える声を発して、ママニが皺眉筋《しゅうびきん》らしき部位を微《かす》かに動かしてから「……ビア、早口すぎて、聞き難《にく》い……」と語っていた。ママニは虎獣人《ラゼール》だから毛が多い。表情筋は僅《わず》かに分かるだけで、感情の読み取りは難しい。

「早口にもなろう。ご主人様の鍵と鏡を使い、未知の地下二十階層に行けたのだぞ？　我らは冒険者《ぼうけんしゃ》でもあるのだからな」

「確かに……十体の巨大な邪神像の姿にも驚きましたが……ここは……」

「広い草原ですねぇ……遠くに、草原、山、森があります」

エルフのフーが額に手を当て、遠くを見ていた。

その姿に、前回ここに来た時にカルードもそうやって遠くを見ていたことを思い出す。

『閣下、今回はどちらへ向かいますか』

視界の左上で謎の平泳ぎをしている小型ヘルメちゃんが聞いてきた。

『……そうだな、前は左の方、大草原からラグニ湖経由の旅だったから、今回は右の方へ行ってみようか』

『――はい、未知の探求ですね』

ヘルメはくるっと一回転しているし。

『そうだな』

さて……まずは、皆に、この場所の名前を教えておく。

「……ここは【邪神ノ丘】と呼ばれている場所だ」

「丘ですか……」

ママニは丘のフレーズに反応。

「昔、エスパーダ傭兵団《ようへいだん》を率いて、グルトン帝国の一隊を何度も撃退《げきたい》したと聞いたけど」

フーがママニの過去を話した。そういえばママニは幾《いく》つかの戦場で指揮を執《と》っていたと聞いていた。ママニは思い出すように、

「ハーディガの丘は華々《はなばな》しい記憶《きおく》だ。しかし、アルガンの丘……の戦場での生々しい記憶の方が……」

アルガンの丘か。丘と言えば……ママニのおっぱいの双丘《そうきゅう》を守るのは白い甲殻《こうかく》を活《い》かしたレザーアーマーだが、前の鎧《よろい》と異なり、ふっくらとした乳房《ちぶさ》の形が分かる。ゴッドトロ

ール製は素晴らしい鎧らしい。その間に、第六の指となっているイモリザを意識して、『ピュリンを表に出せ』と思念で指示。第六の指が床《ゆか》に落ちながら黄金芋虫《ゴールドセキュリオン》に変身を遂げると、ピュリンの姿へと変化を始めた。骨を形成し肉を形作る。魔力を消費し、俺の第三の腕として戦うのもいいが今回はピュリンを初めて使おう。その黄金芋虫《ゴールドセキュリオン》から変身を遂げる姿を見た〈従者長〉たちが、

「……黄金の芋虫！　前に見たことがある！」

「ご主人様の使役《しえき》している化け物だ」

「銀髪《ぎんぱつ》ではないようです」

変身にイモリザの時と同じく時間が掛《か》かるようだ……やや間を空けてからピュリンが誕生した。金髪《きんぱつ》と青い瞳《ひとみ》を持つ女性。額から墨色《すみいろ》の線の模様が目元に伸びている。細い顎《あご》で首と鎖骨《さこつ》の溝《みぞ》も美しい。お椀の形と似た乳を隠《かく》すコスチュームは半袖《はんそで》だ。手首から肘《ひじ》にかけて墨色の滝縞《たきじま》とよろけ縞《じま》の綺麗《きれい》な模様があった。

この辺りはイモリザ、ツアンよりもセンスが良い。個性が出るのだろうか。

小さい骨の尻尾《しっぽ》も生えている。可愛い骨の尻尾だ。そのピュリンはこの場所の確認をするように丘を見渡してから俺を見て、

「……使者様、皆様《みなさま》、こんにちは。使徒ピュリンです」

「イモリザ様とは違う、ご主人様の部下、ピュリン様ですね。わたしはママニ。ご主人様の眷属〈従者長〉となりました」

最初に空手を彷彿とさせる動きで挨拶をしてから話をしたママニ。

「そうだ、我はビア。〈従者長〉である」

「わたしの名はフー。戦闘職業は〈血族魔士〉。光魔ルシヴァルの端《はし》くれです」

「ボクの名はサザー」

ピュリンの背丈《せたけ》はサザーと同じぐらいかな。

「使者様のご家族様ですね。ツアンとイモリザから聞いています。宜しくです。わたしは遠距離《えんきょり》からの骨針が得意です」

「ということで、ピュリンと皆、これから右の森へ向かい狩《か》りを行う。基本、現れるモンスターの殲滅《せんめつ》。目的は大魔石の回収のみで、寄り道は少なめの予定」

「了解しました」

「承知」

「はい、山と森がある方ですね」

「行きましょう」

「ビア、前に出るぞ」

虎獣人《ラゼール》のママニがしなやかな動作で先頭に立つ。

先に【邪神ノ丘】を駆け下《お》りていった。俺も続くか。

黒猫《ロロ》の可愛い体重を肩に感じながらフーとピュリンを連れ丘を降りていく。

ピュリンは小さい足なので歩幅《ほはば》が小さいから、俺とフーに合わせようと、早歩きになっていた。そんな歩きから性格の良さが伝わる彼女に合わせようと俺も歩く速度を緩《ゆる》めた。

すると、

「――使者様、わたし、何でもします！」

歩調を合わせたピュリンが、元気な口調で話しかけてきた。

何でも、とは……健気《けなげ》じゃないか。

「にゃお」

肩にいる黒猫《ロロ》もピュリンの可愛らしい様子に反応を示す。

サザーに加えて新しい遊び相手だと考えたのかな。

「ここからは冒険者活動と同じだ。魔石集めに集中しよう。個人的なことはおいおい頼《たの》むかもしれない」

「はい！」

純粋無垢《じゅんすいむく》な表情のピュリン。凛《りん》と胸を張っている。心が清らかで私心を感じさせない。

『閣下、選ばれし眷属たちが居たら「わたしが何でもする！」「いや、わたし！」と争いが起きていた可能性があります』

『そういうヘルメはピュリンの尻《しり》を調べないのか？』

『なんと！　閣下、最近わたしの趣味《しゅみ》に乗ってきますね？』

『はは、当然だろう、可笑《おか》しなヘルメが好きだからな』

その念話を聞いたヘルメは、泳ぎを止めてから笑《え》みを浮かべて、

『ふふ、ありがとうございます。ついでにお情けを……』

内股《うちまた》のポーズで魔力を要求するか。

『いいぞ』

魔力を左目に宿るヘルメに送ると視界のヘルメは消え去り、

『──アン』

久しぶりに悩《なや》ましい声が響いてきた。そこに、

「使者様、わたしの内部に住むイモリザ、ツアンに負けないように今日は貢献《こうけん》しますから」

ピュリンの力強い言葉だ。言葉に嘘《うそ》はないと思う。

青い瞳は透《す》き通《とお》った湖を彷彿とさせる。その瞳の奥底《おくそこ》から強い決意が感じ取れた。

「元Bランク冒険者の後衛としての力には期待している。それで骨針が主力のようだが、

どんな攻撃方法なんだ」

「セレレ族特有の秘術、これを使うんです――」

　小柄なピュリンは両手首を頭上へと翳《かざ》す。すると、手首の表面から剥《む》き出しの太い骨筒《つつ》が伸びた。その骨筒の先端《せんたん》から骨針が射出された。骨針は弾丸《だんがん》を超《こ》えるような速度で連続的に発射されていく。草原のほうに向かう骨針はもう見えない。義手のように、手が外れたようにも見えたが、肘の部分は繋がっていた。骨筒はアサルトライフルや狙撃銃《そげきじゅう》のように先が細くなっているから妙《みょう》にカッコいい。ピュリンの種族が持つ秘術系のスキルか。

「凄《すご》い銃《じゅう》みたいな遠距離武器だ。あ……」

　その姿から、ピュリン用の武器を持っていたことを思い出す。長細い骨針で、スロザの渋《しぶ》い店主が鑑定《かんてい》してくれた武器。名はセレレの骨筒。それを、アイテムボックスから取り出した。

「ピュリン、これなんだが」

「あ、それは！」

「やはりセレレ族の？」

「はい」

「あげるよ。リリザが持っていた物、元々、ピュリンの物だ」

彼女に手渡《てわた》した。

「失くしていた物でした。ありがとうございます使者様！　ご先祖様の御力《おちから》が宿るセレレの骨筒があれば沢山《たくさん》の骨針を放てるようになるんです」

ピュリンは喜ぶと、手首から骨を前に伸ばす。俺があげたセレレの骨筒を、その片方の手首から伸びている骨の先端に装着していた。一瞬《いっしゅん》でセレレの骨筒とピュリンの腕《うで》の骨がくっ付く。渋いが、ピュリンの腕は元々が骨の銃だったようにしか見えない。切断面がない。

ミクロン、マイクロメートルの単位でセレレの骨筒とピュリンの腕は融合《ゆうごう》しているんだろう。ピュリンは伸びた骨筒を折り畳み式のウォーキングステッキを扱うように折り畳みながら袖《そで》の中に仕舞《しま》っていた。フーは不思議そうにピュリンを見ていたが、短杖《たんじょう》を持ちつつ周りを警戒。俺《おれ》も周囲を見回してから進む。ここは【邪神ノ丘《じゃしんのおか》】の遺跡から東の地。

前に邪騎士《じゃきし》デグと一騎打《いっきう》ちを行った戦場の草原エリアとは正反対の場所だ。

草原の地はすぐに終わる。坂を上がると右側は草が生えて広い。左には高低差のある大小様々な岩と樹が点在する。そこに、右から多数の魔素《まそ》の反応を感知。

『ご主人様、モンスターの臭《にお》いが右と正面から来ます。物凄《ものすご》い数ですが……』

ママニの血文字だ。高台となった岩場の上からだ。

ママニはハヴォークの弓にシシクの矢を番《つが》えた状態。

第二百六十一章「ビームライフルと乱戦に手根球《しゅこんきゅう》（前足のみ）」

宙に浮《う》かぶ血文字で連絡を寄越してきた。ママニの血文字を見ながら、皆《みな》に向けて、

「モンスターが来たぞ」

「光魔《こうま》ルシヴァルの〈従者長〉の力を示す！　我《われ》が前に出る」

「フォローします」

「ボクだって、できる！　もう光魔ルシヴァルの剣士《けんし》なんだ！」

「にゃお」

黒豹《くろひょう》のロロディーヌはサザーに合図。素早《すばや》く水の妖精の双子剣《イスパー＆セルドィン》を構えて剣士の宣言をしたサザーの隣《となり》に移動した。相棒はサザーに対して悪戯《いたずら》をするのか？　と思ったらしない。

小動物を守るような行動だ。相棒的には、きっとサザーの母気分なのだろう。

黒豹《ロロ》はサザーのことが好きだからな。相棒が珍《めずら》しく俺ではなくサザーを優先したことに少しショックを受けたことは言わない。

「……それじゃ、俺は少し違った遠距離《えんきょり》戦《せん》を楽しむとするか。ピュリンも高台にいくか？」

「はい、近距離《きんきより》より遠距離のほうが得意です」

「了解」

小柄なピュリンから視線を外し周囲を見る。高台となる岩場を見つけた――。

狙《ねら》いは上部の岩だ。左手を翳し〈鎖《くさり》〉を出す――。

威力《いりょく》を調整した〈鎖〉の先端《ティアドロップ》が岩場の上方に刺《さ》さる。

岩場に刺さったアンカーの〈鎖〉を少し引っ張り強度を確認。〈鎖〉はびくともしない。

よし――片手をピュリンの腰に回して強引《ごういん》に「きゃっ」という可愛い声ごとピュリンを抱《だ》き寄《よ》せる。

「使者様……」

ピュリンは勘違《かんちが》いし可愛らしく目を瞑《つぶ》る。期待しているところ悪いが、今はキスをしない。左手首から伸びた〈鎖〉を〈鎖の因子〉マークへ引き込んだ――ピュリンを片手で抱《かか》えた状態で高台へとスムーズに移動。高台の地に膝を当てるように着地した。

ピュリンを降ろす。

「凄い、魔法のような移動方法です」

「おう。そう見えるよな」

ここはママニが見張りをする高台とは、反対側の高台だ。体勢を低くした。ピュリンも

体勢を低くしながら──自身の手首から伸びた骨筒を構えた。その高台の上から血文字でメッセージを、

『各自へ、俺は左の岩の高台だ。黄土色の岩の天辺《てっぺん》。ここから狙撃《そげき》に移る』

と送った後──右頬の十字架《じゅうじか》風の金属アタッチメントを指で触《さわ》った。いつものようにアタッチメントは卍《まんじ》型に形が変わったはず。そして、右目に硝子《がらす》素子のようなモノが流入しカレウドスコープが起動した。現実を映す視界にフレームも追加。右手首を胸元《むなもと》に上げて腕輪《うでわ》型のアイテムボックスの丸い表面を見る。時計の風防のような表面のアイテムボックス。四つ眼《め》の宇宙人とメニューが映るが素早くフリック操作。指の腹で表面をタッチして弄る。素早く、そのアイテムボックスの画面からビームライフルを取り出した。前にも見たが──カッコイイ銃だ。異質な金属と粘液《ねんえき》のようなモノが螺旋状《らせんじょう》に水晶の中にある球体に巻き付いている。スケルトン気味の銃身《じゅうしん》の被筒《ひとう》から金属が銃の発射口へと細く伸びていた。この素晴らしい銃に合わせるとしよう。近未来風の流線を保った渋さを意識──戦闘《せんとう》服《ふく》をガトランスフォームに切《き》り替《か》えた。そこに、

『了解《りょうかい》』

『承知』

『この血文字、便利ですね。あ、ご主人様のその鉄杖、前に庭で実験していた物ですね』

『目がいいな。まぁ〈従者長〉だし視力も上がっているか』
『そうみたいです』
血文字で〈従者長〉たちから連絡が来る。ついでにエルフの彼女を調べてみるか。
視界に映るフーの体を縁取《ふちど》る線の上にある▽のカーソルを意識。

?・?・?・?・ド?・?・?・ヌス・ルシヴァル高〉元ex88
脳波：?・?・?・?
身体：?・?・?
性別：雌《めす》?・?
総筋力値：12?・?・?・?
エレニウム総合値：4651112 3 2?
武器：あり

相棒と同じような感じだ。識別できないらしい。眷属化したら読めなくなった。その表

記を消す。そして、長口径のビームライフルを構えてスコープを確認した瞬間――。

ビームライフルの後部から細い金属管がにゅるっと伸びて右頬に備わる卍型のアタッチメントに付着し合体した――ビームライフルと一体化だ。

昔と同様に視界が更に進化した。ヘッドマウントディスプレイ。

視界の端に値が上下しているメーターがある。

狙いのカーソルは俺の目の動きと完全にリンク。

――そのスコープを動かした。ママニの顔でも見よう。

ズームアップしたフレームの視界でママニのリアルな虎顔を確認。

髭《ひげ》の根元の白い斑点《はんてん》の毛穴がとてもカワイイ。

家の門番をするアーレイの大虎を思い出す。

虎獣人《ラゼール》の姿を縁取る線もリアルだ。

次は左下にスコープを動かす。ビア、サザー、ロロ、少し下がってフーの姿を見た。

フーは肌《はだ》と密着した白甲殻のブリガンダインを装備。

セーターニットの胸の膨《ふく》らみに見えて、すこぶる魅力的《みりょくてき》なフーだ。

が、ズームアップはしない。紳士《しんし》だからな。

脳内裁判の原因となるエロ悪魔《あくま》の『生意気な思考ですな』というおっさん声が聞こえた

ような気がした。ダレダヨというツッコミは入れない。

『閣下、最近、フーがお気に入りなのですか？』

『そりゃ、愚問《ぐもん》だ』

気にせず、スコープをモンスターの反応がある場所へ向ける。

アイテムボックスの簡易地図《ディメンションスキャン》とカレウドスコープと連動した視界。このまま未来型戦闘スタイルで待ち構える。

『敵が現れました。まるで森が侵食《しんしょく》してくるような……幹がある樹木、葉の集合体、見たことのない植物型のモンスターの群れ。こちら側の動きを感知しているらしく一直線に向かってきます。シシクの挟《はさ》み戦術を提案します』

戦術とはシシクの矢のことか？　分からないが、挟みという言葉から高台に居る俺&ピュリンとママニで挟み撃《う》ちを行う戦術かな？

『……各自、ママニの提案通り、そのシシクの挟みを用いて戦闘開始だ。ルシヴァル第零《ぜろ》八小隊としての力を発揮せよ』

そんな小隊名はないが、メッセージを伝えた。

「ピュリンも、モンスターが狙える距離《きょり》にきたら攻撃していいからな」

「はい」

『承知』

『ボクたち、ゼロハチ小隊？』

『気にするな』

俺の視界にもモンスターの姿が見えた。スコープ越《ご》しにも、その植物型の姿を捉《とら》える。姿は大きい。にゅるにゅると枝みたいな触手が集まったような姿。

触手から生えた緑色の葉っぱを周囲へ吐《は》くように撒《ま》き散《ち》らしながら前進していた。

毒系かもしれないが、俺たちに毒は効かないだろう。

『毒系かも。気を付けるように』

一応、伝えておく。

『了解』

ママニがシシクの矢を植物型の根元に直撃《ちょくげき》させていた。

矢を喰らった植物型のモンスターは、根元から凍《こお》ったように幹が硬直《こうちょく》していく。

その硬直した植物型モンスターの幹にビアが〈投擲《とうてき》〉した投げ槍《な》が直撃。

投げたビアは、セボー・ガルドリの魔盾《まてて》を掲げると、

「キショエエエエエエ！」

ビアは挑発《ちょうはつ》するように叫《さけ》んでいた。ここまで届くのだから相当な音量だ。

まだ植物のモンスターの数は多いが、一手に攻撃を引き受けるつもりらしい。

サザーはビアの後方から遅《おく》れて前進。黒豹《ロロ》も動く。

俺も左手で支えるようにスケルトン銃身《じゅうしん》を壊《こわ》れない程度に握《にぎ》り、引き金に右手の指を当てた。ビアへと植物型モンスターが繰《く》り出《だ》した無数の枝触手が向かう。

その状況《じょうきょう》を把握《はあく》しながら、引き金を押し込んだ。

――銃口《じゅうこう》から放たれる太い光線と独特な射出音。

太い光線は植物型モンスターの幹と思われる部位の中心部を貫《つらぬ》く。

――幹は太いが風穴が開く。その大穴を縁取りながら自然と発火が進んでいった。

瞬《また》く間《ま》にサーカスでライオンが潜《くぐ》るような火の輪が形成されると、他の樹皮へと炎《ほのお》は伝わる。無数にあった触手の枝葉にも烈々《れつれつ》と燃え移る炎は激しい。断末魔《だんまつま》的な声が響き渡ると、その火達磨《ひだるま》と化した植物型モンスターは動かなくなった――いけると判断。次の植物型モンスターへ狙いをつける。引き金を押し込んで――太い光線を生み出す。心地《ここち》いいビームの射出音だ。そのビームが直撃したモンスターは同じように燃えた。

視界に表示されたエレニウムエネルギーを二つずつ消費した。

が、構わない――この独特の耳に木霊《こだま》する射出音がたまらない――。

次々と引き金を押し込む――モンスターを仕留《しと》めていった――。

ピュリンも両手首の骨の筒から骨針の弾丸を無数に飛ばす。

俺がプレゼントしたセレレの骨筒を装着した腕は長い……。

先端が少し光っている？　骨針の弾丸を喰らった植物型モンスターは根元に穴が多数開いて転倒《てんとう》して、動きを止めた。ピュリンもフォローが絶妙《ぜつみょう》だが、まだまだ植物型の数は多い。前衛が囲まれた状態だ。

そこに、ママニが高台から駆《か》け下りる姿が見えた。彼女《かのじょ》は黒鎖と繋《つな》がる大型円盤武器《アシュラム》を持つ。接近戦に加わる気だろう。エネルギー消費のこともあるし、俺も接近戦に乱入しようかな。

「ピュリン、ここで援護射撃《えんごしゃげき》をしていろ。俺は接近戦に移る」

ビームライフルを持ちつつ地面へ向けて左手を翳す。

「はい」

右頬にある卍の形のアタッチメントと細い金属製の管は繋がっていたが、その金属製の管が外れてビームライフルの後部へと自動的に吸い込《こ》まれる。

俺は翳した左手首をガンスコープに見立て――。

ガトランスフォームの〈鎖〉の穴から勢いよく〈鎖〉が飛び出る瞬間を凝視《ぎょうし》、いい具合に左手首から飛び出た〈鎖〉のティアドロップ型の先端が、地面に深く食《く》い込むのを視認《しにん》。

伸《の》びきった〈鎖〉を少しクイッと手前に引っ張り……よし、固い感触《かんしょく》だ――と、強度を確認。そのまま一直線に伸びた〈鎖〉を左手首の〈鎖の因子〉のマークに引き込みつつ――俺自身もターザンロープの如く――その〈鎖〉の先端が刺さった地面へと移動した。

蜘蛛《くも》糸を手首に引き込むスパイダーマンの如く地面に着地すると同時に手首から地面に垂れていた〈鎖〉を消失させた。視線を上げて――フーの位置を把握。

フーは土属性の魔法《まほう》を植物型モンスターへと射出。その現場に向かった。

魔法を放ったフーに枝の触手の群れが迫《せま》る。ビアが対応――刃《は》が湾曲《わんきょく》したシャムシール《シャドウストライク》を振《ふ》るった。

振り下ろしから――振り上《あ》げる速度が速い。シャドウストライクの刃が植物の枝の触手を切断――スキルか？　ビアは前衛らしく後衛のフーを守る。

フーに迫った植物の枝は散るように切断された。

続いて、植物型モンスターへ直進したビア。

右からフックを打つように魔盾を振るう。

植物の幹を折るように魔盾が直撃。植物型モンスターを見事に吹《ふ》き飛《と》ばした。

そこに跳《と》ぶように移動していたサザーが前に出る。

身軽なサザーは一対のイスパー＆セルドィンを真横の宙をなぞるように振り抜《ぬ》いた。

――植物型モンスターの根元をばっさりと斬《き》る。

植物型モンスターの根元の切断面は滑《なめ》らかだ。サザーの剣術《けんじゅつ》の腕は素晴《すば》らしい。

が、そんな水双子剣を振り抜いたサザーの着地際《ぎわ》を狙うように他の植物型モンスターたちの攻撃が集まった。しかし、黒豹《ロロ》がサザーを守るように触手の枝たちの前に立《た》ち塞《ふさ》がった。凛々《りり》しい黒豹ロロディーヌは体から出した黒触手の群れを宙空へ向けて放射状に展開
――相棒の黒触手から出た骨剣《ほねけん》が枝の触手の群れを撃ち落とす。

そんなサザーを守る相棒に対して、四方八方から植物の枝の触手が迫った。

が、相棒の触手骨剣は強く、無双《むそう》だ。すべての枝の触手は骨剣に貫かれ、裂《さ》かれて、破《は》壊《かい》され、粉砕《ふんさい》された。神獣《しんじゅう》の守りと攻撃は圧巻だな。

俺的には、相棒の触手の裏《うら》にある肉球ちゃんが気になる。

前足と同じように、掌球の下に、狼爪《ろうそう》と手根球があった。

ポツネンと一つだけある手根球の存在は、ナカナカの可愛《かわい》さだ。

その可愛い臭《くさ》そうな肉球ちゃんを褒《ほ》めるように、

「――さすがは相棒っ」

と、叫んでいた。左手に神槍ガンジスを召喚《しょうかん》。

が、相棒の黒豹《ロロ》に対して攻撃をしたことは許さん！

サザーと相棒を攻撃《こうげき》した、触手を繰り出していた植物型モンスターたちを凝視。

——狙いを付けて——魔脚《まきやく》で地面を強く蹴《け》った。前傾《ぜんけい》姿勢での突貫《とっかん》——。

植物型モンスターたちとの間合いを瞬時《しゅんじ》に潰《つぶ》すイメージ——。

左方の植物型の根元へ飛び蹴《げ》りを噛《か》ます——太い幹をぶち折った！

よっしゃッと——折ってからの三角蹴りの応用——。

隣の植物型モンスターの側まで飛ぶように移動、槍《やり》の間合いに入った直後——。

地面を壊すイメージの踏《ふ》み込みと連動する体の回転力を活かす——。

体内の膨大《ぼうだい》な魔力《まりょく》を神槍ガンジスの一点に注ぐ。

——激烈《げきれつ》な〈刺突〉を植物型モンスターの根元に喰《く》らわせた。

——振動《しんどう》する矛《ほこ》が植物型の根元を穿《うが》つ。

「ギョバァァ」

不気味な悲鳴だ。更《さら》に、神槍ガンジスの柄《え》に備わる蒼《あお》の槍纓が自動的に蠢《うごめ》く。

今までは魔力を与《あた》えれば動く程度の認識《にんしき》だったが違《ちが》う。

瞬間的《しゅんかんてき》に、槍纓は鋭《するど》い蒼刃《そうば》の群れに変質した。神槍ガンジスの穂先《ほさき》を中心に——。

円錐《えんすい》を描《えが》くような蒼刃の群れが——。ぐるりぐるりと凄まじい螺旋《らせん》回転をしながら展開。

蒼い螺旋模様を宙に描く槍纓の刃は——神槍ガンジスで貫いた植物型モンスターをバラバ

ラに切断。大魔石ごと切断したか？　と、心配したが、ちゃんと大魔石は地面に落ちた。

「……威力が凄い。ロロに攻撃しやがってと、怒《いか》りと魔力をかなり込めたからかも……」

「――主に負けていられん！」

「ボクだって！」

「やりますよ」

乱戦に発展。植物型モンスターの数が増えた。

ピュリンの援護射撃で植物型モンスターが動きを止めたところにサザーの斬撃と黒豹《ロロ》の触手攻撃《しょくしゅこうげき》が決まったのが視界に映る。右手に持ったままだったビームライフルを地面に置いた。その僅かな間にも植物型のモンスターが放った触手の枝が迫ったが、普通《ふつう》に横に移動して避《よ》けた。が、片手の掌で地面を突《つ》いた反動から側転を実行し、またも飛来してきた触手の枝を連続的に避けてから指輪を触り、沸騎士《ふっきし》を召喚。

『ヘルメも出ろ』

『はい！』

側転後、左目から飛び出た液体ヘルメは空中で女性の姿に変身する。浮遊《ふゆう》しながら、氷の環《わ》を生成。環から氷礫《ひょうれき》を扇状《おうぎ》に乱射していく。

「――閣下、ゼメタスであります！」

「閣下ァ！　アドモス、見参」

「よ、この状況だ、分かるな」

「お任せあれ！」

「お任せを――」

沸騎士ゼメタスとアドモスは鎧からぼあぼあとした魔力を放出させていく。

ゼメタスとアドモスは俺を守ってくれた。俺の左右で骨盾を構えながら仁王《におう》立ちになる。

無数に迫る触手の枝を傷を負いながらも骨盾で叩《たた》き落としてくれた。

ゼメタスとアドモスの背中が大きく頼もしく見えた。

馬鹿《ばか》ヤロウが、凄くカッコイイじゃャネェか！

「よくやった、沸騎士ゼメタスとアドモス！」

と褒めてから魔脚で地面を蹴り、渋い沸騎士たちを迂回《うかい》し、追尾《ついび》してくる触手の枝を掻《か》い潜《くぐ》るように避けながら乱戦に交ざった。そこに、

「きゃぁ」

フーの叫び声だ。白い甲殻のブリガンダインを着ているが、ブリガンダインに触手の枝の先端が突き刺さって体に絡《から》まれてしまっていた。おっぱいの形が丸分かりだ。

触手枝は血を吸っているように蠢いている。

「こんなものっ」

フーは吸血鬼《ヴァンパイア》系統の光魔ルシヴァルとして力を示すように、目元付近の肌に血管を浮き出させる。怒りの表情と似ているが、美人の吸血鬼《ヴァンパイア》はかなり渋い。そして、体に絡まった触手の枝を自身の口から伸びている鋭い犬歯で噛み切った。フーは己《おのれ》の体を縛《しば》っていたケシカラン触手の枝から自力で脱出《だっしゅつ》していた。昔なら、貫かれ絡まれた時点で死んでいたかも知れない。肌が白いエルフのフー。双眸《そうぼう》を赤く染めている光魔ルシヴァルのフーは新体操のバトンでも扱《あつか》うようにバストラルの頬をくるっと回して杖の先端を植物型モンスターに向けると、〈血魔力〉を短杖に込めた。バストラルの頬から大量の礫を飛ばしていく。

触手の枝を伸ばしていた植物型モンスターはフーの礫をもろに喰らった。

礫の乱射によって緑の塵《ちり》となって消失。

「――フー、ご主人様の力を分けられたからといって過信するな！」

小隊長の雰囲気《ふんいき》を感じさせるママニの言葉だ。ママニは特異体に変身を遂《と》げていた。

巨大化《きょだいか》した虎獣人《ラゼール》の体から、血色のオーラを発生させながらの突貫。

右腕《みぎうで》の巨大化した拳《こぶし》で正拳突《せいけんつ》きを行う。植物の幹を拳が貫く――幹は破裂《はれつ》したように粉砕した。見事だし、凄い威力だ――思わず敬礼したくなる。が、周りにいた植物型モンスターから一斉《いっせい》に存在感のあるママニに対して枝触手《しょくしゅ》が向かう。

体の防御《ぼうぎょ》が甘《あま》い箇所《かしょ》に枝触手の群が大量に突き刺さった。ママニの体から血が迸《ほとばし》る。

背中に戻していた大型の円盤武器アシュラムを使っていないから、ママニの油断だな。

「……くっ、痛みは普通にあるのだな……すまない、フー。わたしもご主人様に戦闘《せんとう》を見てほしくて調子に乗っていた。過信だろう。が、この〈髭力〉の切り札をご主人様に見てもらういい機会だ！」

ママニは魔力を顎に集中させる。その瞬間《しゅんかん》、顎髭《あごひげ》たちが巨大化――!?

髭と連なった大虎《おおとら》たちが出現。不思議な顎と繋がった大虎たちが蠢きながら、ママニの体に刺さり絡まった大量の触手群を噛み砕《くだ》き喰らっていく。

体の自由を取り戻したママニは吼える。同時に、彼女の髭から生えた大虎たちが、ソリを引っ張るトナカイのように前方に駆けていた。凄《すさ》まじい勢いでママニの髭から伸びている大虎たちが暴れた。

触手枝を引っ掻けるように噛み付き喰い散らかす。そして、枝から根元までをガリガリと鋼を壊すような音を立てながら、幹までも喰い破っていく。髭から大虎を放っているママニ本人も大型円盤武器《アシュラム》を〈投擲〉。

他の植物型モンスターの枝を切断していた。

凄まじい強さのママニは大丈夫《だいじょうぶ》だ。もう片方の前線へと視線を移す。

ビアは魔盾を上手《うま》く用いているから傷を負っていない。

数体の植物型モンスターを受け持ちながら奮闘《ふんとう》していた。

あそこに交ざるか。そのビアの周りを衛星のように〈鎖〉を使って飛び回っていく。

重戦車を彷彿《ほうふつ》とさせる蛇人《ラミア》族のビアをフォローする戦い方だ。

が、俺も出る時は出る——間合いを詰《つ》めた俺は、近距離で、短く持った神槍ガンジスと魔《ま》槍杖《そうづえ》バルドークによる〈刺突〉と〈闇穿《あんせん》〉を喰らわせた。

遠距離からは——〈夕闇の杭《ダスク・オブ・ランサー》〉を用いる。

光魔ルシヴァルだが、光を除去する勢いで、闇という闇の世界を〈夕闇の杭《ダスク・オブ・ランサー》〉だけで〈始まりの夕闇《ビギニング・ダスク》〉を構築するように〈夕闇の杭《ダスク・オブ・ランサー》〉を連続射出。

ドドドドドドドッ——と、鈍《にぶ》い音が響《ひび》きまくるが、構わず、無数の植物型モンスターを蜂《はち》の巣にしてやった。続いて——《氷矢《フリーズアロー》》を無数に放つ。

が、調子に乗りすぎた。素早い植物型モンスターもいる——。

そんな時は——「ビア——」「主、我を利用しろ！」「了解——」といったように——ビアの陰《かげ》に隠れる——一瞬《闇壁《ダークウオール》》の魔法を想起。

が、止めて〈光条の鎖槍《シャインチェーンランス》〉をビアの背後、もとい、横から射出した——光槍が植物型の動きを止める。ヘルメも水の保護膜《ほごまく》の魔法をビアの片側に掛けてフォロー。そこにピュリンの骨針のフォローを受けた沸騎士も加わった――。

ビアと盾使い同士のコンビネーションを見せて連携《れんけい》に加わる。

一方黒豹《ロロ》はサザーを守る。時々、神獣としての黒馬や、黒獅子《しし》に近い姿に変身していた。

優《やさ》しい相棒だ、自らを盾にしてサザーを守る姿は、まさに小柄獣人《ノイルランナー》の母！　相棒は腹にピンクのおっぱいがあるからな。小柄獣人《ノイルランナー》のサザーがミルクを飲むとは思えないが――。

俺のアホな想像を否定するように――巨大《きょだい》な相棒は、野獣《やじゅう》感溢《あふ》れる凄まじい形相で着実に一匹《ぴき》ずつ植物型を噛み砕いて喰っていた。

こうして、森が蠢くような植物型モンスターたちを皆で協力して倒《たお》す。

最終的にすべての植物型モンスターを倒しきった。

「やりましたー」

「にゃ」

サザーが相棒に抱きついている。胸元の毛は柔《やわ》らかいからな。皆も喜ぶ。

「えいえいおー」」

皆の勝鬨《かちどき》に耳をピクピクさせた相棒が――。

「にゃおおお～」

と、声を轟《とどろ》かせる。――地面に無数の大魔石が転がっていた。数が数だけに、少し怪我《けが》を負っていたが、いい感じに殲滅できた。さて、回収しよう。魔石の中に交じるように置いてあるビームライフルの場所へ戻《もど》り、そのライフルを拾ってアイテムボックスの中に仕舞った。次は無数に落ちているこの魔石の群だ。と、いいことを思いついた。そのまま、皆がいる方向へ顔を向けて、

「競争だ。魔石を一番多く拾った者に、ロロから肉球パンチをプレゼントしてやろう！」

「――にゃお」

相棒が一足先に触手で魔石を拾ってくれた。

黒豹ロロディーヌがトップだった場合どうしよう。

「使者様ーー」

あ、高台にいるピュリンを回収しにいかないと。

第二百六十二章「血獣隊とムク」

魔石を集め終わったところで、

「ご主人様、魔石集めの一番はロロ様でした、肉球パンチを頂けません！」

サザーが不満気に語る。

「そんなこと言ってもな。ロロには後でご褒美《ほうび》をあげよう」

「ンン、にゃお」

黒豹ロロディーヌは嬉《うれ》しそうに鳴いて、俺の腰《こし》へ頭をぶつけてくる。

獣特有の匂《にお》いが漂《ただよ》った。額の短い黒毛を右手で撫《な》でてあげる。

「……よし、あの右手にある森の中に行こうか」

「にゃお」

「はい！　次はご主人様の蹴りを真似《まね》した剣術を試《ため》したい！」

「先ほどの植物モンスターが大量に棲《す》んでいるのだろうか」

「いそうね、でも、先ほどの植物、わたしたちの匂いを追《お》い掛《か》けているような動きだった」

フーがママニにそう発言。たしかに最初から俺たちを認識していたような動きだったな。

「わたしを貫いた枝触手は、血の動きにも敏感《びんかん》だった」

ママニが白い髭を動かしながら語る。

ひょっとして植物モンスターは〈分泌吸の匂手《フェロモンズ・タッチ》〉の影響《えいきょう》を受けたか？　皆でそんな会話をしながら森へ向けて進む。そこで隣をぴったりと維持《いじ》するように歩く小柄《こがら》なピュリンに話しかけた。

「ピュリン、骨針というか骨の弾丸《たま》だな」

「弾丸ですか？〈骨岩針〉というスキルです」

ピュリンは説明しながら尻尾《しっぽ》の骨を可愛く動かしている。そのまま俺たちは森の内部に突入《とつにゅう》。この森林、ルリゼゼの洞穴《ほらあな》があった森林地帯とは違う。壁《かべ》のような樹木の根っこはない。どちらかといえば……魔境《まきょう》の大森林に近いかな。

葉と枝が上空を占《し》めて……地面は大きな根っこがあちこちにあり、視界の確保が難しい……遠距離戦は厳しくなりそうだ、

「ピュリン、ここからは指に戻れ」

「はい」

ピュリンは一瞬で黄金芋虫《ゴールドセキュリオン》のイモちゃん姿へと変身。黄金芋虫《ゴールドセキュリオン》は、くねくねと動いて体

を撓《たわ》ませるとバネの如く伸ばす。軟体《なんたい》になって俺の掌へ伸び付着して第六の指と化す。そこで、ガトランスフォームの近未来戦闘服を解除。素《す》っ裸《ぱだか》になってから右肩《みぎかた》を意識。

「わぁ」

「むふ」

「……」

「おぉ」

〈従者長《彼女》〉たちは俺の体を凝視してくる。その瞬間、肩の内部から肌の表面にポコッと、音は鳴らないがそんな印象で浮かび上がる肩の竜頭装甲《ハルホンク》。ングゥゥィイ、頼《たの》む。

右肩から暗緑色の布素材が吐き出されて波打つように全身へ展開した。

ゼロコンマ何秒の間に暗緑色と白銀色の枝の模様の綺麗《きれい》な外套《がいとう》を着た。

二の腕からの環状《かんじょう》の筒型防具は使わない。

「ご主人様の防護服は素晴らしい素材です！」

「フー、頬《ほお》を赤く染めてるー」

「うん……」

フー以外の皆は、俺の胸の鎖が絡んだ十字架の模様と、股間《こかん》の一物さんを凝視していた。

その件について深く指摘《してき》はしない。

「――さぁ、このまま森の奥《おく》へ向かうぞ」

「「はいっ」」

俺たちは本格的に森林地帯に突入。早速魔素《さっそくまそ》の反応――。

その魔素の正体は直《す》ぐに見えた。頭部が三つ。棍棒《こんぼう》を持つ腹がブヨブヨのモンスター。

両肩《りょうかた》には、歪《いびつ》な単眼を有した頭部が生えている。

ママニが語るに「トロール」という名のモンスターと似ているらしい。

その頭部が三つで棍棒を持ったモンスターを皆であっさりと倒した。

次に遭遇《そうぐう》したのは、鰐《ワニ》の頭部と人が合わさったモンスター。

ビアが語るに、小柄だが、リザードマンという名の鰐モンスターと姿が似ているとか。

最後は、蝙蝠《こうもり》と猿《さる》が合体した未知のモンスター。この蝙蝠と猿のモンスターは八階層まで経験を踏んでいる〈従者長〉たちも知らなかった。この中で遭遇率が高いモンスターが鰐の頭部を持つ人型モンスターだ。彼《かれ》らは翻訳《ほんやく》ができない言語らしきモノで会話を行い見たことのない歯と骨を使った家に住んでいた。そして、毎回の如く煙《けむり》を焚《た》いて雄叫《おたけ》びを上げて宗教儀式《ぎしき》をあげている。そんな独自の文化らしきものを感じたので、ビアの意見を無視して、最初は友好的に近付いたが……彼らに近寄っただけで、いきなり攻撃された。口と手の部位から発生した牙《きば》を飛ばしてくる。

魔槍杖バルドークを回転させて牙を叩き落とすが、頬に切り傷を負った。

「ご主人様に傷をつけるとは！」

ママニが吼《ほ》えた。そこからは皆で逆に鰐頭種族たちへ急襲《きゅうしゅう》。彼らと遭遇する度《たび》に、倒《たお》していった。倒す度に大魔石を落とすので、モンスターなのは確実。

皆で、暗い森林地帯に湧《わ》くモンスターを倒しながらゆっくりペースで進んでいく。

「……地下二十階層。ここは完全に別世界です。地上の森に似ていますが、微妙《びみょう》に違います。この葉も見てください！　メメント草のように見えますがまったく違うんです」

斥候《せっこう》担当のママニが足下《あしもと》に生えている草を指差す。メメント草なら知っている。

「ここは邪界《じゃかい》ヘルローネ。精霊《せいれい》の姿も変わり、異質です。精霊がいること自体も驚《おどろ》きですが、地上と微妙に繋がりがあるということでしょう。デボンチッチは見たことはないですが」

「精霊様の言葉は難しくて分からない。が、我もここまで連続でモンスターと接触するとはおもわなんだ。鰐人はリザードマンの姿に似ていたので興奮したぞ」

「リザードマンと似ているが汚《きたな》い牙を飛ばしてくるから嫌《きら》い……血は美味《おい》しかったけど」

「うん、ボクも八階層をかなり歩いたけど――ここは知らないモノばかり！」

興奮したサザーが、樹の枝に跳躍《ちょうやく》して、三角飛びをしながら前を行く。

「にゃお」

「そっか、サザーは楽しそうだ。ロロが猫《ねこ》パンチを放ってるぞ」

「ロロ様……」

あれ？　サザーの視線が怪《あや》しい。相棒に守られて嬉しかったのかな。視線を森の中へ向ける。ママニだけが偵察《ていさつ》している。ここからは……俺《おれ》も偵察をがんばるか。

「……先を偵察してくるかな」

「あ、お待ちをご主人様！」

虎獣人《ラゼール》のママニが俺の前に来ると片膝《かたひざ》を地面に突く。

「光魔《こうま》ルシヴァル一門ではありますが、フジクの名に懸《か》けて斥候はお任せを」

と、ママニが力強く語る。プライドが刺激《しげき》されたらしい。

「いいぞ、いってこい」

「はい、では――」

光魔ルシヴァルの眷属《けんぞく》たちの中で唯一《ゆいいつ》の虎獣人《ラゼール》のママニだからな。誇《ほこ》らしげな表情を浮《う》かべて、森の中に姿を消した。

「わたしは目に戻ります」

「おう」

常闇《とこやみ》の水精霊ヘルメは瞬時に液体化。俺の左目の中に戻ってくる。ママニの報告を待つ間……。

「ロロ、鬼《おに》ごっこだ」

「ンン、にゃ？」

「俺を見つけたら、先ほどのご褒美を兼《か》ねて肉球をすこぶる気持ちよく揉《も》んでやろう」

「ン、にゃ、にゃ、にゃぁ」

興奮した黒豹《くろひょう》ロロディーヌは鬼ごっこをする前に、俺を捕《つか》まえるようにのし掛かってから顔をぺろぺろと舐《な》めてくる。

「はは、分かったから少し待て、俺が森の中を逃《に》げるから、十秒たったら追いかけてこい」

「にゃぁ」

「よし――」

こうして森の中を駆けて幹を足場に遠くへ飛ぶ。草木が茂《しげ》る窪《くぼ》んだ場所を見つけた。

あそこに隠《かく》れようと窪んだ場所に身を寄せて〈隠身《ハイド》〉を発動。〈暗者適応〉で効果が上《じょう》昇《しょう》しているから、そう易々《やすやす》と……。

「にゃあぁ――」と、すぐに見つかってしまった。

相棒に〈隠身《ハイド》〉は意味がないようだ。

『ロロ様は凄《すご》い嗅覚《きゆうかく》です、そして、鼻がピクピク動いて可愛いです！　新ポーズを捧《ささ》げます！』

ヘルメさん、お尻《しり》をふりふりさせてから上空へ両手を広げる謎《なぞ》ポーズを。ということで、黒豹ロロディーヌの肉球を絶賛モミモミ中である。そんなまったりタイム中に、ママニからの血文字報告が入った。

「ロロ、遊びはお終いだ」

「ン、にゃ」

ママニの報告が入り行動を起こす俺たち。トロール型のモンスターを急襲して殲滅《せんめつ》させる。この狩《か》りを切っ掛けに、必ずママニが先行偵察を行いモンスターの個と群れを発見する流れができていく。ママニは〈嗅覚烈〉の進化版である〈血嗅覚烈〉を用いて偵察を行っていたのか、敵を素早《すばや》く見つけてくれた。

血文字で報告し合いながら密接に連携。今も、ママニから報告が上がる。

『斜面《しやめん》の下に、四つの豚《ぶた》のような頭部と複数の脚《あし》を持ったモンスターと、スライムのような液体型モンスターが互《たが》いに仕留めた鹿《しか》に似たモンスターを巡《めぐ》って争っています。乱入しますか？』

生存競争か。スライムが気になる。アケミの配下のスラ吉《きち》ではなく気持ち悪い方のスライムなら強敵。ま、今は魔石回収を優先。

『……乱入だ』

『了解《りょうかい》しました。フェロモンズタッチを行います』

『おう。皆《みな》、ママニの放つ縄張《なわば》りの下へ向かうぞ』

『はい』

『承知』

『分かりました』

宙に浮かぶ血文字で仲間に連絡《れんらく》をしてから、

「ロロ」

「にゃ」

相棒は頷《うなず》く。黒豹と少しにた黒い獣バージョンと言える姿だ。

その相棒と一緒《いっしょ》に匂いの場所へと駆けた。崖《がけ》から斜《なな》めに出た歪な樹に片膝をついて姿勢を低くしているママニが見えてくる。背中に大型の手裏剣《しゅりけん》アシュラムを装着していた。

斥候スタイルのママニが渋《しぶ》い。見惚《みと》れていると少し遅れて〈従者長〉たちが集まってきた。ママニは無言のまま『あそこにいます』と腕先《うでさき》を伸ばす。その先を皆で確認《かくにん》。なるほど……本当に豚の頭部が四つで体には二本の長腕に、武器は茶色の棍棒か。鋼鉄の柱を思わせる脚が六本もある。そんな豚モンスターの真下の地面には喰われかけの大鹿《おおしか》が転がっていた。その鹿を食おうと、地面から這《は》い寄《よ》るスライム状の液体モンスターもいる。

アケミさんが従えていたスラ吉とは異なる造形で気色悪かった。

豚モンスターは近寄るスライムへ向けて棍棒を振り下ろす。

スライムを潰して倒したように見えたがスライムは棍棒で潰される度に液体に戻り、液状のまま餌《えさ》の鹿肉へとにゅるにゅると移動していた。四つの豚の頭部を持つモンスターはそんなスライムが許せないらしく、吼えながら追い掛けては、棍棒を振り下ろす。スライムは何回も潰れる。というか液体が飛び散るのみ、そんなスライムだが……様子がおかしい。体内に魔力を集めたのか煌《きら》めいた瞬間、液体の触手を、その豚モンスターへ伸ばして反撃《はんげき》をしていた。七色に光る液体触手が豚モンスターの複数あった脚の一部に付着すると、脚に七色の液体が染《し》み込むように消えてから溶《と》けていく。

「ぎゃぁぁ」

豚モンスターは四つの頭を震《ふる》わせて痛がるような声をあげた。

あの触手、酸のような効果を持たせることもできるらしい。

しかし、そんな触手を放ったスライムは……急に動きを鈍くした。

脚の幾《いく》つかを失いバランスを崩《くず》した豚モンスターが繰り出す棍棒の直撃を受けることが

多くなる。同時に、スライムの再生速度も落ちていった。

『……主人、指示を』

そうだな、見学は終いだ。小声で、

「あの豚はビアとママニで対処しろ。スライムは魔法だ。俺の氷、フーの土、それか、ムラサメブレードで焼き切る。それでもダメなら、この近辺の森に燃え移る可能性もあるが……ロロに火炎《かえん》の指示を出す」

『承知、行くぞ』

ビアの蛇人族《ラミア》の証拠《しょうこ》でもある下半身がくねくねと蠢いて崖下《がけした》へ降りていく。

他の眷属たちも続いた。崖下へ降りたビアは、そのまま背中の筒《つつ》から鉄槍を取り出し〈投擲〉を行う——豚頭の一つに鉄槍を直撃させていた。一つの豚頭を潰したのを確認したビア。赤ぶどう色の鞘《さや》のシャムシール《シャドウストライク》の黒剣を腰から抜く。

そのまま、くねくねと下半身の蛇腹《じゃばら》を動かし前進しながら豚モンスターの体を目掛《めが》けてシャムシール《シャドウストライク》の黒剣を横からバットスイングの要領で振り抜き、体に直撃させてよろめかせた。更にママニの放った矢が豚モンスターの多脚の一部と体に突き刺《さ》さる。戦っていたスライムも触手を豚モンスターへ伸ばしていた。

酸の触手により脚が溶けて、多脚の半分を失った豚モンスターは動きを止める。

そこに俺があげた靴《くつ》の効果も合わさっているのか、素早いサザーが、身を捻《ひね》りながら豚モンスターの脚の一つを斬り、背後に移動していた。

華麗《かれい》な水の妖精の双子剣《イスパー&セルドィン》を用いた螺旋《らせん》斬りだ。技名《わざめい》は分からないが。

さて、俺もスライムを倒すか。スライムは豚モンスターをまだ標的にしているようで、俺たちには興味がないようだ。よーし、このまま遠距離《えんきょり》からぶち込んでやろう。

中級：水属性氷矢《フリーズアロー》。

上級：水属性の連氷蛇矢《フリーズスネークアロー》。

水属性の魔法を無詠唱《むえいしょう》で連続で数十と繰り出していく。

液体スライムにマシンガンの弾の如く《氷矢《フリーズアロー》》と《連氷蛇矢《フリーズスネークアロー》》が直撃《ちょくげき》。スライムは喰らった箇所から除々に凍り付く。次第《しだい》に氷の塊《かたまり》と化す。最後の《氷矢《フリーズアロー》》が突き刺さり、罅《ひび》割れてスライム氷の形が崩れていく。そこにフーの岩魔法が崩れていたスライム氷に直撃。

スライム氷を粉砕。そして、魔石が……心配になるぐらいな衝撃音《しょうげきおん》が響く。

が、地面に魔石が転がっていくのが見えた。豚のモンスターも風前の灯火。

ビアの魔盾《またて》と長剣《ちょうけん》の連撃が決まる。豚の体が大きく凹《くぼ》む。

「皆《みな》、最後はわたしが貰《もら》う！」

吠《ほ》えて宣言したママニ。アシュラムの〈投擲《とうてき》〉が豚の頭部の一つを破壊。

「ママニ、残念——最後はボク！」

豚モンスターの背後に移動していたサザーの言葉だ。

彼女は瞬間速度をあげるような立ち居振る舞《ぶま》いから水双子剣《イスパー&セルドイン》の回転巻《ま》き込み斬りを繰り出す。豚モンスターの最後に残っていた後頭部を斬り、首を刎《は》ねて倒した。華麗に着地したサザーは両手に持つ双子剣を一回振り、血を払《はら》うと、その双子剣を両肩口にある鞘に納める。刀、剣を納める音が微《かす》かに響いてきた。

その姿は、剣士《けんし》なんだな、と強く感じさせる。これで、奇襲《きしゅう》は完了《かんりょう》だ。出番のなかった黒豹《ロロディーヌ》。特に不満はなく俺の脛足に頭を衝突《しょうとつ》させて甘える作業を繰り返《かえ》していた。次は相棒の出番を……いや、血と魂《たましい》を吸収したいから、次は俺が単独でやろう。だから、その次かな。そんなことを考えながら魔石の回収をしていく。

こうして、常に俺たちが森林の暗闇《くらやみ》に乗じて先制攻撃、奇襲を行う流れとなっていた。

『……迅速《じんそく》な作戦遂行《すいこう》能力。素晴らしい。彼らを閣下直属のルシヴァル特殊《とくしゅ》部隊【血獣隊】と名付けましょう』

『血獣隊か……ま、好きなように呼べばいい』

『はい』

森林地帯を狩り進むルシヴァル特殊部隊【血獣隊】。

ヘルメの影響をちゃっかりと受けた俺である。そんなことを考えながら、先鋒《せんぽう》として前線に単独で出た俺。

急襲を終えて生き残っていた蝙蝠型と猿型のモンスターを捕まえて、最後の〈吸魂〉を行った。〈従者長〉を四人も作ったからなぁ。減った魔力と精神力を回復させる。

すると、森の中から魔素《まそ》の気配。

「ここまでくれば、大丈夫！　って、きゃあああ！　二つ目――目が赤い魔族――」

「あああ、ムク！　わたしの後ろに！」

突如《とつじょ》、現れた三眼《め》の子供が叫《さけ》ぶ。三眼の大人の女性は子供をムクと呼び、その子供を庇《かば》うように両手を広げて前に出ていた。

「や、やぁ。確かに二つ目、怪しい者ですが……俺はこうやって話ができます」

「ええ？」

「……ムク、二つ目の方だけど、この森で生きていること自体強い証拠よ？」

「あ、うん、そうだけど、あの魔族が追ってきたら……」

ムクという少女は背後を気にしている。可哀相《かわいそう》に怖《こわ》い思いをしたようだ。相手は魔族か。この際だ、お母さんも三眼だが美人邪族さんだし、追ってきている魔族を退治してやろう。

「追われているようですね、これでも槍の腕に自信はありますので、その魔族を追い払いましょうか？」

「お母さん、二つ目の言葉だけど、信じられる？」

「……襲《おそ》ってこないだけで十分信じられるけど……」

信じられないようだ。ま、いやならいやで構わないが、一応、

「俺は何もしません。追われているのなら逃げたほうがいいのでは？」

「……お母さん、どうする？」

「ムク……この方に守ってもらいましょう」

「うん」

信用してくれるようだ。ムクとそのお母さんを一時的に守ることになった。

とりあえず狩りをしながら、森の南部まで送るかなと思ったその直後——洗練された魔素の気配を察知。ムクと、ムクの母親が現れたところから感じ取る。

そして、盛り上がった樹の茂みに、

「みーつけた。あれ？　見知らぬ種族もいるな」

三眼ではなく四眼の魔族だ。こいつが追ってきた魔族か。

第二百六十三章「狂眼トグマとの激闘」

四眼四腕の魔族は血のオーラのような魔力を放出させながらゆっくりと歩いてくる。

戦闘直後のアドレナリンが出ているような雰囲気だ。その間に鋼の柄巻をアイテムボックスから出現させて腰に差す。四眼四腕の魔族は血《ち》塗《まみ》れの胸の装甲《そうこう》を有したラメ革繋《かわつな》ぎの戦闘防護服を着ている。装甲の表面には魔力を伴《ともな》う鋲《びょう》が多い。ルリゼゼのと同じなら鋲が飛び出る仕組みか？　篭手《こて》の盛り上がった部分には孔《あな》もある。孔と盛り上がった形から棒手裏剣が中から飛び出る仕組みとかありそうだ。またはパイルバンカーとか。

当然、装備類は伝説《レジェンド》級か神話《ミソロジー》級だろう。

左上腕が握《にぎ》る青白い魔剣《まけん》は幅広《はばひろ》だ。右上腕の手が握るのは剣身《けんしん》が緑色の魔剣。

長い柄巻を握る手ごと魔印が記された紐《ひも》で縛ってあった。

魔剣を手離《てばな》さないような工夫《くふう》か。または紐も防具か武器かもな。脇下《わきした》の両下腕が握るのは一対《いっつい》の銀色のククリの剣と似た武器を持っている。

長い右腕が気になる……相手に近接する必要がある剣術《けんじゅつ》を扱う上でのアドバンテージ。

リーチは武器だからな。

「……あァ、いやぁ……」

「あいつです、あの魔族が……」

ムクは地べたに両膝《りょうひざ》をつけて、失禁している。

ムクを抱《かか》えて、守ろうとする母。不自然に動きを止めた魔族に話し掛けるか。

「それで魔族さん、この子供と母を殺す気なんですか？」

俺の言葉に魔族は品の悪い笑みを浮かべる。

「……当たり前だろう。二つ目のお前もだ。魔素、魂、その全《すべ》てが、剣の糧《かて》となる――」

瞬間的《しゅんかんてき》な加速――気付いたら間合いを詰められていた。

前傾《ぜんけい》姿勢から左上腕の幅広の青剣で突いてくる。剣の〈刺突〉？

頭部を横に傾けるが、頬肉を抉《えぐ》られた。

疾風迅雷《しっぷうじんらい》を思わせる剣突《けんとつ》から風を感じて、前髪《まえがみ》が揺《ゆ》れる。

初撃をなんとか避けたが、緑の軌跡《きせき》が目に残るほどの疾《はや》さの一閃《いっせん》が俺の左脇腹《わきばら》に迫《せま》った。

急ぎ魔槍杖バルドークを斜め前《まえ》に持ち上げ受けに回る。

緑刃《りょくば》と魔槍杖バルドークの柄《え》が衝突し、硬質《こうしつ》な音と緑の火花が散った。

リーチのある右上腕を活《い》かす斬《き》り払い……まるで鞭《むち》を受けたような感覚だ。

が、次の手は出させない。全身に〈魔闘術〉を纏《まと》い直すように〈魔闘術の心得〉を意識して〈魔闘術〉を強めた。体幹を軸《じく》に体中が熱を帯びた感覚のまま、緑の一閃を防いだ魔槍杖バルドークを左手にさっと持《も》ち替《か》える。その持ち替えた左手で、あの顎《あご》へショートアッパーを放つように魔槍杖バルドークを振《ふ》り上《あ》げた。狙《ねら》いは二つに割れた顎。

顎を潰《つぶ》そうと竜魔石《りゅうませき》で狙うが、四眼四腕の魔族は顎を引《ひ》っ込《こ》めるように仰《の》け反《ぞ》って、竜魔石を避《よ》けてくる。それを見越《みこ》し、左中段前蹴《げ》りを四眼四腕の魔族の腹へ喰《く》らわせようと狙った。しかし、左下腕の銀ククリ剣の剣腹で前蹴りが防がれた。

アーゼンのブーツ裏《うら》に、その剣の感触《かんしょく》を得たところで、互いに間合いを取った。

「……何だお前は！　二つ目と二本の腕だけで、俺の四剣に対応しただと……」

「俺は槍使《やり》い。名はシュウヤ……貴方《あなた》の名は？」

「……狂眼《きょうがん》トグマ」

聞いたことある。

「狂眼トグマか。動きが速い。で、ここは邪界だが、本当に地上といい世界は広大だ……」

そう……本当に。そして、相手が何であれ、その武術は尊敬に値《あたい》する。

風槍流のアキレス師匠仕込《ししょうじこ》みのスタイルでいく。前方に伸《の》ばした左足で地面に小円を描きながら体勢を半身へと移行……右手に持ち替えた魔槍杖バルドークを胸前で捻り回してから背中側へ回す。左の掌《てのひら》を相手へ差し向けてから返し、数本の指先を、手前に動かし――相手を誘《さそ》う。

「……来いよ、四眼の狂眼トグマ」

しかし、トグマは誘いに乗ってこない。

「二つ目のくせに〈魔闘術〉系統か〈魔力纏《まりよくまとい》〉系統の技術力が高いな。ただの槍使いではない……いつぞやの魔人武王と遭遇したことを思い出す……」

「魔人武王？　前にも聞いたことがあるな」

その問いを耳にした狂眼トグマは、四眼で俺を射貫《いぬ》くような凄みを見せる。

「……二つ目、お前、魔族なのか？」

「違《ちが》う、光魔ルシヴァルという名の種族だ。人族と魔族の血が流れている種族でもあるか。それで、魔人武王とは？」

「……」

狂眼は、ただの渾名《あだな》で……意外にトグマは冷静なのか？　最初の狂《くる》った印象とは様変わりだ。琥《こ》珀色《はくいろ》から赤みを帯びた色合いに変化させた瞳孔《どうこう》を散大させている。

途中《とちゆう》で、トグマは気を持ち直すように頭部を左右に振って、俺の魔力《まりよく》操作の隙《すき》を窺《うかが》うように見つめてきた。裂《さ》けたような口を動かしていく。歯牙《しが》は鋭《するど》そうだ。

「……魔人武王ガンジス、四槍を使い魔界《まかい》の数多《あまた》の戦場で活躍《かつやく》した魔族。嘗《かつ》ての名だたる魔皇たちと肩を並べる強さを持っていたと云《い》われているが……俺がこの世界に飛ばされる数千年前に姿を消した」

「姿を消した……死んだのか？」

「さぁな、俺も何回か参加した魔界大戦の中で命を散らしたか、どこぞの魔界騎士《まかいきし》か諸侯《しょこう》に挑《いど》んで倒されたのか……魔物《まもの》に食われたか、魔界の神に挑戦《ちょうせん》し消滅《しょうめつ》したかも知れない」

俺が持つ神槍ガンジスを使っていた魔人武王ガンジス。名前からして強そうだ。

「神に挑戦か。そんな偉大《いだい》そうな槍使いと比べられるとは光栄だ」

「ふざけた顔を、調子に乗るな――」

狂眼トグマはそう言いながら朱色《しゅいろ》のオーラを体から放ち加速して間合いを詰めると、魔剣の突《つ》き技を繰《く》り出《だ》してきた。素直《すなお》に後退して避けると、狂眼トグマは嗤《わら》い、

「フッ、後退は愚《ぐ》――」

どこかで聞いた言葉が響くと銀色の魔力が足下に集結するや否《いな》や狂眼トグマの速度がまた上昇すると「〈魔速剣突〉――」と両下腕が握る銀色の魔剣で俺を突いてきた。魔槍杖バルドークの柄で二つの魔剣の〈魔速剣突〉を防ぐ――。

が、衝撃《しょうげき》で背後に飛ばされる。狂眼トグマは、〈魔闘術〉系統を複数持っていると分かる。

狂眼トグマは位置を変えるように左右に素早く移動し、四腕の間合いを活かすように剣突を繰り出してきた――急所を確実に突く剣術。スキル名は分からないが――。

一歩退きながら〈魔闘術〉を維持した状態で〈血液加速《ブラッディアクセル》〉を使い速度を上昇させた。〈魔闘術の心得〉も意識する。〈魔闘術〉の配分を変化させた血の〈血魔力〉を周囲に撒《ま》きつつ横移動――。

「疾い！　が、疾さでは負けるつもりはねぇ！　俺は古《いにしえ》の歩法〝雷瞬《らいしゅん》氣魄と闘魂《とうこん》と電光石火〟を知っているんだ！」

と言いながら、四剣の連続突きから俺の首を狙う一閃を避けた。

トグマは剣舞《けんぶ》のように四剣を振るいまくる。体に傷を受けながらも魔槍杖バルドークが傷だらけになる位の感覚で受けきった。そして、四つの蛇に見えてくる魔剣の攻撃《こうげき》を避けていく――トグマの四つの剣条はルリゼゼを思い出す。そして、そのルリゼゼとの戦闘《せんとう》経験は確実に俺の中で生きている。四つの魔剣の攻撃を徐々《じょじょ》に紙一重《かみひとえ》で正確に避けられるようになってきた。銀色の魔剣の腹に施《ほどこ》された象牙《ぞうげ》細工のような意匠《いしょう》が見える。

「槍使い。その加速術、血を用いている？　もしや、光魔ルシヴァルとは吸血鬼《きゅうけつき》系なのか？」

「そうだよ」

素直に答えてやった。

「ルグナドかぁぁぁ！」

ルグナドに恨《うら》みでもあるのか、激しやすい性格なのか、妖気《ようき》のような魔力を全身から放出させる狂眼トグマ。琥珀色の四眼が光る。四剣の速度も増してきた。

何かスキルを発動させたようだ。狂眼トグマは四眼の内の一つで足元を見て下段攻撃を行うフェイントを見せてから爆発的《ばくはつてき》な速度で前進。

風を孕《はら》む剣突を胸に繰り出してくる。右足の爪先《つまさき》を軸に半身を捻った。体ごと突進《とっしん》してくるトグマの剣突を避けたが、そのトグマは背後にあった樹を足場に利用して、素早く反転――速度を上げて闘牛士《とうぎゅうし》の如く躱《かわ》した俺に対して剣突を繰り出してくる。

それを魔槍杖《まそうづえ》バルドークの柄で弾《はじ》く。トグマは横の樹を蹴った勢いで飛んでくる。多角的な機動を生かした剣突を繰り出してきた。速剣のトグマと名付けたくなる機動――しかし、緩急《かんきゅう》はない。俺は〈魔闘術〉と〈血液加速〉で対応できている――。

多角的な機動剣術を避け続けているとトグマは動きを止めた。

そして、その場で地面の草を悔《くや》しそうに剣で刈《か》りながら円を描《えが》くように振り返ってくる。

「……〈縮地〉をこうも軽々と避けるとは――」

フェイントのつもりか、語尾《ごび》のタイミングで、急に襲い掛かってきた。

「――確かに、自慢《じまん》するだけの速度だな？」

そう語りかけながら、素早い剣術を繰り出す狂眼トグマの癖《くせ》を見抜《みぬ》いた。

フェイントの誘いかもしれないが、その僅《わず》かな隙を突く。

横に移動した瞬間《しゅんかん》、右手の魔槍杖バルドークの紅矛をトグマの腹に突き出した。

防がれることを念頭においた突き。当然、防がれるが、トグマに防御《ぼうぎょ》を意識させた。

直ぐに右手を引いて〈魔闘術〉を解いてから再度〈刺突〉をトグマの胸へ繰り出した。

タイミングを微妙に狂わせる槍突コンビネーション。狂眼トグマは表情を歪《ゆが》ませながら対応。四つの眼を輝《かがや》かせながらコンビネーションを防いでくる。

「――く、間合いを狂わす技術だと？　しかも、重い槍も交ぜてきやがる……」

狂眼トグマの語尾にじんわりと憤怒《ふんど》が滲《にじ》む言い方だ。その言葉とは裏腹に四剣のうち三剣を正眼の位置で構えた。三剣で、三の字を宙に描くような軌道《きどう》の防御剣術《けんじゅつ》を用いてくる。

俺の速度を活かしたコンビネーションの〈刺突〉の連撃を的確に防いできた。

四眼ルリゼゼのような柔剣《じゅうけん》の機動を魅《み》せる巧《たく》みの防御剣術。構わず風槍流一の槍布石戦術を続けていく。視線でフェイントを織り交ぜる。続けて、普通《ふつう》の〈刺突〉と思わせる踏み込みを見せてから魔槍杖バルドークを捻り突き出す〈闇穿《あんせん》〉を発動――。

闇を纏い、闇の霧《きり》を放つ紅矛と紅斧刃《べにおのば》が直進する魔槍杖バルドークの一撃《いちげき》は、風ごと相手の胸を巻き斬るが如く直進した。

「――終開眼〈魔縮・狂神《きょう》〉」

狂眼トグマがスキル名を言った瞬間――四眼から琥珀色と赤が混じった魔力を発した。

そのまま琥珀色と赤色が混じった光となった魔力を体に巡らせる。そして、映像を早送りで見ているように首を怪しく傾《かたむ》けてから小さく武者振《むしゃぶ》るいすると体を回転させて急加速――魔槍杖バルドークの〈闇穿〉を華麗に避けてきた。空中に紐でも付いているのかと突っ込みを入れたくなるぐらいの側転回転。

しかも、魔槍杖バルドークの先端《せんたん》の上に両足を乗せて立ってきた。

すげぇ、なんて身のこなしだ。ルリゼゼを超《こ》える速度、真似はできないかもしれない。

「取ったァ――」

魔槍杖バルドークの上に乗った狂眼トグマは口元を般若《はんにゃ》が嗤ったようにしたまま叫びつつ、四つ魔剣を握る腕を真《ま》っ直《す》ぐ伸ばしてくる。

青、緑、銀が合わさる三つ色が螺旋《らせん》する四剣突で頭を突き刺そうとしてきた。

しかし、取った。は、まだ早い。

「――ぁれ？」といって狂眼トグマは急に足場を無くして落下している。

そう、魔槍杖バルドークを消失させていた。そこに伏《ふ》せていた左手に神槍ガンジスを召《しょう》喚《かん》。左手が握る神槍ガンジスで〈闇穿〉を落下中の狂眼トグマの腹に喰らわせる。

「ぬあ――」

狂眼トグマは腹を守るように四剣を下方へクロスさせて双月刃《そうげつば》の矛を防ぐが振動《しんどう》している方天画戟と似た双月刃の〈闇穿〉の勢いは強い。落下中だった狂眼トグマは体がくの字になりながら吹《ふ》き飛《と》ぶ。受け身を取れず草むらに転がった。草を踏《ふ》みしめ地面を蹴って前進――トグマへ止めを刺すべく突貫《とつかん》だ。しかし、転がっていた狂眼トグマは反応していた。

走り寄る俺を待っていたように蹴り技を繰り出してきやがった。

――急遽《きゅうきょ》、魔槍杖バルドークの紅斧刃を盾《たて》にして、その下から弧《こ》を描く軌道の蹴りを防ぐ。狂眼トグマは蹴りの勢いを得て後方宙返り。四つの眼尻《めじり》から琥珀色と赤色の微光《びこう》を伴った線が、顔を幾重《いくえ》にも巡り首筋へ伝わっているので、光の筋が曳《ひ》いて見えた。ルリゼゼとは少し違う能力。後方に退いたトグマ。樹木に背を預けながら眼光を鋭くし、俺を睨《にら》む。四剣を構え直しているが……腹部を覆《おお》っていた戦闘服《せんとうふく》が破れて内部から血が迸《ほとばし》っていた。ガンジスの〈闇穿〉の痕《あと》だろう。よく見たら、彼が防御に回していた四剣の内、一対の銀色ククリの剣刃《けんじん》が円型に削《けず》れている。

「その双月刃の穂先《ほさき》……まさか……こんな集落で、こなクソォ――」

狂眼トグマは声を裏返し怒鳴《どな》る。下腹部から血を撒き散《ち》らしながら、俺に向かって両腕《りょううで》を翳《かざ》してきた。篭手の穴から、黄金の刃のようなものが生まれ出ようとしている。

あれは、飛び道具——俄《にわか》にイージスの盾をイメージしながら両手首から〈鎖《くさり》〉を発生させる。〈鎖〉の大盾を目の前に作り出した。

その大盾に雨霰《あめあられ》と何度も雷撃魔法《らいげきまほう》が衝突しているような、身体を震わせる多重音を感じ取る。俺は神話《ミソロジー》級の防具服であるハルホンクを身に着けているので、飛び道具を喰らっても平気だと思うが……。音が止《や》んだので、〈鎖〉の大盾を消失させる。

大盾があった位置の前方に、琥珀色の幅広な刃が無数に転がっていた。

「そんな防御を——」

喋《しゃべ》らせない。イモリザの右指に新しい腕になるように意識をさせながら、狂眼のお株を奪《うば》う迅速な動きで間合いを詰《つ》めた。左足で強く地面を踏み込み。

右手に握る魔槍杖バルドークの紅矛で狂眼トグマの腹に風穴を開けるイメージで捻り出す〈刺突〉を繰り出した。続けざまに右足の踏み込みと同時に左手の神槍ガンジスで〈刺突〉を真っ直ぐと放つ。

「——ぎぃ」

舌を咬《か》んだような声を出す狂眼トグマ。

苦悶《くもん》の表情を浮かべながらも、二連の〈刺突〉を四剣で防いできた。

左手で握る神槍ガンジスを消失させつつ、その腕を素早く引いた。刹那《せつな》、肩の竜頭装甲《ハルホンク》を意識。竜頭《りゅうず》の片目のブルーアイズ――。

土耳古玉《とるこ》のような夏を感じさせる空色の眼から氷の刃を三つ発生させていく。

狂眼トグマは身を反らすが、一つの氷の刃が狂眼トグマの眼に突き刺さった。

片目から鮮血《せんけつ》が迸る。

「くっ」

不意を突かれたトグマは一つの眼に氷刃が突き刺さった状態で残りの三眼で俺を睨んできた。引いていた左手に神槍ガンジスを再召喚。四剣で防御姿勢のトグマを見据《みす》えながら一の槍を強く意識。腰《こし》と左手を捻りながら前方へと突き出す〈刺突〉を繰り出し、トグマの左下腕が握る削れた銀ククリ剣を神槍ガンジスが弾く。

が、横と斜め上から三つの魔剣が神槍ガンジスに衝突。〈刺突〉は防がれる。そこで魔槍杖バルドークを持つ腕の肘《ひじ》にある第三の腕に魔槍《まそう》グドルルを召喚――。

「なんだ、その連なった腕はあぁぁ――」

トグマの胸に魔槍杖バルドークを持つ右腕《みぎうで》を送るように突き出す〈刺突〉を繰り出すと同時に第三の腕が持っている魔槍グドルルの〈刺突〉を繰り出した。

「――ぐふぁ」

タイミングのズレがない魔槍杖バルドークの紅矛と紅斧刃と魔槍グドルルのオレンジ色

の薙刀刃《なぎなたば》のダブル〈刺突〉が狂眼トグマの胸甲《きょうこう》と胸を貫《つらぬ》いた――。

狂眼トグマの体の重さを柄越《つかご》しに感じ取る。

その重さを感じた魔槍杖バルドークと魔槍グドルルを消去。

〈導想魔手《どうそうましゅ》〉を発動させて、その歪《いびつ》な魔力の手でムラサメブレードの鋼の柄巻を抜《ぬ》きながら魔力を通した。そのまま慣性に従い地面に落下する血塗れのトグマとの間合いを詰めた。

アーゼンの靴音《くつおと》を消すようにブゥンと音を立てた〈導想魔手〉が握るムラサメブレードを振るい抜く。狂眼トグマの首を刎ねた。その頭部は草むらに飛んでいく。

狂眼トグマの頭部を失った体は草むらに両膝を突けてから横に倒《たお》れた。

草の上でひきつけを起こしているような狂眼トグマの死体近くに青い刀身の魔剣と緑の刀身の魔剣が落ちている。後で、あの魔剣らしき物を回収するか。第三の腕を指に戻《もど》す。

『閣下、お見事です！　槍の上に狂眼が乗った時は、ドキッとしちゃいました』

『俺も驚いた。それを逆に利用したがな』

『瞬間瞬間の閃《ひらめ》きが物凄《ものすご》いです、わたしでは多分慌《あわ》ててしまって、あんなことできません』

『相手があっての俺だ。それほどの強者だったということ』

「……凄い、本当に倒しちゃった」

「……素晴《すば》らしい槍武術……でも、わたしたちの集落は……」

「お母さん……」

背後から安堵《あんど》の声と悲しげな声が響《ひび》く。見れば目の毒、聞けば気の毒かもしれないが
……助けたからには、多少、関《かか》わるつもりで振り返り、

「大丈夫《だいじょうぶ》ですか？」

悲痛そうな表情を浮かべているムクのお母さんは、

「はい、ありがとうございます。貴方は命の恩人です」

「うん、認める。二つ目！　戦場で死んじゃったお兄ちゃんより強い」

ムクは尿《にょう》の匂《にお》いを漂《ただよ》わせていたが、気にしていない。三眼を鋭くさせて俺を見て話していた。この辺は邪族《じゃぞく》の子供だからかな？

「……お兄さんを慕《した》っていたんだな、最大の賛辞と受け取ろう。ありがとう」

戦場で亡《な》くなっていたんだな。お兄さん……知らないが南無《なむ》。と心の中で祈《いの》っていると、

「……この二つの剣、わたしがもらっていい？」

「あ、ムク、調子に乗りすぎです」

ムクは、青白い刃の魔剣を拾っていた。子供だが、意外に力はあるようだ。邪族だからかな、侮《あなど》りがたし。

「……構わないです。しかし、貴女方《あなた》を襲っていた魔族が使っていた物ですよ？　あまり

お勧《すす》めはしませんが……」

「やった、この剣を使って魔族を殺す」

ムクは俺《おれ》の言葉を聞いていない。剣を振って、草むらに打ち下ろしていた。

まだ重いようだ。姿勢を崩していた。地面に剣先《けんさき》が刺さってしまい、柄を引っ張り抜こうとしている。

「ありがとうございます。それは大丈夫です。魔族を含《ふく》めて色々なモノとの争いは常に起きているので」

ムクの母親が自分たちの境遇《きょうぐう》を極《ごく》自然に当たり前のように語っていた。

狂眼トグマを含めて、争いが身近にある暮らし……そういえば狩りの途中、頭が鰐《わに》の種族もいた。あんな連中と常に争いがある文化か……。

「……分かりました。それでは集落に戻りますか？　そこまでなら俺も付き合います」

「はい、お願いします」

「二つ目！　ありがとう」

「あ、まだ貴方のお名前を聞いていませんでした」

「シュウヤ・カガリ。見ての通り槍使いだ」

「シュウヤ兄ちゃん！　こっちだよー」

集落までの道中、一人でモンスターを狩り続けながら血文字で仲間たちへ連絡。

『まだ暫《しばら》くかかる』と。

そして……邪族の集落まで付いていったが……当然彼女《かのじょ》たちの集落は悲惨《ひさん》な光景となっていた。死体が散乱し血の海。そこに呻《うめ》き声《ごえ》が響いてくる。

良かった。幸い、まだ生き残りがいた。

急ぎ、生きていた邪族の方を回復魔法《まほう》、ポーションを使い助けていく。

『わたしも外に出て水を与《あた》えますか？』

『いや、必要ないよ、すぐに立ち去る予定だし』

『分かりました』

ムクのお母さんと近所の方も助けられた。三眼の戦士の方が、お礼にウルバミ族に伝わる銀の斧《おの》をあげると言ってきたが断った。あの銀の斧……どっかで見た覚えがある。

一通り、救命活動を終えると、ムクとお母さんが近寄ってきた。

「二つ目のシュウヤ！　回復も使える強い二つ目、村を救ってくれて本当にありがとう」

ムクは元気だ。表情も明るい。純粋《じゅんすい》な三つ眼は俺に期待を寄せていると分かる……。

そんなムクには悪いが、そろそろ旅立つ時間だ。

「……おう。ということで、俺はここまでだ」

「ええ？　いやよ、いや！　駄目《だめ》だよ、シュウヤ兄ちゃん……」

「すまんな」

「シュウヤさん、無理は承知ですがいてくださいませんか？　家なら空いていますので、わたしの部屋も……」

　ムクの美人お母さんからの誘い。スタイルも良いし、三眼の女性に正直揺らぐ。

が、目的があってここに来たからな。

「元より、魔石《ませき》集めの最中です。そして、相棒と仲間たちもいる身でして……ご厚意《こうい》に感謝しますが、そろそろ戻ります」

「強く優《やさ》しい方なのに……」

「うあああーん」

　ムクは泣いてしまった。

「ムクもごめんな――」

　颯爽《さっそう》と翻《ひるがえ》り魔脚《まきやく》で集落を抜けて森の中へ駆《か》けた。

　後ろから、ムクの声が響く。二つ目シュウヤの馬鹿《ばか》ーーーでも、ありがとうございました――と、森の奥《おく》まで木霊《こだま》していた。

第二百六十四章「月の残骸と血長耳」

南マハハイムのある地方には、大陸を股《また》がるように広がる大河ハイム川がある。

そのハイム川沿いの【魔鋼都市ホルカーバム】から【城塞《じょうさい》都市ヘカトレイル】は黄金ルートと呼ばれた区間にあり、国、商会を問わずに様々な目的を持った船の群れが運航している。今も、多数の商船に交ざる形で【月の残骸】が所有する船、黒猫《くろねこ》号が【城塞都市ヘカトレイル】に寄港していた。あまたの艦船《かんせん》で埋《う》め尽《つ》くされた港に停泊《ていはく》した黒猫号。

水鳥が頭上を舞う中、黒猫号の船尾《せんび》甲板《かんぱん》を踏みしめながら現れたのは、足がスラリとした美しい女性。彼女は船乗りたちへ向けて指示を出す。指示の声が響いた直後、舷《げん》の内装の一部がズレてタラップが下りて港と連結した。黒猫号に乗っていた多数の船乗りたちが、そのタラップを利用して船の積み荷の一部を降ろしていく。

港で待っていた【月の残骸】の関係者たちも、港に準備していた積み荷を黒猫号の中へ運ぶ作業を行っていた。指示を出していた女性の名はメル・ソキュートス。

黒猫号の責任者、【月の残骸】の副総長だ。

彼女は【月の残骸】の総長でもある光魔ルシヴァル宗主《そうしゅ》シュウヤ・カガリから【月の残骸】の全権を委任されている。実質のリーダーだ。

そして、同組織最高幹部が一人、都市耳長《エルフ》のベネットも港に降り立つ。

光魔ルシヴァル〈筆頭従者長《選ばれし眷属》〉が一人であるユイも、メルの護衛として側にいた。にぎわう港から離《はな》れた彼女たちは、ヘカトレイルの城壁《じょうへき》外に広がる【新街】の中を歩いていく。

「ホルカーで怪《あや》しい業者から仕入れた物、ここでは売らないのね」

「ホルカーの仕入れは、主にヴェロニカ用の古代の骨がメインだから」

「今もあたいたちの横を不器用そうに歩いている角付き傀儡《かいらい》兵が居るだろう？　こいつらの材料だ」

ベネットはメルとユイの左右を歩いている角付きの骨戦士へ視線を配り、ユイの質問に答えていた。

「……それね。実は作れるけど興味ない」

「凄《すご》いじゃないか。あたいは短剣《たんけん》はサブ武器だから、この骨兵でも、前衛の壁《かべ》になるからありがたいんだ」

「作れるならユイさんにも頼《たの》みたいぐらいよ。人員を無駄《むだ》に消費しなくて済む。これはかなり重要よ？」

「ごめん、わたしは刀で生きてきたから、シュウヤと仲間以外を頼《たよ》りたくないの、刀の技術が上がるなら作ってみてもいいけど」

「……そういえば、先ほどのチンピラ共を成敗する時も、見事な剣術でした。聞くだけ無駄でしたね」

メルは溜《た》め息《いき》交じりに語る。実際【月の残骸】の総長といえるメルは気苦労が多い。人員の補充《ほじゆう》が間に合わないからだ。【月の残骸】の幹部は強い。しかし、個人で見回れるところは限られる。ペルネーテの一つの都市を見ても、港街、歓楽街《かんらくがい》、賭博《とばく》街、これらの縄張《なわば》りは広いうえに、小さい闇ギルドの事務所が乱立し、細かな争いは常に起きているのが現状だ。そして、大手の【月の残骸】の兵士たちも、その争いに巻き込まれて死ぬ場合が多い。そういった面もあり、角付き傀儡兵は材料費が高いが、替えが利《き》くのでメルは重要視していた。

「……メル。あたいたちもヴェロっ子の眷属になったら、ユイたちと同じ総長、宗主様の光魔ルシヴァルという種族になるんだろう？」

「そうね。わたしたちにも角付きが作製できるかも？　と、言いたいんでしょ？」

「その通り！」

ベネットは四角い顎を強調させるように顔を突き出していた。

「ヴェロニカが話をしていたけど、できるか分からないと聞いたわ。成長が必要かもと」

エルフのベネットは長耳をピクピクと動かして、メルの言葉に同意するように頷《うなず》いてから視線を鋭くさせる。

「まぁいいさ、できたところで、金の消費が大変になるからね。ところで、皆《みな》、気付いているとと思うけど、あたいたちの背後についてくる気配。これはやはり血長耳？」

「新街に隣接《りんせつ》している【貧民街《ロウタウン》】だから、【白鯨《はくげい》の血長耳】とは異なり、チンピラの海賊《かいぞく》の可能性もある」

「仕《し》掛《か》けるなら、わたしがやるけど」

「船の乗っ取りを狙った海賊と違い尾行《びこう》だけならこちらから仕掛ける必要はないわね。もうそこが事務所だし」

メルは真新しい事務所へ指を差している。

「了解《りょうかい》、今回は護衛だから、指示に従う」

「メル、ここはもうヘカトレイルだ。それに、この追跡《ついせき》の仕方は……その筋、闇ギルド、盗賊《とうぞく》ギルドの可能性が高い」

「……ベネットがそこまで言うならそうなんでしょう。でも、今は中に入って荷物の確認《かくにん》をするのが先。その後、ゼッタの錬金素材仕入れてサラミス商会との会合場所に向かうから……もし、その最中でも付いてくるようなら……【血長耳】だろうとチンピラだろうと、こちらから接触《せっしょく》してみましょうか」

「分かった。あたいは弓を用意しとく」

「もう、気が早いわね……戦うと決まった訳ではないのよ？」

無事に商会と取り引きを終えたメル一行だが、そんな彼女たちの背後を追う気配の数が増えていた。

「誘導《ゆうどう》するよ」

「そうね」

「……」

先頭を歩くベネットが弓と矢を番《つが》えながら、わざと歩みを遅《おそ》くする。メルは足から小さい黒翼《こくよう》を生やしていた。彼女《かのじょ》が扱《あつか》う華《か》麗《れい》な蹴技は、多種多様に及《およ》ぶ。シュウヤが見たら興奮するだろう。そんな彼女たちの護衛としての立場を理解している最後尾《さいこうび》のユイ。

ユイは沈黙《ちんもく》を続けながらも、黒曜石のような瞳《ひとみ》を変化させていた。

黒瞳は幻想的《げんそうてき》な光芒《こうぼう》の瞳となり、その表面に銀色の粉雪が舞《ま》い落《お》ちていた。

やがて、一対の瞳は白銀色へ変化を遂《と》げる。そう、彼女は魔界の死神ベイカラから恩寵《おんちょう》を受けている〈ベイカラの瞳〉を発動させていた。

ベネットは角を曲がると姿を消すために〈隠身〉を発動させて、屋根裏へ跳躍《ちょうやく》し姿を隠《かく》す。メルとユイは角を曲がった先にある路地をゆっくりと歩き動きを止めた。

彼女たちは背後を振り返り、追跡してきた者たちを待ち構える。

そして、曲がり角から追跡者《ついせきしゃ》たちが姿を現す。それは耳長《エルフ》たちであった。

先頭に立つのは、銀と緑メッシュの短髪《たんぱつ》を持つ小柄《こがら》なエルフ。

目元の濃《こ》い銀色のアイラインから独自の魔力を放っている。頬《ほお》にある串刺《くしざ》しにされた白鯨の入れ墨《いずみ》、元ベファァリッツ大帝国特殊部隊《だいていこくとくしゅ》【白鯨】第二分隊長の印である。その小柄なエルフは、他のエルフたちを連れてユイたちへ近付いていった。

「どうも、ワタシの名はクリドスス。【白鯨の血長耳】から挨拶《あいさつ》に来た者です」

「やはり【血長耳】！」

屋根上から声を発したベネットは矢を放とうと構える。

「——それで、どんな用で……」

モデルのような足を持つメルはクリドススに話しかけながら、視線を気の早いベネットに向けて『攻撃はまだよ？』と意味を込めたウィンクをしてから、数歩、前に出た。

足首から生える黒翼を影《かげ》のように感じさせて、独特の雰囲気《ふんいき》を醸《かも》し出す。

「事務所ごと【月の残骸《わたしたち》】を潰しにきたのかしら？」

わざと注目を浴びるようにクリドススへ語り続けている。

クリドススはその足の行為《こうい》を見てから、

「……いえ、とんでもない。総長から厳命を受けていますから〝手を出すな〟と」

「そうですか……なら、どんな御用《ごよう》で？」

「単純ですよ。もう厳冬の季節に入りましたからネ……まだ日にちはありますが、貴女方の本拠地《ほんきょち》でもあるペルネーテで重要な〝地下オークション〟が始まります。その顔見せのつもりです。それに、貴女方の総長様である槍使いさんと個人的にお会いしたかった。残念なことに、今回は……お見えにならなかったようですが……」

クリドススは意味ありげな笑《え》みを浮《う》かべてから、メル、ベネット、ユイへ順に視線を移しながら語る。

「総長に……」

「シュウヤと何を話すつもりなのかしら……」

ユイは冷徹《れいてつ》な表情だ。白銀の瞳から白い靄《もや》が発生していた。

「……」

クリドススの背後にいた配下たちがユイの殺気を感じ取り、腰の得物に手を掛ける。

しかし、クリドススは、その武器を抜こうとした配下のエルフたちへ向けて手を上げて、指でマークを作る。『武器を仕舞《しま》え』の暗号である軍隊式の合図だ。

部下たちの態度を改めさせてから、

「……おや、失礼を、槍使いさんの女でしたか。総長からの命令で……あ、これは言わない方がいいですネ。とにかく、我々は貴女方が設立した新事務所を前々から注視していました。そして、その商売に手を出していない。このことを知らせておこうかと思いまして」

クリドススは作り笑顔《えがお》を、彼女なりの精一杯《せいいっぱい》の笑顔をメルへ向けていた。

「そう……いつでも潰せるんだぞ。という脅迫《きょうはく》の言葉に聞こえるのだけど」

剣呑《けんのん》な雰囲気のユイではなく、笑みを浮かべているメルが、可笑《おか》しそうな顔をしている
クリドススの言葉に答えていた。

「いえいえ、とんでもない。【血長耳《われわれ》】は、今、本当に忙《いそが》しいんです。敵をわざわざ作るような真似《まね》は、現時点ではしません」

「……メル、戦うなら指示して、女の勘《かん》が、あの女を今すぐ殺した方がいいと訴《うった》えかけているから」

ユイは、クリドススの美貌《びぼう》から殺しの腕《うで》を察知していた。

今回はメルの護衛の立場だけど、今後、敵に回るかもしれないと、それに、シュウヤが男としてクリドススの容姿を気にいってしまうかもしれないと、彼女なりに判断しての言

葉だった。

「ユイ、今は駄目」

「……了解」

メルの言葉に仕方ないという表情を浮かべるユイ。そのまま殺気を仕舞うように瞳を元に戻していた。

「槍使いさんも、女が沢山《たくさん》いるようです。これはチャンスがあるかもしれませんネ」

「クリドススさん？　あまりユイさんを刺激《しげき》しない方がいいと思いますよ。今はわたしの護衛として気持ちを抑《おさ》えてくれていますが、爆発《ばくはつ》したら、わたしでは押《お》さえられないので」

クリドススはメルに一回お辞儀《じぎ》をしてから、ユイに向けて頭をあげ、その瞳を見てから、

「……はい、そのようです、その、ユイさんの瞳はもしや、サーマリアの――」

「それ以上の言葉は不要よ。クリドススさん。顔見せならこれで終わりにしましょう」

「分かりました、では【月の残骸】の皆様《みなさま》、失礼しますネ」

颯爽と立ち去るクリドススとエルフの【血長耳】の集団。ベネットは屋根裏《うら》から見守り黙《だま》っていたが、内心、冷《ひ》や汗《あせ》を掻《か》いていた。今、路地で会話を繰り広げていたクリドスス以外にも、自分たちの背後、横、と完全に奇襲《きしゅう》される位置に【血長耳】のエルフたちが控《ひか》えていたことを彼女は途中から気付いていたからだ。

第二百六十五章「小型オービタル」

ムクたちと別れてから、森の中を駆《か》けていた。左手首から〈鎖〉を左斜《なな》め上の樹木の幹に突《つ》き刺《さ》しアンカーにして、すぐにその〈鎖〉を左手首に引《ひ》き戻す。

体を突き刺した樹へ運び、右手首から〈鎖〉を、右斜め上の次の樹へと伸ばした。

交互《こうご》に〈鎖〉を伸ばし引き戻しながらスムーズに森を駆けていく。

移動中、ムラサメブレードの鋼の柄巻《つかまき》を口に咥《くわ》えながらガトランスフォームに着替《きが》えた。

咥えていた柄巻を腰に差した直後。歪なハンガーのようなモンスターと遭遇《そうぐう》。

ハンガー？　と疑問に思った矢先――そのハンガーが変質しながら飛び掛かってきた。

――ハンガーと似たモノの体が三百六十度に広がる。

表面には無数の鋭い歯牙がビッシリと生えていた。

その鮫《さめ》の歯牙と似たモノを表面に生み出した大きな口のような怪物《かいぶつ》が、俺を飲《の》み込《こ》もうとしてくる。気色悪――と怪物目掛《めが》け無意識レベルで――。

〈夕闇の杭《ダスク・オブ・ランサー》〉を発動。

掌《てのひら》から怒濤《どとう》の勢いで〈夕闇の杭《ダスク・オブ・ランサー》〉が飛び出ていく。

〈夕闇の杭《ダスク・オブ・ランサー》〉が怪物の歯牙《しが》と衝突《しょうとつ》する度にプチプチプチという牙《きば》が潰《つぶ》れた音とは思えないリズミカルな音を響かせてきた。怪物は硬《かた》いが、背後の樹へと〈夕闇の杭《ダスク・オブ・ランサー》〉に吹き飛ばされる。

怪物はタフで、魔素《まそ》も多い。最終的に異質な歯牙で俺を喰《く》らおうとした怪物は〈夕闇の杭《ダスク・オブ・ランサー》〉によって幹に磔《はりつけ》となった。〈夕闇の杭《ダスク・オブ・ランサー》〉を止めて〈導想魔手〉を足場にしながら――磔になった怪物へと、そのまま犬歯を尖《とが》らせた――鮫牙《こうが》の怪物だろうと差別はしない。

磔にした怪物に噛み付いた。〈吸魂《きゅうこん》〉を行い血と魂を頂く……。

体が僅かに光った。怪物は干《ひ》からびて大魔石を残して散った。

素早《すばや》く大魔石を拾い血文字で【血獣隊】たちへ連絡《れんらく》を行う。

『閣下、今――』

血獣隊と、相棒の下へ駆けていく。俺は零八《ぜろはち》小隊こと、血獣隊との狩《か》りを終えて、魔石を数えているママニたちの様子を見ていた。

「……これで二百五十、六個です」

これで大魔石は千個を超えたな。

たっぷりと魔石が入った袋《ふくろ》が数個、目の前に置かれた。

「ご主人様、大魔石がそんなに必要なんですね」

「そうだ。これで小型オービタルを解放するんだ――」

ガトランスフォームと繋《つな》がった状態のアイテムボックスを皆に見せる。

「時々、御使用《ごしよう》されている光神ルロディスの御力《おちから》。光の鉄杖《てつじょう》を出した不思議なアイテムボックスですね」

フーの言葉だ。彼女の言葉に、皆、同意するように沈黙しながらアイテムボックスを見つめてくる……フーたちは、光神ルロディスのアイテムだと思っているらしい。

「不思議なアイテムボックスだが……光神は関係ない」

「光の攻撃《こうげき》が関係ないのですか。不思議です。そして、『おーびたる』を解放ですか」

「あの光の魔光線は、てっきり……」

「ボクもずっとご主人様は光神ルロディス様と関係があると思っていました」

皆が話すように、胸に光十字のマークがある。

エクストラスキル〈光の授印〉により齎《もたら》されたモノ……だから、関係はあるとは思う。

「ン、にゃ」

黒猫《ロロ》がサザーの小さい足に頭を衝突させている。

サザーは膝《ひざ》カックンを受けたように、可愛《かわい》くよろめいて、「あぅ」と小声を出していた。

その様子に微笑《ほほえ》みながら、

「それじゃ、解放する」

皆に宣言。集めていた大魔石をまとめて、◆マークのアイテムボックスに大魔石を収めていく。

必要なエレニウムストーン：完了《かんりょう》。

報酬《ほうしゅう》：格納庫＋１００：小型オービタル解放。

再度、光の粒子《りゅうし》が発生するのか？　と思ったら違《ちが》った。アイテムボックスの縁飾《ふちかざ》りのプロミネンスを淡《あわ》い光が時計回りに巡《めぐ》っているだけか。地味だ。

ガトランスフォームは漆黒《しっこく》の繊維《せんい》を活《い》かした戦闘《せんとう》ユニフォームだったが、小型オービタルとは…とアイテムボックスの表面の時計でいう風防硝子《がらす》を凝視《ぎょうし》していると、縁を回る光の速度が上昇《じょうしょう》していく。そのぐるぐると回る速度が急激に速まると、最後には、その光が上に飛び出してきた——カジノのルーレットから飛び出た球に見えたが、俺の頭部を抜けた白銀の光。そのまま頭部の近辺で爆発したように白銀光が散った。眩《まぶ》しい――ダイヤモンドダストのような冷たさを感じた。不思議な光の散り方……。

そして、散った粒《つぶ》が、今度は内向きに衝突し合って小さな花火を起こした。

眩しいが、綺麗《きれい》……しかし、なんともいえない儚《はかな》さがある。バンッバンッと微《かす》かな音を大気に残して消滅《しょうめつ》していく。

「わぁ……綺麗」

「ンン」

黒猫《ロロ》も小さい花火、もとい小さいビッグバンに猫《ねこ》パンチを当てようと、空へ前足を伸ばすが届かない。

「新・デボンチッチ⁉」

「これは、精霊《せいれい》様の御業《みわざ》?」

『わたしは何もしてません』

小型のヘルメが視界の端《はし》に登場。

『……ヘルメ、左目にいる状態では、外に聞こえないぞ。外へ出るか?』

『いえ、いいです』

小型のヘルメの念話が終わると同時に、最後の対消滅が終わると、目の前に近未来型バイクが出現していた。凄い。いきなりか。まさか、小型オービタルがバイクだとは思わなかった。前輪と後輪のタイヤが大きい。摩擦《まさつ》ドラムブレーキらしき物もホイールの横にある。フロントフォークの形も渋《しぶ》い。全体的にウェザリングが施《ほどこ》された白銀メタリック調の色合いで、洗練されたフォルム。鋼鉄製だと思われる操縦桿《そうじゅうかん》の握《にぎ》り手も左右にあり、操縦桿の中央にディスプレイも備わっていた。ロードスター系の座《すわ》りやすそうな光沢《こうたく》のある黒色の革《かわ》の座椅子《ざいす》。フロントカウルとアンダーカウルはスケルトンの部分が多く、中のフレームとエンジンの一部が見えている。丸いエンジンから連なるシャープな排気《はいき》ノズルが幾《いく》つもあり、マフラーの一部と繋がる造りか。後部には四つの小型のスラスターらしき物もあった。カウルとオイルフィラープラグの細い溝《みぞ》の中を何かのエネルギーを示すように魔力の光が循環《じゅんかん》していた……渋い。これは、あれか？

『ピーキー過ぎてお前には無理だよ』とか言わないとダメか？

「これが、おーびたる……」

サザーは自分の倍はあるオービタルの姿を見て、圧倒《あっとう》されているような表情を浮かべた。

「ン、にゃ、にゃあ」

びびりながら、目を細めて猫パンチをノズルに当てている黒猫《ロロ》さん。

爪《つめ》は伸びていなかったので安心。

「ロロ、新しい魔獣《まじゅう》の仲間だと思え、大丈夫だ」

「にゃあ」

黒猫《ロロ》は俺の表情を見て、安心したようで、猫パンチを止めた。

「滑《なめ》らかな魔鋼が使われているような気もしますが……今まで、見たことがありません」

「選ばれし眷族《けんぞく》の〈筆頭従者長〉が一人、ミスティ様なら金属の解析《かいせき》ができるかもですね」

ママニが呟《つぶや》き、フーは彼女なりに分析《ぶんせき》していた。

「……おーびたる、面妖《めんよう》すぐる！」

ビアは驚《おどろ》いて、変な言葉を喋っていた。

『はい！　面妖です、魔力を伴《ともな》った未知の魔道具です！』

ま、気持ちはよく分かるけど。ヘルメも同意しているし。

「すぐる？　長い舌が巻き付いて噛んでいるぞ」

と、ツッコミを入れながら、オービタルを触《さわ》ると、アイテムボックスの水晶体《すいしょうたい》が連動しているのか、表面にある水晶体からレーザーが照射された。

腕の上に簡易の小型画面《ディスプレイ》が作られる。

小型画面《ディスプレイ》は点滅《てんめつ》していた。その小さい画面には、

――音声認識《にんしき》可能。
――《フォド・ワン・ガトランス・システム》可動中。
――遺産神経《レガシーナーブ》確認。
――カレウドスコープ連携《れんけい》確認。
――船体リンクシステム……エラー確認できず。
――ナ・パーム統合軍惑星《わくせい》同盟衛星連動……エラー確認できず。
――敵性帝国《ていこく》軍衛星……エラー確認できず。
――小型オービタル起動を確認。ガトランスナンバーを登録します。
――正式フォド・ワン・ガトランスと認定《にんてい》……オービタルにもう一度触《ふ》れてください。

指示されたので、右目横のアタッチメントを触れてカレウドスコープを起動。
フレーム表示された視界に、小型オービタルはハッキリと光で縁取《ふちど》られていた。
よし、触ってみようか。ドキドキしながら、オービタルに触ってみる。
指先が座席に触れた瞬間《しゅんかん》、操縦桿が変形しながら手前にずれてきた。

その操縦桿は、俺の掌にあるリパルサー的な部位と合わさる形となってる。

一々、カッコイイ……座席の幅《はば》が少し狭《せま》くなるが、座席を緑光が縁取っていた。

その下にあるエンジンパーツと思われるブロックが少し横にせり出してくる。

これは足が乗せられるところでもあるのかな。ジャイロセンサーらしき技術も入っているのか、バイクが倒れる気配がない。乗ってみるか。

「……これはたぶん、乗り物だ」

と、言ってから黒座席の上に跨《また》がって、操縦桿を握る。

その瞬間、操縦桿からアクセルとブレーキと思われる長方形の金属が伸びてきた。

これを押し込めば加速かな。しかし、握った感じ……ハンドル操作が楽だと感覚で分かる。ステアリング機能も内蔵か。ガトランスフォームと連動しているのは確かだ。

馬獅子《しし》の黒猫ロロディーヌとは違い、スキルではないが……まさに人馬一体。

そして、中央部の簡易ディスプレイが、カレウドスコープと連携。

独自の立体型ディスプレイとなっていた。


――フォド・ワン・ガトランス専用オービタルシステム。

――遺産神経《レガシーナーブ》確認。

――カレウドスコープ連携確認。

――フークカレウド博士・アイランド・アクセルマギナ……簡易ＡＩ確認できず。

――船体リンクシステム……エラー確認できず。

――ナ・パーム統合軍惑星同盟衛星連動……エラー確認できず。

――敵性帝国軍衛星……エラー確認できず。

――簡易ライト……確認。

――擬似《ぎじ》システム……確認。

――攻撃オプション……エラー確認できず。

――リテプ反動システム……確認。


その簡易ライトを意識すると、前方が明るくなる。

「ごしゅさま！　前方の形が変わり、明かりがっ」

「面妖なっ！　目のようなものがあるぞっ！　魔眼《まがん》か!?」

「ン、にゃんお」

「やはり、光神の！」

「明かりの無属性魔法ですか？」

魔法使《まほうつか》い系であるフーが冷静に話している。そして、宵闇《よいやみ》の水精霊ヘルメが小型状態で現れた。

『……原理は分かりませんが、魔力が至るところに内包されているのが、分かります』

『乗り物の魔道具と思えばいい』

『なるほど、簡易単独馬車。前と後ろに車輪のようなモノもあるようですからね』

空中を平泳ぎしながらオービタルの操縦桿の上に移動してくるヘルメ。

そのヘルメを無視して、フーへ顔を向けた。

「フーが正解だ。明かりを生み出す魔道具が内蔵されてある」

攻撃オプションを意識しても作動しない。次に、擬似システムを意識した。その途端《とたん》、バイクの周りに灰色の靄が生まれでる。

「なんと、消えたぞっ」

「ンン、にゃあぁ？」

「え!?」

「姿を消した？」

「ご主人様は、きっと不可視《インヴィジビリティ》の魔道具を作動させたのでしょう。その証拠《しょうこ》に地面を見てください。草の形が凹《くぼ》んでいます」

「あ、本当だ」

「フー……冷静だな」

ママニは白髭《しらひげ》をピクピク動かしながら話している。此方《こちら》側だと、灰色の視界でフィルター越《ご》しに見るような映像だが、向こう側では透明《とうめい》に見えるらしい。

擬似システムは姿を消す効果があるようだ。特異なフィールド魔法か、光学迷彩《めいさい》か、蛸《たこ》のように背景と同化させているのかな？

黒猫《ロロ》が触手《しょくしゅ》を伸ばしてぶつけてきた。しかし、物理障壁《しょうへき》効果も備わっているのか、触手を弾《はじ》いている。

「……にゃぁ」

「光魔ルシヴァルの眷属になった効果でしょうか。物事を冷静に見られるようになりました」

「それはあるかもしれないが、わたしの場合は、違った方向に進化したようだ」

「血のオーラと血を伴った巨大化《きょだいか》、血獣ですね？」

「そうだ。本能の血が滾《たぎ》るようになった。虎獣人《ラゼール》の特異体としての血が関係しているのだろう」

「ボクはあまり変わらないかも、全体的に速く強くなっただけかな」

「我もだ」

「ビアは、早口が余計に速くなった気がする」

そんな会話を聞きながら、擬似システムを解除。

「その通り。姿を隠す効果、この小型オービタルと運転手を視界から隠す力があるらしい」

精霊の眼《め》、赤外線、魔察眼だと分かるかもしれないが。

「やはりそうでしたか」

「凄い効果を持つ乗り物です」

次はリテプ反動システムを意識。その途端、前輪と後輪のタイヤが変形し球体に変わりバイクが少しだけ宙に浮かぶ。反重力装置か？

「おぉぉ、浮いている！」

「にゃぁ、にゃん」

「わぁ……前の方、不思議な明かりで点滅しています」

「魔力を僅《わず》かに放出させているようですね」

そこでリテプ反動システムを解除。前輪と後輪は元の形に戻《もど》る。

アイテムボックスもチェック。

◆：エレニウム総蓄量：1002↓2346

必要なエレニウムストーン大：1500：未完了《みかんりょう》
報酬：格納庫＋150：偵察《ていさつ》用ドローン：解放
必要なエレニウムストーン大：3000：未完了
報酬：格納庫＋200：アクセルマギナ：解放
必要なエレニウムストーン大：5000：未完了
報酬：格納庫＋300：フォド・ワン・プリズムバッチ：解放

プリズムバッチ？　証《あか》しみたいなものか。インベントリを調べる。

◆：人型マーク：格納：記録

アイテムインベントリ　68／390↓490

ちゃんと増えている。よーし、ここは森林だけど……構わない。

試《ため》してやろうじゃないか……このオービタルというマシンの性能をっ！

わくわくする。その前に格納できるか試す。

この近未来バイクの小型オービタルを……片手で持ち上げる。

白銀の宝箱より軽い。無事にアイテムボックスの中に入った。

「消えた⁉」

「すぐに出す」

皆、吃驚《びっくり》していたが、アイテムボックスに仕舞ったばかりの小型オービタルを取り出す。

「「おぉ」」

ママニを筆頭にまた驚く。何故《なぜ》か、拍手《はくしゅ》をしている。

宙に浮かんだ時よりリアクションがあるのは何故だ。

「ロロ、来い」

「ン、にゃ——」

黒猫《ロロ》は腿《もも》の上に乗ってくると、黒い座椅子の先頭に移動。

そのまま、少し上にある操縦桿の中心にあるディスプレイに向けて片足を伸ばす。

するると、そのディスプレイに肉球のマークが生まれでていた。

時空属性確認とか表示されているし、細かい……さすがに猫用《ねこよう》のゴーグルは出現しなかったが。ゴーグルが出れば完璧《かんぺき》だったが、ロロの肉球パワーは宇宙にも通じるということ。

「では、オービタルを動かしてみる。血文字で連絡するから後で合流な」

「「はいっ」」

〈従者長〉たちの返事を聞き、顔を見て頷く。操縦桿から分裂《ぶんれつ》するように現れているアクセルを、前進を意識しながら押し込んだ。その直後、オービタルは前進を開始した。ハンドルを少し曲げると、迂回《うかい》。いいねぇ。音が静かだ。エンジン音は風の音のような感じ。

「ロロ、速度を上げるつもりだ。そのままそこに居るか、それとも神獣《しんじゅう》の姿でついてくるか、どうする？」

俺《おれ》の太股《ふともも》の間、股間《こかん》の前の黒座椅子の先頭に座る黒猫《ロロ》は、目《め》一杯《いっぱい》、後ろに倒れるように顔を見上げてくる。逆さま視線のロロさん。

「ンン、にゃにゃおん」

『ここがいいにゃ』という感じに鳴いていた。

触手を俺の腰回《こしまわ》りに絡《から》ませてくる。相棒は一緒《いっしょ》にドライブがしたいということだろう。

「一緒にいくか」

「にゃぁ」

相棒の了承《りょうしょう》を得たところで、速度を上げる意識をしながら操縦桿にあるアクセルを押し込む。心地《ここち》よい重さを身に感じながら、一気に加速。

まだリテプ反動システムは使わない――小型オービタルは進む。

木々が邪魔《じゃま》に思えたが、地面を縫《ぬ》うように移動していく。

独自のプロテクション効果もあるのか、木々を跳《は》ね飛《と》ばすし、向かい風も微々《びび》たるもの。

滑らかな曲線のフレームがあるし、フルフェアリングの効果かもしれない。

普通のバイクのように動かしているが、前輪のタイヤから地面を擦《こす》る音があまり聞こえない。不思議だ。タイヤも普通ではないようだ。

ドラムブレーキの機構も普通のブレーキとは異なるのか？

このディスプレイもスコープと連動した立体簡易地図が表示されているから便利だ。すると、赤いマークがその立体地図に出現した。

魔素の反応もある。出現した赤マークは移動していた。俺を追ってきたようだ。

しかも、このオービタルの速度についてくる。

第二百六十六章「異世界ツーリング」

立体簡易地図に表示されている赤いマークは少数。

森林地帯なので、ここでリテプ反動システムを意識。

前輪と後輪のタイヤが球体状に変化を遂げると、小型オービタルが浮かび上がる。

宙に浮かんだ小型オービタルは樹木の間を縫うように移動を開始した。

このオービタルを使った移動……最高だ！　すこぶる気持ちいい――操作しながら木々を通《とお》り抜《ぬ》ける行為が、凄《すご》く楽しい。座椅子の先端《せんたん》に居座《いすわ》る黒猫《ロロ》はお豆のような触手を右の方へ向けて『あっちいくにゃ』と指示を出し、またすぐに『今度はこっちにゃ』というように触手を左の方向へ向けていた。少しだけ黒猫《ロロ》に合わせて移動していく。

一通り満足させてあげてから、アクセルを少し強く押し込んだ。急加速した途端、屋久《やく》杉《すぎ》を彷彿《ほうふつ》とさせる巨大《きょだい》な樹にぶつかりそうになったが、小型オービタルに内蔵してあるレーダーが障害物を認識しているらしく自動的に樹を避《よ》ける機動をしてくれた――。

偉《えら》いぞオービタル！　気をよくしてから肝心《かんじん》の赤マークの主たちを確認《かくにん》しようと、背後を確認。丁度よく、追ってきたモノが木々の間から姿を見せた。それは灰色の馬型魔獣に乗った三眼の邪族《じゃぞく》たち。魔獣に鎧《よろい》が着せられているので、東ローマ、ビザンツ帝国のカタフラクトを連想する。

『あの魔獣と乗っている者たちの身なりはしっかりしています。装備の質から先ほどの集落とは関係がないようですね』

『そのようだ。魔力を感じさせる物を多数身に着けている。エリートクラス、邪界導師のキレを思い出す』

『戦いますか？　お尻《しり》に杭を』

『必要ないだろう。彼《かれ》らも凄く速いが……』

俺が乗る小型オービタルの方が速い。邪族の姿は樹の陰《かげ》に沈《しず》むように小さくなっていく。

立体簡易地図にある赤いマークも消えた。

『俺たちに追いつけないだろうし、無視だ』

『はい』

最初だけ速かったようだ。まぁ生きた魔獣だからなぁ。

優秀《ゆうしゅう》そうな魔獣に見えたが、さすがに限界があるだろう。

相棒のような神獣なら……余裕《よゆう》で追い抜かれて、触手に捕《つか》まり、このオービタルも破壊《はかい》されちゃいそうだが……追ってきた者たちは忘れよう。

オービタルのアクセルを操作、加速を楽しんでいく。

「にゃあぁぁ」

先ほどに続いて黒猫《ロロ》も楽し気だ。

「ンン、にゃおん、にゃぁ」

ハンドルの中心に備え付けられているディスプレイの上に両前足を乗っけて鳴いている。首の両端《りょうたん》から可愛らしい触手が出ていた。小さい触手の裏には桃色《ももいろ》の肉球が見える。風の中を泳いでいるように見える。

触手の裏にある肉球ちゃんを指で触ると、「ンンン」と喉を鳴らして、瞼《まぶた》を閉じて開く。親愛の気持ちを見せるが触手を首に引っ込めた。そんな可愛い黒猫《ロロ》の頭部を撫《な》でながら森林地帯を進んでいると突如《とつじょ》視界が開けた。立体簡易地図もリアルタイムに移り変わる。なだらかに傾斜《けいしゃ》している丘《おか》のような空間。僅かに風を感じる……いいねぇ。このまま二十階層の未知な邪界ヘルローネの旅を続けよう。——異世界ツーリングだ。いくつも丘が続く場所となった。丘の天辺《てっぺん》に来る度に奥《おく》の丘が見える。高い丘にカバのようなモンスターがいたが無視。平原に出る。その平原には、左右に裂《さ》かれた頭部を持つカンガルーの上半身を持つモンスターの群れが、犀《さい》の頭部に馬のような体を持つ魔獣の群れと多数交尾《こうび》し合っている大乱交の場面に遭遇。むあーんとした変な臭《にお》いが漂《ただよ》ってきた。小型オービタルのディスプレイの位置にいる相棒も大自然の営みの光景を見て、鼻先をクンクンと動かして、変な臭いを嗅《か》いでいた。触手で交尾の再現をしようとしていたので止めさせた。教育上よくないと判断。俺はアクセルを強く握りこの場所をスルー。

続いて、熊《くま》のようなモンスターと巨大なゴクラクチョウが戦っている場面もスルー。箒《ほうき》のような多足と胴体《どうたい》に五つの眼が蠢《うごめ》き手がない奇怪《きかい》モンスターと、巻き毛の綺麗な魔獣が、巨大蜘蛛《きよだいくも》たちと戦う場面も、華麗《かれい》にスルー。巨大キリギリスと月の形をした岩の群れが衝突し、何故か岩が爆発しながら戦うところもスルー。緑の霧《きり》を吐《は》き出《だ》している口が臭《くさ》そうな怪《あや》しい植物型モンスターと、三つ眼邪族《めじやぞく》の集団が戦うところは少し見たが、無難にスルー。手長の足なし怪物と、足長で手無しの怪物が、胴体同士のぶつけ合いを続けているという、謎《なぞ》の場面をスルー。魔獣のタイプのロロディーヌと少し似た魔獣の集団が走っているところをスルー……はできなかった。

「ンン、にゃあああぁ」

黒猫《ロロ》が『あれは何だにゃぁ』と興奮。

ポポブムの首下を触手で叩《たた》くように小型オービタルの座椅子の下辺りを触手で叩きだす。しょうがない。うるさかったのもあり、黒猫《ロロ》の希望通りに野生の魔獣たちと暫《しばら》く併走《へいそう》してあげた。黒猫《ロロ》は小型オービタルから降りようとはしないが、可愛い鼻先を野生の魔獣たちへ向けていく。俺はオービタルのステアリングを操作。

一匹《ぴき》の野生の魔獣の後部へ寄せてあげた。オービタルは静かなので、魔獣も気づかない。

黒猫《ロロ》はピクピクと鼻を動かして魔獣のお尻の匂いを嗅いでいた。

匂いを嗅がれた魔獣はびっくりしてオービタルに気付くと、急いで離《はな》れていく。

そんな調子で、旅を続けた。当ても無く丘を越《こ》え、草原、荒野《こうや》を突《つ》き進《すす》む。

一際《ひときわ》高い丘が見えたので、その丘に向かうかな。

岩が散乱している丘の下を進み、斜め上へ向かう。

すいすいっと鼻歌を歌うようにリテプシステムで空中に浮《う》いている状態の小型オービタルは楽に坂を進む。お？　頂上付近に小さい影像《ちょうぞう》がある遺跡《いせき》らしき場所を発見。

小型オービタルを、その彫像の場所へ寄せてから止めた。

オービタルに乗った状態で、彫像を凝視する。像は、一対《いっつい》の三つ眼の邪族の彫像。

二つの像に挟《はさ》まれる形で、白玉石が中央に飾《かざ》られている。

その白玉石から多大な魔力を感じた。外には魔力は漏《も》れていない。

この白玉石……いつぞやの、ラグニ村の白菫色《しろすみれいろ》の水晶《すいしょう》を思い出す。

『閣下、これはラグニ村でデイダンの怪物を封《ふう》じていた水晶に似ています』

『俺もそう思っていた』

『ふふ、閣下のことですから、触るのでしょう？　気をつけてくださいね』

『大丈夫《だいじょうぶ》なことは分かってるくせに』

精霊ヘルメも俺の行動を読むようになってきた。さて、触る前に小型オービタルから降りる。そして、この辺りの風景を楽しもうと視線を巡らせていった。左は湿《しめ》っぽい雰囲気《ふんいき》……残雪をとかし拡大させたような怪しい邪悪《じゃあく》めいた白霧が一面に立ち込めていた。

小川もある。あの水、色が少し違う？　水面の流れといい雰囲気といい霧とは違い色合いが美しい。

『閣下、邪悪そうな霧も気になりますが、あの水は何でしょう』

『水の精霊ヘルメちゃんも気になるか』

『はい』

水、俺なら飲んでも平気だと思うし、後で、丘を降りて岸へ向かい……綺麗な川の水面へ手を伸ばして触れてみようかな。そんなメルヘンチックなことを考えながら右を見た。

左手の霧が濃《こ》い場所と違い……草花が茂《しげ》る平らな場所だ。

少し起伏《きふく》があるが平原のような感じ【邪神《じゃしん》ノ丘】の周りにあった平原を思い浮かべる。

あそこには、グニグニの牛と違うモンスターたちで溢《あふ》れているかもしれない。

「水は後でチェックしよう。今は、この白玉石を優先する。試しに魔力を送ってみようか」

『……はい』

視界に浮かぶ小型ヘルメさん、お尻をぷるぷると小刻みに揺《ゆ》らしている。

白玉石に触るという行為《こうい》のドキドキ感が、精霊な彼女《かのじょ》にまた新しいインスピレーションを生ませているのかもしれない。邪界ヘルローネにおける新ポーズ第二弾《ヘルメ立ち だん》の完成は近いな。

ヘルメのお尻を見ながら、白玉石を触った。感触《かんしょく》はザラザラしている。少し窪《くぼ》みがあるのか？　白玉石の表面にあった窪みに、掌を合わせてみた。その途端、魔力を吸われ、地《じ》響《ひび》きが轟《とどろ》いてくる。

音は地下からか？　と、思ったら手の下にある白玉石が真っ二つに分かれる。

邪族の彫像も重石《おもし》を引きずるような音を立てて、左右へ自動的にずれていった。

左右へずれると、真ん中に門のような縦穴が誕生。

縦穴は斜め下に道が続いているのか……とにかく、人が通れるくらいの大きな穴ができた。

「にゃ？」

オービタルから降りていた黒猫《ロロ》は『ここ入るニャ？』というように鳴いてから穴を覗《のぞ》き込《こ》んでいる。

『閣下を誘《さそ》う罠《わな》かもしれません』

『どうだろう。何処《どこ》かの邪族の神聖な場所か、古代遺跡かもしれない』

『古代遺跡……閣下、分かります！　この穴に入るのですね』

『おうよ。いつものことだ』

「ロロ、入るぞ」

「にゃ――」

黒猫《ロロ》は振《ふ》り向《む》いてから肩《かた》に乗ってくる。前足を胸元《むなもと》に仕舞《しま》う香箱《こうばこ》スタイルで座り休んでいた。黒猫《ロロ》の可愛い体重を感じる。俺は黒猫《ロロ》へ微笑みながら、斜《なな》め下に向かっている穴の中へ足を踏《ふ》み入《い》れた。傾斜はあまりないが自然と早歩きになるぐらいには……下へ傾《かたむ》いている洞窟《どうくつ》。

床《ゆか》の色は肌色《はだいろ》……幅は狭い。天井《てんじょう》は奥に降りるほど窪んでいて、何かの骨が連なっているような形だ。その曲線と窪みが作る骨の光景から、巨人《きょじん》の喉を連想させた。

空気はひんやりと乾燥《かんそう》している。そして、からしの匂いが、何故か漂ってきた。

鼻を擦りながら、降りていくと……狭い横壁に絵が現れ始める。

墨《すみ》の絵の具らしきもので、古代人が描《えが》いたようなシルエットの絵。

ティラノサウルスのような恐竜《きょうりゅう》の絵。大きい牛、これはグニグニの絵だ。

多種多様な怪物《かいぶつ》たちの絵。他にも邪族と思われる人型たち……。

壁画《へきが》を見ながら階段を下るように駆《か》け足《あし》で地下に降りていった。

……ここは忘れられた遺跡、聖堂、墓地か？　不気味な静寂《せいじゃく》が満ちていた。

……ギザギザの傷が目立つ壁から続く高い天井はアーチ形だ。下から受けた光により、満月のような青白い光を反射させている。凄く雰囲気がある。が、不自然に、黒い影《かげ》のようなモノもあった。

その天井からの青白い光が俺に落ちてくるので、手に青色の影が落ちていた。

そして、壁のギザギザ……最初は傷かと思ったが、よく見たら、装飾《そうしょく》だった。

三眼種族の女性たちが悲しんでいる造形が施されている。

三眼の女性たちを覆《おお》う形で波のような彫像が、迫《せ》り出す形で存在していた。

しかし、天井は高いなぁ。ここは結構な地下らしい。小人になった気分だ。

地下空間の中央を見ると、一段だけ高い壇《だん》がある。その上に怪しい光を放っている白玉が浮いていた。白玉から天井へ向けて一条の光が差している。

その間にある宙に舞《ま》う埃《ほこり》が、キラキラと光を反射して綺麗な銀粉に見えた。

天井から反射した青白い光も混ざり、幻想的《げんそうてき》な空間となっている。そんな綺麗な光景を作り出している大本は、怪しい白玉だ。白玉の真下の床には、白色で魔《ま》法陣《ほうじん》が描かれている。

影のような薄《うす》い黒煙《こくえん》が、その魔法陣からゆらゆらと浮かび上がっていた。

その瞬間、天井を覆っていた黒い影のようなものが一斉《いっせい》に引いて中央の魔法陣の中へ納まっていく。床に刻まれている魔法陣の形は、ラグニ村で見たものに少し似ている。

そして、魔法陣から左右へ続く道というか、窪んだ導線があり、その窪んだ線の先にあったのが、歪《いびつ》な断頭台だった。少し高いところに断頭台があるので、此方が大本か。

こりゃ……遺跡というより生贄《いけにえ》の祭壇《さいだん》だ。断頭台の下には古い血の跡《あと》が残っている。

魔法陣と繋《つな》がった導線にも血が流れた跡があった。魔法陣の中にある白玉……上にあった俺の魔力を吸ってぱっくりと分裂した白玉と同じ形のようだが……怪しい。

『閣下、白玉から魔力を強く感じます。気をつけてください』

『分かっている、魔槍杖《まそうづえ》バルドークは出しておく』

右手に魔槍杖《まそう》バルドークを召喚《しょうかん》してから、魔法陣に近付く。黒猫《ロロ》は肩にいる。床に下りようともせず戦闘態勢にもなっていない。あまり警戒《けいかい》していないようだ。

そんなことを考えながら、壇にある階段を上がり魔法陣に足を踏み入れた。

表面にあった影のような薄い黒煙は俺が踏み入っても……特に何も反応しない。

独特のにゅるりとした感覚はあった。

「――我に近付くな、穢《けが》れた稀人《まれびと》」

と思ったら白玉から声が響《ひび》いてきた。ソーセージと似た唇《くちびる》が白玉の表面に出来ていた。

あの白玉の材質は、粘土《ねんど》のように柔軟性《じゅうなんせい》が高いものかも知れない。

「……申し訳ないです。もう近付きません」

失礼なことをしたようなので、白玉さんに謝《あやま》った。

「――稀人、何のようでここに来た？　我に命を捧《ささ》げにきたわけではあるまい？　それに何故、結界に弾かれない？」

結界か？

「単に好奇心《こうきしん》です。この魔法陣は結界でしたか、確かに弾かれていませんね」

魔法陣の中で腕《うで》を泳がせる。

「……異質な稀人。我に触るなよ？」

「そう言われると、触りたくなるのが人情というもの」

「触ってくれるな……我には役目があるのだ。そして、もうじき生贄たちが来る。早々に立ち去るがいい」

生贄を欲《ほっ》する邪悪な精霊？　神？

「……役目とは？」

「大地を穢す、呪《のろ》いの……白き霧の侵食《しんしょく》を抑《おさ》えるのが役目だ」

もしかして、像の左手に広がっていた霧のことか？

「あの霧を……」

「そうだ。立ち去れ」

「にゃお」

「小さい黒獣も立ち去るがいい」

重要な仕事のようだ。

余計なことはせずに立ち去るか。

「分かりました。それでは」

身を翻《ひるがえ》して小さい階段を降りる。

「……」

『閣下、触るかと思いました』

『正直触りたいが、白玉は攻撃《こうげき》してきたわけじゃない。実際に、丘上《きゅうじょう》から白き霧を見たし、あの変わった色の川も関係があるかもしれない』

『ありえますね。毒、侵食と語っていたように、本当に白い霧を抑えているのでしょう』

『生贄が必要というのが……気に掛《か》かるが……』

命を犠牲《ぎせい》にするのは許せん！　とかはないな。女性が犠牲になるのは嫌《いや》だが。

嘘《うそ》とは思えない雰囲気があった。相棒も怒《おこ》らなかったし、本当の話かもしれない。

ヘルメと話しながら丘上に戻ってきた。俺が外に出ると、左右に分かれた白玉が自然とくっ付く。左右に移動していた邪族の彫像も元に戻り、俺が触る前に見た光景を取り戻していた。黒猫《ロロ》は小型オービタルの座椅子《ざいす》の上にちょこんと座《すわ》り、もう移動準備を整えている。それじゃ〈従者長〉たちと合流して地上へ帰還《きかん》かな。と思ったが、平原から土煙《つちけむり》が立ち上っているのが見えた。その煙《けむり》の下から姿を見せたのは……頭部に眩《まばゆ》い銀色の角を生やしたティラノサウルスに似たモンスターの集団。恐竜は口から唾《つば》を垂らして夢中で走っている。何かを追い掛けている？　その恐竜に追いかけられている馬車も見えた。

馬系の魔獣は疲《つか》れているのか倒《たお》れそう……馬車はこっちに向かってきている、助けるか。

『閣下、あの馬車を助けるつもりですね』

『半分正解だ』

あの銀色の角、いい素材で高級品の可能性がある。金属ならエヴァとミスティが喜んでくれるかなぁ。土産《みやげ》にザガ&ボン&ルビアに渡《わた》すのもいいかも。そして、恐竜の中身はきっと肉のはず。邪界牛を超《こ》える美味《おい》しい肉なら、屋敷《やしき》のディナー&ランチにも貢献《こうけん》だ。それに、エヴァとディーさんにプレゼントしたら限定メニューの料理ができるかもしれない。

「ロロ、俺たちはあの恐竜の集団を倒す——余計な世話かもしれないが、あの馬車を守るぞ」

「にゃお」

恐竜がアメリカバイソンの群れの如く平原を突き進んでいる空間へ腕を向けてポーズを決める。

「ンンン——」

黒猫《ロロ》は俺のポーズを見ていない。お気に入りの座椅子から飛び降り、大きい神獣ロロディーヌに変身。いつ見てもカッコイイ姿だ。頭部は黒豹《くろひょう》や黒い獣に近い。馬のような体。『はやくのれにゃ』というように俺の顔に尻尾《しっぽ》で悪戯《いたずら》をしてくる。くすぐったいが、可愛《かわい》い毛の感触。触手は出してこない。

「……ちょい待て、これを仕舞うから」

と、小型オービタルをアイテムボックスに仕舞ってから、ロロの黒毛がふさふさしている背中に飛び乗り跨がった。早速《さっそく》、神獣《ロロ》は触手の手綱《たづな》を目の前に用意してくれる。柔《やわ》らかい手綱を掴《つか》む。と、その手綱の先端の平たい触手が俺の首に付着した。

相棒と感覚を共有。

「良し！　突撃《とつげき》だ、関羽の気分でいくぞ！」

「にゃおおぉぉ――」

神獣ロロディーヌは馬術の『クールベット』を行うように両前足を持ち上げた。躍動感《やくどう》を見せてから一気に走り出す。

『行きましょう！』

ヘルメの思念も聞こえているようで神獣ロロディーヌは「ンン」と喉の音を響かせながら凄《すさ》まじい勢いで丘を駆け下《お》りる。右手に魔槍杖バルドークを召喚、魔槍杖バルドークの紅斧刃《べにおのば》の硬《かた》い感触を得る。感触があった場所を見ると紅色の火花が散っていた。その火花が揺れて躍《おど》りながら紅斧刃を追いかけるような紅色の線が見える。

そのまま紅斧刃の角度を調整し刃を寝《ね》かせた。視線を恐竜へ向け直す。丘から平原に移り駆けていた相棒は四肢《しし》に力を込めて前進し恐竜と馬車の下に急ぐ。

先頭を走っていた恐竜により馬車が潰《つぶ》されそうだ。〈鎖《くさり》〉を射出するかと思ったが神獣ロロディーヌが先に、前方に跳躍《ちょうやく》しながら体から数十の触手を放つ。数十の触手の群から出た骨剣《こっけん》が恐竜の体に突き刺《さ》さっていく。相棒は恐竜に突き刺した触手を収斂《しゅうれん》させた。自身の体に引き戻る触手骨剣に刺さっている恐竜も付いてきた。目の前に巨大な恐竜が迫《せま》る。

『かり』『あそぶ』『たのしい』『にく』

神獣《ロロ》の楽しい気持ちが伝わると同時に〈豪閃〉を発動――。

目の前の血塗《ちまみ》れの恐竜の太い首を紅斧刃で両断。追われていた馬車を飛び越えるが、下の馬車に恐竜の切断した首から噴出《ふんしゅつ》した大量の血が降《ふ》り掛かった。その血は俺が直《す》ぐに吸い寄せた。が、相棒が着地した際に生じた土が馬車に掛かって馬車が転倒《てんとう》してしまう。馬車の中の乗っていた邪族か魔族《まぞく》の方、どちらか分からないが大丈夫かな？

「沸騎士《ふつきし》、ヘルメ出ろ――」

指輪を触《さわ》り指示を出しながら神獣ロロディーヌから降りた。

『はいっ』

左目から飛び出たヘルメは液体の半身を保った状態で、氷礫《ひょうれき》を恐竜の足に放っていく。

足に氷礫を喰《く》らった恐竜たちは滑《すべ》るように転倒していた。

「――ロロ、銀角は壊《こわ》さないように、それ以外は自由に調理していい。俺はあの馬車を見てくる」

「にゃおお」

人型となったヘルメは華麗に着地。

「ハハハハハハハッ、イメージが爆発《ばくはつ》です！　生意気なお尻ちゃんを狙《ねら》いますよぉ！」

美しいヘルメは芸術家のような言葉を。可笑《おか》しなことを語りながら左方へ向かう。

神獣《ロロ》は右から迫ってくる恐竜の群れに向かった。

『イモリザ出番だ』

指状態のイモリザも呼び出しておく。

右手の第六の指だったモノが地面に落ちた。

その間に、沸騎士たちが誕生していた。

「閣下ァ、ゼメタスですぞ！」

「閣下ァァ、アドモスです！」

「お前たちは馬車の周りを警戒しろ、恐竜が迫ったら引き寄せて倒せ」

指を差して命令を下す。

「──お任せを！」

「──囮《おとり》なら得意ですぞ！」

「私の〈咆骨叫〉を見てもらう！」

「いや、我の〈咆骨叫〉だ──」

競《きそ》うように沸騎士たちは走り出す。しかし、彼らを待つ恐竜たちは……神獣と精霊《せいれい》ヘルメにより倒されている状況《じょうきょう》なので、沸騎士の出番はあまりない。ま、転倒している馬車の周りはこれで大丈夫だろう。

「使者様ァ、イモリザですぞぉ！」

「一々、まねせんでいい、恐竜の殲滅《せんめつ》に加われ、判断は任せる」

「はーい♪」

気軽な調子で返事をしたイモリザ。側転しながら向かっているが、その動きは遅《おそ》い。炎《ほのお》を吹《ふ》いて暴れている神獣ロロディーヌの方へ向かっていく。イモリザの機動は少し遅い。

「イモリザ、無理するな。ロロのことを視野に入れて遠くから戦え」

「大丈夫ですよ～使者様♪」

彼女は骨の魚を呼び出していた。あ、なるほど。骨の魚に乗って戦うのか。予想通り呼び出した骨の魚に乗ると勢いよく空中を移動していく。骨の魚の名は〈魔骨魚〉だったかな。まだ乗ったことない。今度乗せてもらおう。イモリザは〈魔骨魚〉にお尻を乗せた状態で、楽しそうに片手を泳がせる。と、その手の指から黒い爪《つめ》を斜め下に伸《の》ばす。その黒い爪の先端は宙に弧《こ》を描くような軌道《きどう》のまま恐竜の三つの眼球に刺さった。

「ぎゃおぉぉ」

眼を貫《つらぬ》かれた恐竜は痛みの声を発して動きを止める。すると地面の土を吹き飛ばしながら駆けていた相棒が、その恐竜に向かう。相棒の頭部はネコ科風の魔獣《まじゅう》で胸元辺りはグリフォン風、四肢は馬っぽい。神獣ロロディーヌは口から鋭《するど》い歯牙《しが》を光らせながら眼を貫かれて動きを止めていた恐竜の喉に噛《か》みつく。そのまま首を千切りながら駆け抜けると頭部を上向かせて「にゃおぉぉぉん」と鳴いていた。『しとめたにゃぁぁ』にも聞こえる。鳴き声は可愛いが、その姿は立派な捕食《ほしょく》動物そのものだから威圧《いあつ》感が凄まじい。

「ロロ様ー♪　カッコイイー」

空中にいるイモちゃんの言葉だ。相棒を褒《ほ》めながら両手の黒い爪を下に伸ばして恐竜の体を貫いていく。神獣《ロロ》のフォローを行ってくれていた。さて、俺は——転倒した馬車の下に向かう。馬車の蝶番《ちょうつがい》が動き扉《とびら》が開いた。馬車自体は頑丈《がんじょう》な作りなのか表面が擦れ傷付いているが、車輪は外れずに壊れていなかった。馬車から出てきたのは三つ眼《め》の若い女性と中年の男性。二人の体には痣《あざ》が見られた。馬車の転倒《てんとう》で打撲《だぼく》した痕《あと》は痛々しい。が、それ以外は目立った外傷はないようだ。

「……大丈夫ですか？」

「はい。あ、え？　二つ目？　それに――」

三眼の女性は俺を見て発言。周りを窺《うかが》う。

「恐竜のようなモンスターを倒しているのは、神獣とイモリザに沸騎士ゼメタスとアドモスで、仲間です。ご安心を」

「……」

三眼の女性と中年の男性は、呆気《あっけ》に取られて、相棒と皆《みな》の攻撃で恐竜の群れが一方的に倒されていく光景を眺《なが》めていた。三眼の女性の髪《かみ》は金色で少しウェーブ掛かっている。その前髪《まえがみ》は下ろされ、額と三つ眼を少し隠《かく》していた。切れ長の二眼は人族と変わらない。額の眼は邪族特有なのか、少しだけ形が違《ちが》う。睫毛《まつげ》は二目の人族と同じ。額の眼の睫毛は少しだけ短いかな。鼻は少し高めで唇は小振《こぶ》り。唇の筋が可愛く顎《あご》も細い。ホクロが数個あるが、ご愛嬌《あいきょう》。美人さん特有の黄金比率だろう。身なりは豪華《ごうか》だ。胸元が開いた絹の上着とベルトに、スカートはフロントにスリットが入っている。貴族の衣装かな。鷲鼻《わしばな》の男性も襟高《えりだか》で胸にファーが付いたダブレットのような服を着ていた。どちらもそれなりの身分か？　その三眼の女性に、

「……他に怪我人《けがにん》はいますか？」

女性は細顎をぐっと引《ひ》いてから俺を見て、

「いえ、他にいません。ドファドンから救って頂きありがとうございます」

あの恐竜ドファドンという名前なのか。

「たまたま、遭遇《そうぐう》しただけのこと。貴女《あなた》たちの命が助かってよかった」

「はい、本当に、これでこの一帯も救われます。ありがとう」

邪族の女性は胸元に手を当て心から安堵《あんど》している表情を浮かべる。

続いて、ビューティフルな素敵《すてき》な笑顔《えがお》を見せてくれた。

「そうです。わたしたちだけでなく、これでアセイバン村に住む我々も救われる。貴方《あなた》の名をお聞かせください」

鷲鼻の邪族の年老いた男性が名前を聞いてきた。アセイバンという村から来たようだ。

彼は鬼瓦《おにがわら》のような顔なので、少し怖《こわ》いかもしれない。

「……そりゃよかった。俺の名はシュウヤです」

「シュウヤ様……」

「ありがとう、シュウヤ様」

「閣下、恐縮《きょうしゅく》ですが、あそこで行われている巨大モンスターの殲滅に加わっても？」

ゼメタスが遠慮《えんりょ》勝ちに聞いてきた。

「ひぃ」

「が、骸骨《がいこつ》……」

邪族たちは沸騎士を見て、怖がってしまった。そりゃそうだ。沸騎士の見た目は、骸骨で一対の眼窩《がんか》が見えるしな。だが、俺の屋敷の庭で、この沸騎士たちを見ても使用人たちは特に騒《さわ》ぎもしなかったが……ま、雇《やと》い主《ぬし》が俺だ。常闇《とこやみ》の水精霊ヘルメを信仰《しんこう》しているから、余計なことで騒ぐ必要もないか。案外、使用人たちの学校では未知のご主人様の場合について、とかの授業があるのかもしれない。

「……構わん、参加してこい。ついでに魔石、肉、角を集めて纏《まと》めておいてくれ」

「はっ、お任せを」

沸騎士たちは胸元から気持ちを表すように蒸気のような煙を放出し振り返る。

ぼあぼあの煙を纏った背中を見せながらヘルメの方へ向かっていく。

あの蒸気のような煙がマントに見える。ヘルメは、宙に浮かびながら氷槍《アイシクル・ランサー》を幾《いく》つも生み出し恐竜へと射出していた。三眼の方を見て、

「……怖がらせて申し訳ない。俺《おれ》の頼《たの》もしい部下ですから、大丈夫ですよ」

「はい。勇猛果敢《ゆうもうかかん》な方々……もしや、あなたは邪神シャドウ様に選ばれし使徒、或《ある》いは、

邪界導師様なのでしょうか……」

使徒と邪界導師、これだけの戦力を見せたら、彼女が勘違《かんちが》いするのも当たり前か。

「いえ、違います」

「そうなのですか？　ムビルクの森で活躍《かつやく》する特殊《とくしゅ》部隊の方とか？」

「違います、この通り二つ目。違う種族ですので、あ、魔族ではないです」

額に指を差し、目がないことをアピール。

「分かっています。魔族は決して……わたしたちを助けたりしませんから」

「……では、トワ。【イシテス丘】へ向かおう。皆のために……」

「ドーク、分かりました。行きましょう。ではシュウヤ様。ありがとうございました」

「さようなら、二つ目の英雄《えいゆう》シュウヤ様」

ドークと呼ばれた鷲鼻の男性は俺を英雄と呼んでくれた。

「はい、さようなら……」

俺たちが先ほどまでいた遺跡は【イシテス丘】と呼ぶのか。トワとドークの邪族さんたちは、そのイシテスの丘へ急いでいる様子で歩いていく。もしかして、トワかドークのどっちかが生贄なのか？　自然と、走る彼らへ言葉を投げかけていた。

「――すみません、待ってください」

「はい？」

「どうしましたか？」

彼らに走り寄っていく……聞きにくいが、正直に聞くか。

「……その、生贄になりに向かうのかと」

「当然です」

命を捧げるのは、当たり前という顔だ。土地を救うための犠牲は、自然なことか。

が、生きたいという思いは、何処かにあるはずだ……。

「白き霧はもう迫っている状況です。では」

トワとドークはそう言うと頷《うなず》き合って、行ってしまった。

あぁ……小さいジャスティスが疼《うず》く。余計なお節介《せっかい》だと分かっていても、やはり、できることはやっておきたい。恐竜を倒して、素材と魔石回収中の仲間たちは放っておいて、トワとドークの後を追った。

「――白き霧を抑えれば、生贄にならなくて済むんですよね？」

彼らの背中に向かって話す。

「それは……」

「シュウヤ様が、生贄もなしに白き霧を抑える？　シャドウ様でさえ、何もできないのに

「……」

「正直、できるか分からないですが、挑戦《ちょうせん》はしてみたいです」

抑える算段はない……これから考える……やるだけやって駄目《だめ》だったら仕方ない。

「ドーク？」

三眼の美女トワは困惑《こんわく》した顔でドークを見る。厳《いか》つい顔のドークはトワの視線に頷く。

そして、恐竜たちが全《すべ》て倒されたのを、再度、確認してから、俺に視線を合わせてきた。

「……シュウヤ様、お願いできますか？」

ドークさんは俺にお願いしてきた。

「いいのですか？　ドーク、アセイバンでの出立の儀《ぎ》式《しき》は済ませたのに……」

「トワ……知っているようにイシテスの丘の儀式は土地を守るために永年行われてきた尊い儀式だ。だが、命を犠牲にしないで済む可能性があるならば……シュウヤ様の強さに賭《か》けてみたい。失敗したら儀式を行えばいい。成功したら……」

ドークさんの言葉を聞いていたトワは、驚《おど》きと嬉《うれ》しさが合わさったような不思議な顔をする。

「……成功したら、私、助かるの……？」

彼女は希望に縋《すが》る思いで、俺を見つめてきた。

「希望を持たせてしまって悪いが、正直分からない」

「いえ、十分です。僅《わず》かでも希望があるのなら……」

「そうです。我らを助けてくれた上に、この地を呪っている〝白き霧の災い《わざわ》〟にまで挑戦していただけるのですから、しかも、見ず知らずのわたしたちのために……」

トワとドークさんは泣いていた。

「……泣かないでください。それじゃ丘に向かいますので、ここで暫くお待ちを」

「わかりました」

「はい……」

俺は口笛を吹く。

「ヘルメ、ロロ、魔石回収はイモリザと沸騎士に任せろ、お前たちはこっちにこい！」

魔石を回収中だった相棒は口笛と声を聞いて耳をピクピク動かすと持っていた魔石を沸騎士ゼメタスに投げる。ゼメタスは魔石と共に吹き飛《と》ぶ。「ロロ殿様《とのさま》ァ〜」その相棒は俺の下に素《す》っ飛んできた。相棒的に吹き飛ばすつもりはなかったと思うが、

「ゼメタス！　ロロ殿様は、我らを鍛《きた》えておるのだろう！」

「うむ！」

ゼメタスがそう言いながら立ち上がっていた。

ヘルメは自らの体に環状《かんじょう》の氷を展開させながら向かってくる。

「ンン、にゃお」

戻《もど》ってきた神獣《しんじゅう》ロロディーヌの背中に飛び乗った。体は馬っぽいから乗りやすい。

「閣下、今、お目に――」

空中で液体のヘルメはスパイラル状態となって俺の左目に納まった。

「おぉ」

「なんという……これはもしかすると……」

「はい……」

トワとドークさんはヘルメが目に入る光景を目の当《ま》たり《あ》にして驚いている。トワさんへ笑顔を送ってから神獣ロロディーヌの横の腹を足で軽く叩く。

そのままイシテスの丘へと駆けていた。白い霧に直に向かわず、丘の内部に鎮座《ちんざ》している怪しい唇を持った白玉さんともう一度会話だ。神獣ロロディーヌから降りて、彫像に挟まれたザラザラしている白玉に触り掌《てのひら》を窪みに合わせた。すると、白玉に魔力《まりょく》を吸い取られて先ほどと同様に穴がでてきた。相棒は瞬時《しゅんじ》に小さくなる。

「ロロ、いくぞ」

「にゃ」

肩に黒猫《ロロ》を乗せて、さくっと穴に突撃。

穴を駆け下りながら〈鎖〉を下方へ伸ばす――〈鎖〉の先端《せんたん》を地下にぶっ刺してから、その〈鎖〉を手首に収斂させて一気に下へ体を運ぶ。片膝《かたひざ》を突けて地下に到着《とうちゃく》。

床に刺さっていた〈鎖〉の先端が蛇《へび》のような動きで手首にある因子マークに収まっていく。肩にいる黒猫《ロロ》は触手《しょくしゅ》を俺の首に絡《から》めているので落ちていない。

立ち上がり、駆け足で、中央の魔法陣の上に浮かんでいる白玉の場所へ向かった。

「――なんだ、またお前か！　なんどもなんども結界に侵入《しんにゅう》しおって」

「すみません。しかし、気になることがありまして、白き霧を抑えているという白玉さんに質問があります」

「白玉ではないわ！　我には創造主様から頂いた立派な名がある！」

創造主？

「無知な者ですみませんが、その創造主様とは？」

「混沌《こんとん》の女神《めがみ》リバースアルア様だ。これが外典《げてん》に記された証拠《しょうこ》である」

と、白玉さんは自身の白玉を膨《ふく》らませて、丸い魔法陣の形を作って見せてきた。

古代魔法《まほう》の一部のような気もするが、円の周りに細かな楔形《くさびがた》文字が施《ほどこ》された見たことのない六芒星魔法陣《ろくぼうせいまほうじん》だ。

「リバースアルア様が生み出したあなた様のお名前はイシテス様と？」

「……ほう、察しがいいではないか、そうだ。我は粘土のイシテスである。嘗《かつ》ての幻魔《げんま》大戦でデスラの一柱を倒したこともあるゴーレムでもあるのだ」

ゴーレム、粘土のイシテスさんこと白玉さんの造形が魔法陣からまた少し変化した。

白玉に戻り、二つに割れたソーセージ型の唇を作る。

そして、今度はフランクフルトを超える図太い唇らしきモノに変化した。

『……意識あるゴーレムとは驚きです』

常闇の水精霊ヘルメ。見たことのないポーズで立って驚いている。

やるな……無意識でヘルメ立ちとは……。

「……では、イシテス様は何故《なぜ》ここで白き霧《きり》を抑える役目を？」

「遥《はる》か昔のことだ……リバースアルア様が、穢れた稀人を救うために戦った幻魔大戦で敗れたことから始まる。使い魔だった我も次元を飛ばされて気付いたらここに結界を張った状態で存在していた。そして、辺りを漂《ただよ》っていた白き霧を我は体内に吸い込み……自然とこのような色合いに変化して動けなくなったのだ。それから暫くして、三つ目の稀人が、土地を救った我を拝み出し、年若い命を捧げるようになった。我はその命を貰《もら》う度に白き霧を吸い込む力を得ていたのでな。延々とそれを繰《く》り返《かえ》していたのだ。それが、我の役目となった」

元は違う世界で争いに敗れた神に仕えていたのか。

「そうですか。途方《とほう》も無い話です。それで、俺はその白き霧を物理的に抑えてみようと思うのですが、白き霧が生まれ出ている根本的な場所はあるのですか？」

「ここから左としか分からない。我は周りに漂ってきた白き霧を吸い込むだけである」

なるほど。実際に向かわないと駄目か。最後に……。

「……イシテス様、俺が触るのを嫌がるのは何故ですか？」

「アルア様以外に、我に触《ふ》れてほしくないからだ！」

「へぇ」

「だから、それ以上こっちに来るな。触るなよ？」

「さぁ、どうでしょう」

にっこりと微笑《ほほえ》みを意識してから一歩、二歩と、イシテスへ近付いていく。

「……わ、分かった。稀人よ。済まなかった。白き霧を吸い取った範囲《はんい》で知っていることを教えよう」

イシテス様、動揺《どうよう》している。触りたくなるが、我慢《がまん》した。黒猫《ロロ》も珍《めずら》しく触手を伸ばさず、大人しくしている。あのフランクフルトの唇を凝視《ぎょうし》しているので『アレ、食べたいニャ』

とか思っているかもしれないが。

「……それでどんなことをイシテス様はご存知《ぞんじ》なのでしょうか」

「……白き霧は土地を穢すが、元々は強い魔力である」

「それだけですか？」

「そうだ……」

……触るぞと脅《おど》しながら白き霧について、もう一度話を聞くのもいいかと思ったが……。

とりあえず、話を早々に切り上げて、遺跡《いせき》から外に出た。

丘《おか》の下にいたトワとドークさんと合流。トワさんたちは、魔石と素材を集めた沸騎士ゼメタスとアドモスとイモリザに挨拶《あいさつ》をしていた。皆にイシテスとの会話を話しながら大魔石と銀角、爪、骨、肉の素材を回収。傷の多い沸騎士たちには魔界《まかい》セブドラに一旦《いったん》帰ってもらった。イモリザを指状態に戻す。

「それじゃ、行ってくる」

「シュウヤ様！　がんばって下さい！」

トワの言葉に頷く。相棒の神獣ロロディーヌを操作して、丘の上から左に見えていた白い霧に向かう。美女の願いを聞いたからには、がんばらないとな――白い霧が目の前に迫る。念《ねん》の為《ため》、神獣ロロディーヌをストップさせた。

「ロロ、何があるか分からないから、お前はここで待機」

「……にゃぁ」

耳を凹《へこ》ませていて可愛い。

「そう残念がるな……」

相棒の頭部にキスしてあげた。喉《のど》から大きいごろごろ音を鳴らしてくれる。

「念のためだ、すぐ戻る」

そう言ってからすぐに身を翻して、白霧と向かい合う。

まずは、この霧の中に腕を入れてみるか。どんな感じか確かめよう。

何もない……白き霧から魔力を感じるだけ。

動けなくなる兆《きざ》しもない。試《ため》しに、顔を霧に突《つ》っ込んで霧を吸ってみた。

魔力を吸う感覚だ。特に副作用はない。俺はルシヴァルの体だからかもしれないが……。

白き霧を吸い取ってみた。周りの霧が少し薄まる。

魔力が増えて副作用もない。全身を血鎖の鎧《よろい》で覆うことも視野に入れたが大丈夫《だいじょうぶ》そうだ。

このままガトランスフォームで突入《とつにゅう》だ。白き霧に足を踏《ふ》み入《い》れていく……別段に息が詰《つ》まる感じは受けないが、空気が重くなった気がした。視界は真っ白……魔察眼で見てみると、霧に魔力が篭《こ》もっているのがよく分かる。魔力の流れもよく見えた。この流れを追えば、この白き霧を生み出している大本は分かりそうだ。そして、呼吸をするごとに白霧を体内に吸収……天然の魔力回復ゾーンかもしれない。イシテスのように体が止まるということもない。カレウドスコープを起動して、有視界を保つ。これなら神獣ロロディーヌも平気かも知れないが……何があるか分からないからな。常闇の水精霊ヘルメも外に出さないほうがいいだろう。魔力の流れを追い、白き霧の根元へ向かった。

穴だ。地中に罅割《ひびわ》れた穴がある。

そこから深海の熱水噴出孔《ふんしゅつこう》のように白き霧が勢いよく噴《ふ》き出《だ》していた。

重水素、硫化水素《りゅうか》が出ている訳ではない、白い霧のみ。

『……閣下、あれが原因だとして、白い霧を抑えるとは、どうやるのですか？　あ、わたしが入《はい》り込《こ》んで霧を吸い取ってみましょうか、魔力なら美味しそう。よく見たら……お尻《しり》のような穴ですし、ふふ』

「尻か、ははは\っ」

笑わせてくれる。まったく……。

『……俺の仙魔術《せんまじゅつ》とか、ヘルメのそれも少し考えたが……違うことを試す』

『違うことですか？』

『まぁ、見とけ』

アイテムボックスをチェック。

聖花の透水珠《とうすいだま》×2
魔槍グドルル×1
ヒュプリノパス×1
雷式ラ・ドオラ×1
セル・ヴァイパー×1
ランウェンの狂剣《きようけん》×1
魔王《まおう》種の交配種×1
ゴルゴンチュラの鍵《かぎ》×1
グラナード級水晶体《すいしようたい》×1
正義のリュート×1
トフィンガの鳴き斧《おの》×1

この中から取り出したのは魔王種の交配種だ。
取り出した魔王種の交配種を握《にぎ》る。魔力を込めていく。

スロザの古魔術店の店主に鑑定《かんてい》してもらった時は、

『……植物の種の名前は、魔王種の交配種。分類は鑑定不可。元々は迷宮《めいきゅう》十五階層!? の魔王種モンスター同士から生まれた異質な物らしいです。種に魔力を込め土に埋《う》めると、その魔力と、土の一定の範囲を吸収しながら固有のモンスター、或いは何かが生み出されるとか、詳《くわ》しくは不明です』

これで、白い霧を吸収できるはずだ。

その代わりに……鑑定通りなら何か、未知なるモノが生まれ出る。

左手に握った魔王種の交配種に魔力を大量に込めながら白き霧を生み出している次元の穴のように感じさせる裂《さ》け目《め》へ種を投げ込んだ。

第二百六十八章「魔王種の交配種」

その刹那《せつな》、種は一瞬《いっしゅん》で膨れて穴を塞《ふさ》いで、土と一体化。

塞がったところから、蝶《ちょう》の羽を持った美しいエルフのような幻影《げんえい》を背景に岩が生まれ出ると同時に、樹木なら樹齢《じゅれい》数百年はありそうな巨大《きょだい》な岩となった。

『閣下、岩の中で激しい魔力の流れが起きています』

ヘルメの言うように岩の内部で魔力の攪拌《かくはん》が起きていた。

光と闇《やみ》の激流を表すように魔力が混ざり合っている。

巨大岩は蛇のようにうねり上へ伸びて急成長していく。

種から岩とは……樹木ぐらいは想像したけど、予想外だ。

白き霧、土、樹木が合わさった結果かも知れない……。

……二十階層の空は天井《てんじょう》が何処《どこ》にあるのか分からないほど高いけど、まさかな……。

成長中の岩に釣《つ》られて、見上げる。

もしかして、この岩……十五階層へ戻ろうとしている？

岩は依然《いぜん》として空へ向かい成長を続けながら周囲の白き霧を吸い取っていく。

いつの間にか辺りの白き霧は消えていた。

「ンン、にゃあ」

黒豹の姿になっていたロロディーヌが近くに来た。

俺の腰《こし》に、黒豹の頭部をぶつけてから耳を擦《こす》りつけるように頭部を振《ふ》るう。と、背中を押し当ててきた。その相棒の背を撫《な》でていく。柔《やわ》らかい絹のような肌触《はだざわ》り——。

黒豹《ロロ》はゴロゴロと盛大なエンジン音を響《ひび》かせ、後《うし》ろ脚《あし》で立ちながら、両前足を上げてきた。抱《だ》っこされたいらしい。黒豹だから重いが光魔ルシヴァルの身体能力を活《い》かして黒豹《ロロ》を抱っこしてあげた。

すると、

『白き霧は消えたようです。辺りに魔力の籠《こ》もった霧はありません』

『成功かな』

成長していた岩は動きを止めた。天井は見えないが、十九階層に繋《つな》がったのかもしれない。

魔王種の交配種からこんな巨大な岩を生み出してしまったが、完全に白き霧は消えている。これはこれで解決としよう。トワとドークに報告だ。トワは生きて故郷に戻れるはずだ。と、帰ろうとした時、巨大な岩が蠢《うごめ》く。

「にゃぁ」

黒豹から黒猫に戻っていた相棒が鳴いた。驚いて毛を逆立てている。

巨大な岩の観察を続けていると岩が膨れて卵の形になった。その卵の形の岩に罅《ひび》が入り、罅の間から黄金色《こがねいろ》の光が漏《も》れ出《で》る。そのまま卵の殻《から》が本当に割れるように、自動的に殻が剥《む》けるように岩の表面が剥《は》がれ落《お》ちていく。最後に中から現れたのは黄金色の糸、白糸、黒糸に何重にも包まれた繭《まゆ》だった。まさか、昆虫《こんちゆう》？　蝶？　その繭の中心部から扉が開かれるように、糸が解《ほど》けていく。中から現れたのは昆虫ではなかった。

岩……人の女性の形に極《きわ》めて近い岩。頭部にある一対《いつつい》の目は、水晶《すいしよう》。小顔の造形で美しい。細い首から続くデコルテの窪《くぼ》みも再現されていた。

膨らんだ双丘《そうきゆう》も確りと再現された状態。腹の部位に六芒星《ろくぼうせい》の魔《ま》法陣《ほうじん》が刻まれているが全体は美しい……しかし、双眸《そうぼう》だけなら、迷宮で見かけた鋼木巨人《きよじん》ネームスの目と似ている。眠《ねむ》っているような表情で魔力を感じない。

「……死んでいる？」

岩の人形なのか？

『そのようです』

「ンンン、にゃ」

黒猫《ロロ》も猫《ねこ》パンチを女岩人さんに当てているが、反応はなし。

『ミスティに見せたら、どんな反応を示すだろう』

『……分解しそうです』

『だなぁ、彼女《かのじょ》ならやりかねない。それじゃ、この女の人形をアイテムボックスに入れる』

『はい』

小さいヘルメが頷く。右手首のアイテムボックスを操作。

格納の文字をタッチする。いつものように黒色のウィンドウが出現。

その下側にアイテムを格納してくださいと表示されている。女岩人さんを片手で持ち上げる。感触《かんしょく》は硬い。やはり岩だ。女岩人さんをウィンドウの中へ収めて、アイテムボックスに格納。

「……では、報告を待つトワさんたちの下へ向かうか」

黒猫《ロロ》を肩《かた》に乗せてから周りを確認《かくにん》。遠くに川がある。色合いは前と変わらず。

あの川の浄化《じょうか》は無理そうだ。地面も白く変色したところが残っている。

が、肝心《かんじん》の白き霧は消えた。その荒《あ》れている地面を踏みながら、トワとドークさんが待つ丘へ走っていく。トワとドークさんは俺の姿が見えると、手を振ってくる。

「シュウヤ様！」

「まさか、白い霧を……」

「はい、成功です。白い霧は消え、代わりに大岩ができましたが……」

「見てきます――」

興奮した様子のトワは、イシテスの丘を駆《か》け上《あ》がる。そして、すぐに駆け下《お》りてきた。

「はぁ、はぁ、はぁ……」

肩で息をして髪が乱れているのも様になる。

「トワ、白き霧は消えたか？」

「……はい！　綺麗《きれい》に消えています！」

ドークさんはその言葉を聞いた途端《とたん》、両膝《りょうひざ》を地面に突き、

「おぉ……本当に、俺はこれで……」

体を小刻みに揺《ゆ》らして呟《つぶや》きながら……男泣きをしていた。

呼吸を整えたトワさんも何回も頷いて泣いている。

「……」

良かった。そこに血文字が浮《う》かび上がる。

『ご主人様、おーびたるで散歩に出かけて数時間経《た》ちました。何かご指示はありますか？

こちらはゆっくりとしたペースで魔石《ませき》を集めて十五個ほど集めました』

『ゆっくりでもう十五体も倒《たお》したのか。やはり成長が早いな』

『ご主人様と一緒《いっしょ》に活動できたことが嬉しかったようです。皆、成長を実感しながら新しいことを試して狩《か》りのパターンを増やしています』

『この分なら、血獣隊は地上でも活躍できそうだ』

『その際《さい》はお任せを！』

『おう』

『それと、合流は何時ぐらいでしょうか』

『もうじき帰るよ』

『了解《りょうかい》しました』

ママニと血文字でやり取りをしてから、トワとドークさんへ視線を向けた。

「それじゃ、トワさんとドークさん、俺はここで」

「えっ、お礼もしてないのに」

「そうですぞ、我らのアセイバン村にお越しください！」

「そのお気持ちだけで十分です。好きでやったことですから。それより、白き霧が消えたことを村の人に伝えたほうがいいのでは？」

ドークさんは俺の表情から気持ちを察したのか、頬《ほお》を緩《ゆる》めて、

「……分かりました。事情があるのですね。トワ、村に戻ろう」

「ドーク、でも……」

美女のトワさんとドークさんへ頭を下げてから、イシテスの丘を上っていく。

丘の上に到着するとドークさんが手を振り頭を下げてから、背中を見せて去っていくのが見えた。少し遅《おく》れてトワさんも、俺に向けて頭を下げてから踵《きびす》を返しドークさんを追いかけていった。さて、白玉のゴーレムであるイシテスさんに、白き霧が消えたことを話すか。丘の上の一対の像に挟《はさ》まれた白玉に手を当てる。そのまま魔力を吸わせた。

先ほどと同じく像が左右に動いて地下に続く穴ができる。

「事の顛末《てんまつ》を、あの白玉に報告してあげないと」

「にゃ」

『はい。イシテスは今後もずっとここに残るのでしょうか』

『さぁな、そう思うと気の毒だが……』

ヘルメと念話しながら地下に到着。中央に浮かぶ白玉の側に歩いていった。壇《だん》の手前に足をつけた時、

「またか、稀人《まれびと》」

白玉のイシテスが先に話しかけてくる。

「どうもイシテス様、白き霧は封《ふう》じました」

「……」

沈黙《ちんもく》したイシテス。意味があるのか分からないが、白玉の縁《ふち》を盛り上がらせてウェーブさせている。

「これで、生贄《いけにえ》は必要なくなったはずですが、イシテス様はずっとここに居るつもりですか？」

「……」

反応はなしか。それじゃ戻るかな。最後にさっきの岩人形を見せてから帰ろう……。

「ところで……白き霧を封じた際に、ある物を入手したのですが、見ますか？」

「見せろ」

反応した。希望通り、アイテムボックスを操作して壇の下の石床《せきしょう》に女性の岩人形を置く。

「そ、それは！　我の体ではないか！」

「え？」

「その腹を見ろ、我のこの外典の一部と同じだろう！」

白玉は下部を膨らませて、丸い魔法陣の形を見せてくる。先ほど見たのと同じだ。

『本当のようですね』

確かに人形の腹に刻まれている魔法陣と一緒。イシテスの体なのか。

『ミスティに見せることはできなくなったな、返す』

『ふふ、はい』

「……本当ですね。では、お返ししましょう」

「礼を言っておく。混沌の女神リバースアルア様も喜ぶだろう。ん、そもそも何故わたしの体が……」

少し説明するか。

「俺が魔力を込めた魔王種の交配種を使い、白き霧を生み出していた穴を塞いだ結果、蝶の羽を持った綺麗なエルフのような幻影が見え――」

「待て。蝶の羽を持った、だと……混沌の女神リバースアルア様の姿ではないか……」

幻影のみだが、女神の力も関係あったのか。

「そこから天高い岩に育ち、その岩からこの体が出てきたんですよ」

「そうであったか……」

イシテス様は納得《なっとく》したのか、白玉の表面が波打った。

「この人形、イシテス様の体ならば、そこの魔法陣の上に乗せた方がいいですか？」

「頼む。その前に、ソナタの名を聞いておこう」

「俺の名はシュウヤ、肩で大人しくしているのは、ロロディーヌです」

「にゃ」

「シュウヤとロロディーヌ……感謝する」

ソーセージ型の唇《くちびる》は震《ふる》えていたが、礼を言ってくれた。

頷いてから、イシテスの体を魔法陣の上に乗せた。すぐに小さい階段を降りて少し離《はな》れてから振り返る。イシテスの様子を窺《うかが》った。すると、白玉が溶《と》けて、下に置いたイシテスの体に溶けた白い液体を付着させた。白い液体はイシテスの体に染《し》み込み一体化。魔法陣と共に体から眩《まばゆ》い光を生み出す。

『……先ほどと違《ちが》い、体に魔力の鼓動《こどう》が』

『体を得たようだな』

ヘルメとの念話中。

床《ゆか》で寝《ね》ていたイシテスは水晶の目をぱちぱちと瞬《まばた》きさせている。

「……我はイシテス」

そう呟きながら、ゆっくりと起き上がったイシテス。

体の感触を確かめるように細い腕《うで》を回して、掌を見ている。

「我は、動ける……」

先ほどまで人形だったが……自分の掌を見ている彼女の表情は人間のようだ。

その水晶の瞳の中に、しっかりとした意識が感じられる。彼女は手相でも見るかのように掌を凝視してから、拳《こぶし》を作り、また、掌を広げていた。イシテスはポーズを取るように片腕《かたうで》を伸《の》ばし、そのまま階段下から様子を窺っていた俺を見つめてくる。

すると、細い足を動かし魔法陣の外に出て、小さい階段を下りてくると俺の目の前に……そして、手を伸ばしてきた。

「シュウヤ。これが稀人の挨拶だと、アルア様に教わった覚えがあるのだが、違うのか？」

「正解です――」

イシテスと握手《あくしゅ》をした。イシテスは笑《え》みを浮かべて、力強く握り返してくる。

俺も笑みを意識した。

「……触《さわ》っても大丈夫なんですか？」

「当たり前だ。身体を取り戻したのだからな」

「岩の手だけど、表面はどこか温かい」

「我もシュウヤの温かい手を感じる。胸も温かいぞ……これがアルア様が仰《おつしや》っていた友というものなのか？」

イシテスは照れたのか顔を朱色《しゅいろ》に染めて、俺の手を離すと、何事もなく出入り口へ向かう……友か。

「……イシテス、これからどうするんだ？」

先を歩く彼女の背後から話しかけた。

「……我に命を捧《ささ》げていた者たちに会っておきたい」

悲しい表情で振り返りながら話すイシテス。

そっか……そこからは黙《だま》ったまま一緒に丘の上に戻った。

「我は三眼の村を探す……」

「おう」

「またな、友よ――」

イシテスは足先をカモシカのように変化させた。そのまま丘の上から跳《と》んで、空を飛ぶように高く跳躍《ちょうやく》して去っていく。三眼の邪族《じゃぞく》たちは右から来たが、イシテスは北の方角に向かっている……教えておけば良かった。

『イシテス……不思議なゴーレムでした』

『そうだな』

ヘルメと念話しながら丘の上から邪界二十階層の綺麗な景色を眺《なが》めた。

左の大地に拡《ひろ》がっていた白き霧が消えている。

岩が塔《とう》のように天高く伸びている。地形を変えてしまったが……ま、いいか。

「……ロロ、頼《たの》む」

「にゃぁ」

神獣タイプのロロディーヌに乗り、空を駆けて素早《すばや》くムビルクの森があったところまで戻った。眷族《けんぞく》の血の匂《にお》いを追いながら、血文字を送る。

『今回の大魔石集めは終了《しゅうりょう》だ。そろそろ地下オークションに向けてカザネから連絡《れんらく》がある頃《ころ》だ。二十四面体《トラペゾヘドロン》で、直接、地上へ戻るぞ』

『了解しました』

『承知』

『はい』

『ボク、帰還《きかん》したら、テンテン飲みたい！』

合流する前に、

「ヘルメ、俺《おれ》とロロの汚《よご》れを落としてくれ」

『分かりました』

液体状態のヘルメが、俺の左目から溢《あふ》れ出す。

瞬《また》く間《ま》に、液体化したヘルメに俺と神獣ロロディーヌは覆《おお》われた。

この水の膜《まく》に包まれる感覚は何ともいえない。桃源郷《とうげんきょう》、心と体が豊かに満たされる。

「ンン、にゃぁ、にゃん」

黒猫《ロロ》も嬉しそう。俺たちの全身を包んでいた幸せの液体。

そんな掃除《そうじ》は一瞬で終わる。俺たちを包んでいた液体は無数の粒《つぶ》になって周囲へ散って離れていく。散った粒が集まった水塊《すいかい》は、人型の綺麗なヘルメに戻っていた。

「――閣下、完了《かんりょう》です。左目に戻ります！」

「来い！」

左目を開いてヘルメを迎《むか》え入れてから、神獣ロロディーヌを前進させた。

幕間《まくあい》　アキレスとレファ

ここはゴルディーバの里。老人アキレスは日課である風槍流の訓練を行っていた。

石畳《いしだたみ》の上で、爪先《つまさき》を軸《じく》に回転しながら、右手に握る黒槍を捻《ひね》りながら真っすぐ伸ばす。

突きの基本から、右手、左手と黒槍を持《も》ち替《か》えながら突きと流しの動きを繰り返す風槍流の応用技《わざ》『枝崩れ《えだくず》』を行う。槍の技術はシュウヤと別れてからも確実に上がっている。

老人とは思えない体つきも変わらない。そのアキレスの訓練の様子を隠《かく》れて見ている少女レファも、シュウヤがいたころと変わらない。しかし、今日はいつもと違う気分のレファは、『うん』と頷《うなず》くと黒槍タンザを振り回しているアキレスの下へ近付いていく。

「――お爺《じい》ちゃん、ちゃんと槍術《そうじゅつ》を習いたい！」

「わしの槍をか。基礎《きそ》の型を教えるぐらいなら構わんが」

「ううん、シュウヤ兄ちゃんと激しい訓練をしていた武術を習いたいの」

レファの言葉を聞いたアキレスは少し困った表情となった。

「模擬戦《もぎせん》をか？」

「うん！　槍で、いち、に、さん、よん、ご、って、突いて、よこにばーんって動かすの、お爺ちゃんとシュウヤ兄ちゃんの技を盗《ぬす》んだんだから！」

「ハハハハッ」

アキレスは快活に笑う。

「もう、本気なんだから、笑わないで！」

アキレスは孫が隠れて棒を使い自発的に訓練をしていることを知っているからこそ笑う。

そのことを知っているが故、孫のために、毎朝行う訓練中に基礎の型の動きを増やしていた。

「盗んだと言えるかは微妙《びみょう》だが、レファが一生懸命《いっしょうけんめい》に見ていたのは知っている。だが……模擬戦はまだまだ早い」

厳しい表情に戻るアキレス。

「えぇ……」

「そんな顔をしても駄目《だめ》なものは駄目だ。修練道の訓練が先だ。それに体格がまだ小さい。今は弓の訓練を続けろ、槍は型のみだ」

「……」

「分かったな?」

「うん」

「声が小さい」

「うん! わかったよ」

厳しく言い聞かせるアキレスだが、孫を見る目は優《やさ》しい。

そこから、レファのために自身の訓練をやめて、孫が動かす槍の型を見てあげる。

「その足の動きは歩幅《ほはば》が違う、よく見てなさい」

アキレスはすぐに基礎のステップ、片切り羽根を用いて練武の型を繰り返した。

「お爺ちゃん、動きが速くて分からない」

「すまん、とりあえず、もう一度最初からだ」

「うん」

レファはアキレスの真似《まね》をして片切り羽根を実行。

茶色の髪《かみ》を揺らしながら、少女は舞《ま》うように爪先を生かしたステップを繰り返した。

「今の動きは見事だ。さすがはわしの動きを見ているだけはある」

「――ほんと？」

「あぁ、だが、調子に乗るな、次の動きを示す――」

アキレスとレファの訓練は続く。

「さ、今日はここまでだ」

「うん、もうお母さん、料理を作り始めてると思う」

「わしは少し遅れるかもしれん」

「あ、新しいポポブムの薬？」

「そうだ。本格的な冬が始まるのでな。腹部と頭部に良網草《ヨイモイ》とポーションを塗《ぬ》っておく」

「遅《おそ》くなるってお母さんにいっとくね」

「うむ」

アキレスはレファに頷くと、槍を台に立てかけてから崖下《がけした》に続く梯子《はしご》がある場所へ歩いていった。

「お爺ちゃん、今、シュウヤ兄ちゃんが居たらと思ったでしょ？」

「……」

孫の鋭《するど》い指摘《してき》にアキレスは動揺した。肩を少し揺らしてから、振り返る。

「レファもか？」

「うん、ロロ様のことも……」

その言葉には淋《さび》しさが溢れていた。アキレスは涙《なみだ》ぐみ、孫の顔を見て、優しく微笑《びしょう》。レファに近寄り、片膝《かたひざ》を地面について、レファの背中に手を回して抱き締《し》めてあげた。

「お爺ちゃん……」

「シュウヤと神獣《しんじゅう》様が外に出て……もうそろそろ一年だな」

孫の背中は確実に大きくなっている。と、実感しながら、シュウヤと神獣ロロディーヌのことを想《おも》うアキレス。その目に孫と同じく涙が溜《た》まっているのが見えた。レファは、

「……冒険者《ぼうけんしゃ》になって、神獣様の約束を守り、色々と楽しむっていってた」

その言葉を聞いたアキレスは頷きレファから離れた。レファはアキレスの顔を見ながら、自然と涙を流す。そして、また一滴《てき》の涙が頬を伝った。

「レファに涙は似合わんぞ」

アキレスは皺《しわ》が目立つ指を伸ばし頬を流れた涙を拭《ふ》き取ってあげた。

「……うん」

「少なくとも冒険者になっていると思うが……」

「冒険者……」

「しかし、わしの槍は役に立っているだろうか」

「お爺ちゃんらしくない！　シュウヤ兄ちゃんを槍使いにそだてたのはお爺ちゃんでしょ！」

レファは涙目のまま可愛《かわい》らしくアキレスを睨《にら》む。目元を鋭くした孫の顔を見たアキレスは「……ハハハ、そうであった」とシュウヤと神獣ロロディーヌの姿を思い出しながら、笑う。レファも釣られて笑顔《えがお》を取り戻《もど》していた。

「きっと、今も槍の訓練をつづけているとおもう」

アキレスは孫の意見に、数回首を縦に振る。頷きながら、

「……そうだな、その通りだ。シュウヤなら笑い泣きの暮らしの中でも、武を極めようと実戦、訓練を続け、自由に己《おのれ》のやりたいことを目指し、それをやり遂《と》げていることだろう……さぁ、わしも仕事だ。ラビに家畜《かちく》の件を伝えておいてくれ」

「うん――」

レファは少女らしく元気な声を出して頷く。茶色の髪を靡《なび》かせながら大家に戻った。

アキレスは、その様子を満足気に見つめてから踵を返し、崖《がけ》の端《はし》の梯子に足をかけて降りていく。その降りていくアキレスの表情は何処《どこ》か寂《さび》し気《げ》だ。

そして、シュウヤが知っている頃よりも白髪《しらが》が増え顔に皺が増えている。

第二百六十九章「手紙の主《ぬし》」

『おいら、おならをぷーとしたら空の世界へ飛んでたんだ、すごいでしょ！』

「空の世界？」

『うん、おいら、楽しいー』

と、グウは可笑《おか》しなことをいって不思議な石を床に落として消えちゃった。まだ、まったくグウを使いこなせていない……天邪鬼《あまのじゃく》すぎるのよ。使い魔とはいえない。

　完全に振り回されているし……でも、最近、魔杖《まじょう》ビラールを使えるようになってきた。最初は魔力《まりょく》を杖《つえ》に維持《いじ》させるのが異常に難しくて諦《あきら》めようと思ったけど……。

『俺にもお前のような女を守りたいっていう、〝小さなジャスティス〟があるんだよ!!』

　と、あの人の厳しく温かい言葉が、わたしを奮い立たせてくれた。

　頑張《がんば》る気力、生きる力をくれた言葉。その言葉を思い出しながらわたしも小さいジャスティスのために頑張ろうと、デイジーと【戦神の拳】との冒険者活動の合間に、ビラールに魔力を浸透《しんとう》させる挑戦《ちょうせん》を続けられた。暫《しばら》く何日も努力を続けた結果……ついにビラールの杖に魔力を留《とど》めることに成功！　同時に〈召喚術《しようかんじゆつ》〉というスキルも獲得《かくとく》できた。

優秀《ゆうしゆう》な鍛冶屋《かじや》のドワーフ兄弟に杖を直してもらって大正解。

不思議なドワーフの男の子。ボン君は一度も見たことのない付与魔法《エンチャンター》を駆使《くし》して杖を直してくれた。手の甲《こう》から紋章《もんしよう》を発生させながら濃密《のうみつ》な魔力をその手から放っている光景は目に焼きついている。本当に凄《すご》かった……きっと王国の錬金局から引っぱりだこだろうなぁ。そして、そのエンチャントで金属同士を融合《ゆうごう》させたばかりの真っ赤に燃えている金属の上に細かな魔法《まほう》金属の粒を塗《まぶ》すザガさん。魔法のハンマーで連続的に、その金属を叩《たた》く姿は迫力《はくりよく》満点！　その金属から、腕が燃えてしまう勢いで迸《ほとばし》る火炎《かえん》を浴びても平気な顔でハンマーを打ち続けて、整えて加工していく姿は格好良かった。魔法のハンマーを指の如く扱い、時々魔法効果を変えている？　派手なボン君とは違うけど、ザガさんの魔力操作といい、鍛冶技術の高さには感動すら覚える。ホルカーバムと違い、さすがは大都市、他にも凄腕《すごうで》の職人さんがいるかと思うと、他の地域にも足を運んでみようと思わせてくれた。

今度、街の東の方にも案内してもらおうかしら、布細工の職人さんや、ご飯が美味《おい》しいお店もあるだろうし。そのドワーフたちに直してもらった魔杖ビラールを上手《うま》く使いこなせるようになってきたところなんだけど……肝心のグウの維持がまた大変。

グウを無事に出現させても『オイラ、オイラのアイラー』と抱きついてきて、すぐに消えちゃうし。先ほども変なことを喋《しゃべ》ってグウは消えてしまった。

グウが落とした不思議な石を手に取る。綺麗……星のような輝《かがや》き。もしかしてグウは違う世界の石を取ってきたのかもしれない。不思議な石が凄く綺麗だったから、鑑定してもらおう。わたしは石を持って、鑑定屋の店が多い第一の円卓《えんたく》通りに向かった。

数多くの冒険者の中に交じるように通りを歩いていると、アイテム鑑定屋と書かれた看板を見つけた。路上の鑑定人《かんていにん》？　あまり見たことない。

冒険者の活動中にこの通りは通るけど、こんな店は初めて。

鑑定を頼んでみようと、看板の横に座《すわ》っている店主に近付いていく。

店主は黒髪《くろかみ》に眼帯を掛《か》けている片目だけの女性だった。

「……鑑定量は銀貨一枚」

高いような……。

「はい」

でも、たまにはと、その眼帯の女の人にお金を払《はら》い、石の鑑定をお願いした。

「時空属性の秘《ひ》めた石、珍《めずら》しい異界の石、ここじゃ双子石《ふたごいし》と呼ばれているね。実は恋《こい》の石とも呼ぶ。この石に愛している人物を思いながら想いを込《こ》めれば、恋だけでなく自分の運も開けるかもしれないよ……かの天帝《てんてい》もそう言っているかもしれない」

そう言って鑑定してくれた黒髪で片目の女性。捩《ねじ》れた襟元《えりもと》も何か雰囲気《ふんいき》を感じる……流れの鑑定士《かんていし》さんだと思うけど、眼帯から発せられている異質な魔力が際立《きわだ》っている。まさか魔女《まじょ》？　見た目は修道女じゃないけど、ダモアヌンの魔女？

……アイラも魔女だったし、まさかね……そんなことを考えながら第一の円卓通りを出た。鑑定してくれた女性は怪《あや》しかったけど、恋の石、時空属性の双子石だって。

ふふ、あの人への想いを込めちゃう！　あの人を想って一緒に石と寝てから……手紙を書こう……それから、盲目《もうもく》の聖女アメリ様に祝福を掛けてもらって……わたしは自然と足が速くなっていた。路上を走る足。スキップしているように見えるかもしれない。あの鑑定士に影響《えいきょう》を受けちゃった。

だって、恋だけでなく自分の運も開けるかもしれないという鑑定結果。これも努力してグウを召喚できるようになったお陰《かげ》。グウのことを気に入ってくれているデイジーとお茶をしてから、早めに宿に帰ろう。

名前：シュウヤ・カガリ
年齢《ねんれい》：22
称号《しょうごう》：光邪ノ使者
種族：光魔ルシヴァル
戦闘《せんとう》職業：霊槍血鎖師《れいそうちぐさりし》
筋力24・1→25　敏捷《びんしょう》24・6→25　体力22・9→23・2　魔力28・9→28・3　器用22・4→23　精神31・2→31・0　運11・5
状態：普通《ふつう》

ステータスの確認と大魔石の収集を一旦《いったん》終えた俺たちは部屋に帰還。

寝台《しんだい》側にある椅子《いす》が視界に入る。忘れていたな。椅子の背に掛けてある胸ベルトを手に取り肩に掛けた。胸ベルトには短剣《たんけん》が収まっている。

「ご主人様、お帰りなさい」

ヴィーネだ。テンテンディーティーを片手に持ち近付いてきた。

彼女は前にあげたフォド・ワン・カリーム・ユニフォーム《黒いコート》を身に着けている。背中に翡翠の蛇弓《バジュラ》を背負った状態。長袖《ながそで》だからラシェーナの腕輪《うでわ》は見えない。

「……よ、ただいま。ありがとう――」

気が利《き》くヴィーネからテンテンを受け取り濃紫《こむらさき》のジュースを一気飲み。

喉越《のどご》しがいい。疲労《ひろう》回復効果があるとかだっけ……俺の場合は関係ないが……飲んでいると、唇と喉元《のどもと》を凝視《ぎょうし》してくるヴィーネから愛を感じる。

渡《わた》されたテンテンを飲みきると、体内で魔力が湧《わ》き上がるのを感じた。

ヴィーネに空《あ》き瓶《びん》を返しながら、

「この不思議ティーを作り上げた開発者と会ったのも気になるが、手紙があるとか。まずはそれを見せてくれ」

「――ご主人様、わたしたちは寄宿舎に戻ります」

〈従者長〉のママニが、割り込む形で話しかけてきた。

「分かった。自由に過ごせ、何かあったら血文字で連絡な」

「はい。それでは、ヴィーネ様も失礼します」

「……血獣隊たち、いい面構《つらがま》えだ。ご主人様の下で頑張ったようだな」

「「はいっ」」

ママニとフーは敬礼して、軍人の雰囲気を出しているヴィーネの言葉に応《こた》える。

「はいっ、ヴィーネ姉様！」

サザーはヴィーネを姉様と呼んで犬耳を愛らしく動かし反応を示していた。

「当然である」

ビアは蛇に似た舌を伸ばしながら早口で語る。態度が大きいが、三つのおっぱいを触る仕草で挨拶《あいさつ》をしていた。勿論《もちろん》、乳房《ちぶさ》は鎧《よろい》で覆われているから乳房には直接触《ふ》れていないが、

「素晴《すば》らしい……各々《おのおの》からルシヴァルとしての血の繋《つな》がりと個の強さを感じるぞ。そして、かつての妹たちの事を思い出させてくれた。ありがとう」

ヴィーネは珍しく素の感情を表に出しながら〈従者長〉たちを褒《ほ》めて、目頭《めがしら》を熱くしているようだ。ダークエルフだった頃の魔導《まどう》貴族アズマイル家の妹たちの姿を思い浮かべたらしい。もう仇《かたき》は討《う》ったが……彼女の一族は皆《みな》、亡《な》くなっているからな……サザーたちは新しい妹たちである。

「ありがとう、ヴィーネ。その言葉は俺も嬉《うれ》しい」

「はい、ご主人様……」

ヴィーネの蠱惑的《こわくてき》な銀色の瞳……渋《しぶ》い銀仮面も相変わらず似合う。ヴィーネと暫《しば》し恋人《こいびと》のように見つめ合っていた。空気を読んだママニたちは丁寧《ていねい》にお辞儀《じぎ》をし、寝室《しんしつ》から廊下《ろうか》へ出ていく。

「ン、にゃあ」

黒猫《ロロ》もサザーを追い駆けていった。

ヴィーネは猫の声に惹《ひ》かれて優しい表情を浮かべながら、走るロロの姿を見つめている。

そして、途中《とちゅう》から命令されていたことを思い出したのか、彼女は持っていた手紙を俺に渡してきた。

「……これです」

手紙は少し重さがある。

「……何か、中に入っている？」

封を開けて手紙を読まずに、中に入っていた物を確認。石だ。取り出して見ると……。

その石は前に見たことのある石だった。

『石ですね、リビングにある石に似ています』

双子石か。迷宮《めいきゅう》の主アケミさんから貰《もら》ったのと同じだ。

どういうことだろうと、ヴィーネの顔を見るが、首を傾《かし》げて不思議そうな顔をしている。

ま、手紙を読むか。

シュウヤ様

拝啓《はいけい》　突然《とつぜん》に失礼致《いた》します。わたしの名はミア、今はアイラと名乗っています。

シュウヤさんが、わたしの、皆の【ガイアの天秤《てんびん》】の仇を討ってくれたことは聞いています。ですが、礼はこの手紙に書きません。

直接お会いしたその時に、お礼の言葉を捧げたいと思います。

小さなジャスティスの名に懸《か》けて、それが筋ですから。

それとは別に、手紙の中に石が入っていると思います。

その石は、とある杖を使い手に入れたのですが、綺麗でしたのでお礼のつもりでお送りします。受け取って下さったら嬉しいです。

今は、ペルネーテで友と再会を果たし冒険者活動を行っています。

おかげさまで冒険者活動は順調。【戦神の拳】という名の方々とパーティを組み、現在は迷宮の三階層から五階層を中心にモンスターを倒す日々が続いています。

それから、その戦神の拳のパーティメンバーのシェイラさんと同性なこともあり仲良くなりました。時々、デイジーと一緒に買い物に出かけたりしているんですよ。

そんな冒険者活動の合間ですが、シュウヤさんの言葉を励《はげ》みに、特別な杖を使えるように努力を続けておりまして……がんばった結果、最近になって特別な杖を使えるようになったんです！　お礼の石もこの杖のお陰で手に入れました。

最後に……この魔杖を使いこなしてもう少し成長を実感したら、直接会いに行きます。


ミア（アイラ）より。


手紙の主はミア。筋という言葉選びから、絶対本人だ。

今はアイラと名乗っているのか。

「ご主人様、その顔色は……」

「気にするな。驚《おどろ》いただけだ。ミア……ちゃんと生きていてくれたんだな」

元気そうな様子が目に浮《う》かぶ。成長を実感したら俺に会いにくるか。

屋敷《やしき》の住所を知っているなら会いにくればいいのに。

まぁ、ミアは極端《きょくたん》に真面目《まじめ》な子だからなぁ……でも本当によかった。彼女《かのじょ》なりに再生している。さて……感傷は終わりだ。もう一つの件について聞いておく。

「それで、ヴィーネが遭遇《そうぐう》したタイチという名の黒髪の錬金術師《れんきんじゅつし》と会ったらしいが、どんなことを話したんだ？」

「はい……『買《か》い占《し》めているのはお前か？』と聞いてきて、わたしが肯定《こうてい》しますと……『どこの商会の者だ、俺の製法を盗む気か？　特許がないとはいえ、俺のテンテンデューティーの真似はできないぞ。だいたいアンタは美人過ぎるんだよ……肌《はだ》が青白いエルフとか珍しいだろ！　あ、まさか、ダークエルフとかいう種族ではないだろうな。もしやこれが、運命の出会いという奴《やつ》か！　そうなら、この薬を飲んでほしい。というか飲めよ。そして、俺の錬金商会を立ち上げた暁には秘書になれ！』

「……そう一方的に語り、黒い瞳に魔力を溜めながら怪しい薬を手渡《てわた》してこようとしましたが、ガドリセスでその怪しい薬を一刀両断にしてあげました」

黒髪のタイチか。いきなり怪しい薬を渡そうとする男……神の右腕《みぎうで》は頭が悪そうだ。

神とは、もしや自称《じしょう》なのか？

「……で、そのタイチはどうした？」

「叫《さけ》び声《ごえ》をあげて、『なんだ！　ツンにも程《ほど》があるだろう。いきなり剣《けん》を向けるなんて、俺の右腕の力を知らないから』……あれ？　そう、その時、わたしが古代邪竜《じゃりゅう》ガドリセスの伸びる巨大牙《きょだいきば》を彷彿《ほうふつ》とさせるように、薬だけでなく、ガドリセスを用いて、タイチの衣服を切り刻み頭部の黒髪も切ってあげました。そして、テンテンデューティーを作ったことは尊敬に値《あたい》する。ご主人様のお気に入りだからな。だが、変なことをするならば命はない。と脅《おど》してあげました。その瞬間《しゅんかん》、タイチは、顔を青くして口から泡《あわ》を吹《ふ》くと、叫び声をあげて裸《はだか》の状態で逃《に》げていきました。逃げているタイチの背中からも魔力が溢れて外にも漏《も》らしていましたが、戦闘能力に関しては、さほど力はないようです」

ヴィーネの話を聞いていた左目にいるヘルメが怒《おこ》った表情で頷いてから、

『ヴィーネ、そんな相手を生かしてしまうとは』

……タイチを敵に回したか？　しかし、ヴィーネの動きに反応せず、逃げたのなら脅威《きょうい》になる相手ではないか。

「いい判断だ。テンテンデューティーは美味しいからな。命を取らなかったのは評価する。が、もし次、絡《から》んでくるなら俺が対処しよう。ヴィーネが単独でまた会ったのなら、好きにしたらいい。テンテンがなくなっても構わない」

暗にヴィーネの好きなようにしろと指示を出す。

「はいっ！」

『閣下、その相手がきたら、わたしが相手をしてあげましょう』

『了解《りょうかい》した、頼むかもしれない』

ヘルメと念話を行ってから、ミアがくれた石を握《にぎ》りながらヴィーネに、

「……んじゃ、リビングに戻るか」

「既《すで》に、選ばれし眷属《けんぞく》たちは集合しております」

「そうだったか。ならそこで、新しい物を披露《ひろう》しようかな」

「新しい物……血文字で何やら仰っていましたが……」

「そう、見たことないと思う」

オービタルを見た皆の反応を見て楽しむか。ヴィーネを連れて部屋を出て廊下を歩いてリビングへ向かう。リビングには〈筆頭従者長〉たちが勢揃《せいぞろ》い。周りにメイドと使用人が控《ひか》えているから国の会議でも開かれるような雰囲気があった。俺がリビングに現れるとエヴァ以外の全員が立ち上がる。視線を厳しくしながら光魔《こうま》ルシヴァルの宗主《そうしゅ》として胸を張って机に近付いていった。

第二百七十章「会議」

ペルネーテの某所《ぼうしょ》。

「お母様、会場の準備が調《ととの》いました」

「そう、ご苦労様。アドリアンヌ様も、こちらに向かっていると連絡がありました」

「戦争が激しさを増しているようですが、南経由でここに？」

「そのようです。王都、ララーブイン経由、貿易を兼《か》ねてのことでしょう。それと、八頭《はっとう》輝《き》の皆様《みなさま》が泊《と》まられる宿の方は？」

「上々です。今年も教団の力で特別な専用の宿を用意させました。競売の品物も続々と集結中です。わたしたちにも伏《ふ》せられている品物も、今年は少し多いですね」

「そうよ。毎回の事だけど、予《あらかじ》めの買い占めが起きているからね。大商会の動きも激しくなってきました」

「はい。シュウヤ様への連絡はいつぐらいに……」

「ミライ、伝手《つて》を作るようにと言っておいたはずよ？」

カザネは目つきを鋭くしてミライを睨む。

「……申し訳ありません。切っ掛けが……」

「ミライ、近い内に必ず行きなさい」

「はい」


「よ、ただいま」

右手をあげて、普通に挨拶。

「おかえりー」

「ん、おかえりなさい」

レベッカとエヴァだ。

「総長～♪」

ヴェロニカの背後にメルとベネットも立っていた。ヴェロニカはまだ自分の血を彼女たちに分けていないのかな。カルードはいない。旅の準備で忙《いそが》しいようだ。

「シュウヤ、地下二十階層の出来事はある程度血文字で聞いたけど、もう少しちゃんと聞きたい」


ユイの言葉だ。伝説級《レジェンド》の神鬼《しんき》・霊風《れいふう》の太刀《たち》を肩《かた》に担いでいる。

「わたしは、素材として銀角がどんな感じか確認《かくにん》したい」

「その銀角を持ったモンスターは二十階層の中でも捕食《ほしょく》タイプと判断しました。質は良さそうです」

ミスティと横にいるヴィーネの言葉だ。

「……」

「総長、闇《やみ》ギルドの件で報告が……」

メルは努めて穏《おだ》やかに語る。ベネットは頭を下げるのみ。ユイを護衛に船でヘカトレイルに行っていた件だな。そんな皆へ――小型オービタルを見せてから地下二十階層での出来事をパパッと説明。皆、それぞれ反応が違《ちが》う。オービタルに逸早《いちはや》く反応したのが、眼鏡が似合うミスティ――鮮《あざ》やかな所作できびきびと動きながらオービタルとの間合いを詰《つ》める。双眸《そうぼう》が真っ赤で興奮状態。

ミスティは吸血鬼《ヴァンパイア》顔と化している。

ミスティは小型オービタルのタイヤ、エンジン、ノズルの金属の形を細い手で触《さわ》る。

「ひんやりしている」

「溶《と》かすなよ」

「……溶かさないから大丈夫《だいじょうぶ》」

「ん、わたしも」

金属が大好きなエヴァも参加だ。天使の微笑を見せてくれたエヴァ。

魔導車椅子《まどうくるまいす》を操作してオービタルとミスティの側に寄った。

エヴァは、小型オービタルの後部のスラスター部位へ指を差して、

「ん、ここから何か出る？」

「乗ってる時は見えないから分からないが、多分」

四角い筒《つつ》だから、武器だと思ったのかもしれない。

「不思議な魔道具の乗り物だけど、何人も乗れなそうね」

「三人ぐらい？」

レベッカとユイがボソッと呟《つぶや》く。

指定席の争いがもう始まっているようだ。

「当然、前の席にはわたしが似合うだろう」

「どうかしら。運転の時は前が見やすいように小柄《こがら》なわたしが座るのが一番だと思うのだけど？」

ヴィーネとレベッカが視線を合わせて火花を散らす。

暫く、彼女たちは小型オービタルの話題で盛り上がった。

「……んじゃ、そろそろ仕舞《しま》う」

その小型オービタルを仕舞う。続いて、白き霧《きり》から、生贄《いけにえ》になりかけた邪族《じゃぞく》のトワとドークを助けた件と、それに繋がる混沌《こんとん》の女神《めがみ》リバースアルアとそのゴーレム、イシテスの話をしていく。

皆、真剣《しんけん》な表情を浮かべて話を聞いてくれた。

特に綺麗《きれい》な三つ眼《め》のトワとイシテスの場面に話が進むと……。

各自、視線が鋭くなった。直《す》ぐにヘルメが左目から出現。机の上を横断して瞑想《めいそう》ゾーンへと突入《とつにゅう》。一瞬《いっしゅん》で、皆は冷静な顔付きに戻っていた。狂眼《きょうがん》トグマとの激闘《げきとう》について、入念に話していく。魔《ま》槍杖《そうづえ》バルドークの上に乗られた場面を――。

今そこで行われている戦闘のようにリアリティを込めて語ってあげた。

身《み》振《ぶ》り手《て》振《ぶ》りも加えた。ところが、思っていたより皆の反応が薄《うす》い。極《ご》自然の納得顔《なっとくがお》。

「ま、そうなるでしょうね」

と、最近武術に目覚めている長い丈《たけ》のワンピースが似合うレベッカが経験者は語る風の雰囲気を出しているつもりなのか、細い腰《こし》に手を当てながら、偉《えら》そうに語っていた。その衣装に見惚《みと》れながら……土産《みやげ》としてドファドンの狩《か》りの様子を語る。ついでに大量の肉、銀角、爪《つめ》を机に置く。メイドたちにも生肉の一部を渡した。血の匂《にお》いが漂《ただよ》うが彼女たちは気にせず。生肉をキッチンメイドたちに渡して一緒《いっしょ》に生肉を運びながら細かな指示を出していく。ドファドンの肉を机の上にどっさりと置いた。新鮮《しんせん》な肉からは血が溢《あふ》れる。机の下に血が垂れたが一瞬で消えた。そう〈筆頭従者長〉たちの吸引だ。競争するように血を吸い取った。さすがにドファドンの肉は乾燥《かんそう》していなかったが。その一方で血の吸い上げに参加しなかったミスティは銀角と爪の素材を触り調べている。

「これは金属？　錬金にも使える素材かも」

ミスティに鑑定《かんてい》能力はない。しかし、魔導人形《ウォーガノフ》に使える素材なのか、使えない素材なのかといった素材の見極《みきわ》めは研究を続けてきたミスティなら可能だろう。

もう一人の金属が大好きな眷属のエヴァは、肉と銀角の両方を見比べるように凝視。

エヴァの足の金属に銀角の素材が使えるかもしれない。

肉に関しては店用に使えると思っているはず。

「――ロロは美味しそうに食べていたが、一応、焼いたほうがいいかもしれない」

「ん、グニグニのような肉なら、ディーにあげたい」

「まだ食べていないから味は分からないが、大量に回収したし、素材としては未知数だが、美味しかったら店の新レシピにドファドンの肉を活《い》かしてくれると嬉しい」

俺《おれ》の言葉を聞いたエヴァは微笑《ほほえ》むと、

「ん、ありがと――」

早速《さっそく》、ドファドンの腿肉《ももにく》をアイテムボックスに仕舞う。

まだ残っている肉はメイドたちがキッチンのほうへ運んでいった。

「それじゃ、ユイ。血文字である程度は知っているが、ヘカトレイルでの詳細《しょうさい》を聞こうか」

「うん。【白鯨《はくげい》の血長耳】の幹部と遭遇したの。クリドススという名の女エルフ。ちゃんと、〈ベイカラの瞳《ひとみ》〉で見たから、戦うなら任せて」

ユイの表情から察するに、いつでも暗殺にいけるからね？　という感じか。

「幹部とはクリドススか。勧誘《かんゆう》された覚えがある。確かポルセンとアンジェと初めてあった時だ」

「クリドススは上から指示されて、新街に出来たばかりの月の残骸《ざんがい》の事務所を見張っていたみたい」

「ヘカトレイルの新街というと、貧民街……」

あそこに真新しい事務所が出来たら注目を浴びる。土地代の安さを含《ふく》めて、万が一事務所が潰されてもいいような場所にメルは敢《あ》えて作ったんだと思うが。

「そうですね、あそこは港に近くて都合がいいので」

メルも話してきた。

「副長の判断を聞こうか」

「はい。【血長耳】は我々と事を構えるつもりはないようです。ユイさんからのお話があったように我々の事務所は明らかに見逃《みのが》されています。借り、を作ったといったニュアンスでクリドススは語っていましたが……血長耳は、他にも敵がいると話していたので、実は借りのつもりはなく、本当に我々との争いを望んでいない可能性もあります。現時点では、ですが」

なるほど。戦争と様々な闇の利権で都合がいいのか。

「その根拠《こんきょ》は？」

「状況《じょうきょう》が合います。現在オセベリア王国は西のラドフォード帝国《ていこく》と戦争中であり、東のサーマリア王国とも小競《こぜ》り合《あ》い中」

「俺は西の平原へ出兵したガルキエフとも知り合いだ」

猫《ねこ》好きなガチムチのおっさん。男だが、嫌《きら》いじゃない。

「総長は、その大騎士《きし》だけでなくオセベリア王国の第二王子とも親しい。現在第二王子は戦争だけでなく中央貴族たちの切り崩《くず》しに躍起《やっき》になっている最中。勢いがあります。そして、血長耳はそのオセベリア王国と盟約を結んでいる仲。過去、オセベリアの貴族と仲が深かった【梟《ふくろう》の牙《きば》】との盟約があったように、このペルネーテに進出していない」

確かに。第二王子の秘密工作員のフラン、大騎士の妹のフランは血長耳とも繋がっていた。昔、フランは、

『分かった……最初は【白鯨の血長耳】の【ヘカトレイル】支部の幹部である、クリドスから直接依頼《いらい》を受けたことから始まる。内容は、冒険者のシュウヤの懐《ふところ》に潜り込み情報を探《さぐ》れ、と。そして、【血長耳】に悪影響《あくえいきょう》があるなら殺せ、と指示を受けた』

こんなことを語っていた。その関係性から第二王子と血長耳は連絡《れんらく》を取っていると推測できる。

「第一王子とは戦争中で勿論、緊密《きんみつ》に連携《れんけい》しているだろうし、勢いのある第二王子は当然のこと、ヘカトレイルのシャルドネとも通じているか」

「……更《さら》に言えば、血長耳の本拠地《ほんきょち》、セナアプアでも評議員たちとの権力闘争《とうそう》があり、他の闇ギルドとの争いと関係があるヘカトレイル、セナアプア、ハルフォニアを結ぶハイム川の海運ルート、陸運ルートのタンダールを経由した権益争いもあります」

「権益ねぇ、まぁ根が深そうだ。だからこそ、俺と話をしたいと言っていたのか」

「はい、血長耳は南マハハイム最大の闇ギルドの一つといえますが、敵が多いのも事実。この都市で行われる地下オークションを平和的に利用しようと考えていることを含めて、総長と接触《せっしょく》をしたがる理由から、総合的に判断しました」

「副長、よく分かった」

「それと、船を使った貿易で利益を上げたので、イザベルさんにその利益分を渡しておきました」

イザベルに視線を移すと、黙《だま》ったまま丁寧に頷《うなず》く。彼女ならば確りと運用するだろう。エヴァも頷いている。そういえば彼女の眷属化に賛成していた。が……ママニたちと違い元はメイド。眷属に加えるかは未定だ。

「マスター、これ、工房《こうぼう》で調べるから持っていっていい？」

ミスティの鳶色《とびいろ》の瞳が輝いていた。

何か、思いついた事を試《ため》したいという顔付きだろう。

「……いいよ」

「ありがと。それじゃ、学校の仕事もあるし工房に戻る」

「了解」

「ん、わたしも後で工房にいく」

「それじゃ、わたしもついでに覗《のぞ》くかな。クルブル流の訓練の時間までだけど」

エヴァは分かるけど、レベッカは訓練までの遊び感覚だな。

「うん」

ミスティは二人へ笑みを浮かべてから、銀角と爪をアイテムボックスに仕舞うと、一足早く出入り口へ向かう。俺は彼女たちが外に出るのを見届けてから、リビングの棚《たな》へ歩いていった。持っていたアイラ《ミア》がくれた石を飾《かざ》ろう。

黒髪の迷宮の主のアケミさんから貰った石の隣《となり》におこうかな。

「ご主人様、綺麗な石が揃《そろ》いましたね」

「あぁ」

ヴィーネも見惚れるほど美しい、双子石が揃った。コレクション的にいいかもしれない。

牛革《ぎゅうかわ》のシートに置かれた超薄型《ちょううすがた》鋼板もオブジェのようだし、これはこれでいい。

俺には〈邪王の樹《き》〉がある。魔力を消費して邪界の樹木を作りだす能力。

樹木を生かした新しい家具を作ろうかな。内装を少し弄《いじ》ったりするのもいいかもしれない。俺がアキレス師匠《ししょう》から受《う》け継《つ》いだのは、槍《やり》だけじゃないところを、皆に見せるかと考えていると、入り口に、赤いセミロングの髪《かみ》を持つレムロナが現れた。

「大騎士様だ。ヴィーネが話していたことかしら」

「……」

「あたい、追われていた事がある……」

「ふふ、ベネット、今は大丈夫よ」

ユイがびびるベネットを笑う。

「もう、びびりんなベネ姉ね」

「びびりんだとぉ」

ヴェロニカとベネットは些細《ささい》な事で喧嘩《けんか》を始める。

「それじゃ、会議は仕舞いだ。自由に解散」

レムロナという客も見えたことだし、一旦《いったん》解散だ。

「では、闇ギルドの仕事に戻《もど》ります。港の倉庫街、南のラブインからの斥候《せっこう》の知らせもあるので」

「わたしもメルの仕事を手伝うから戻る。倉庫街、繁華《はんか》街にはチンピラは多いから」

「あたいも徴収《ちょうしゅう》が遅《おく》れている担当の店を見にいかないと。揉《も》め事《ごと》があったらしくて、ベネット様ぁ、守って下さい、と言われたからには頑張らないと」

「ベネ姉を頼《たよ》りにしている下町の店は意外に多いのよね」

「ヴェロっ子も手伝う?」

「うん。二人の眷属化もしないとだし!」

「それは、まだあとよ。オークションの事も含めて仕事が立て込んでいるからね。そろそろ、総長経由で、カザネからの連絡がある頃《ころ》だと思うけど」

「はーい」

メルたちはそんな会話をしながら出口に向かう。俺は出入り口に居る大騎士レムロナを注視。【月の残骸】の主要メンバーたちとすれ違う瞬間は、なんともいえない空気だったが、何も起こらず。レムロナの口と喉《のど》を覆《おお》う特殊《とくしゅ》マスクは変わらない。

小柄だが、白マントが似合う大騎士だ。そして、彼女の足元には黒猫《ロロ》と黄黒猫《アーレイ》&白黒猫《ヒュレミ》もいる。三匹《びき》の猫たちは、仁王《におう》立ちのレムロナの脛と脹《ふく》ら脛《はぎ》に小さい頭を衝突《しょうとつ》させていた。脛の硬《かた》そうなグリーブの表面で何度も何度もつけた頭を上下に動かし一心不乱に白ひげを擦《こす》りつけている。猫ちゃんズは彼女の嗅ぎ慣れぬ匂いが気になるらしい。黒猫《ロロ》と黄黒猫《アーレイ》と白黒猫《ヒュレミ》は縄張《なわば》りを拡大中だ。

「……レムロナ様、ヴィーネから家に来ると聞いていましたが」

彼女は俺の言葉に頷く。そのまま足元に群がる猫たちのことを無視して近付いてきた。黒猫《ロロ》軍団はレムロナが逃げたと思ったらしく、彼女を追いかける。

まだ擦り足りないのか？　と疑問に思ったが、猫たちはレムロナに絡まず……彼女の横を素通《すどお》りし、俺の肩に飛び乗ってきた。肩に乗ってきた三匹の猫。

「にゃ」

「ニャァ」

「ニャオォン」

三匹は競争するように、俺の頬《ほお》へと頭を衝突させてくる。

カワイイ求愛のジェスチャーだ。猫ランド……たまらない。すると、肩にかけていた胸ベルトと共に乗っていた黄黒猫《アーレイ》もバランスを崩し肩から床《ゆか》に滑《すべ》り落ちてしまった。黒猫《ロロ》と違い触手《しょくしゅ》がないからな。落ちた黄黒猫《アーレイ》は華麗《かれい》に足から着地している。

この辺はさすがネコ科動物。否《いや》、魔造生物か。可愛《かわい》いアーレイちゃんの頭を撫《な》でてから床に落ちた胸ベルトを拾い装着。レムロナは俺と猫が戯《たわむ》れる様子を少し見てから、

「――ここでは、形式ばった〝様〟も敬語も不要だ。それよりシュウヤ、重大な話が二つある。まずは戦争に、ん？」

真剣な表情を浮かべているレムロナ。ソバカスが可愛い。小さい口の動きを止めている。

俺が指で弄っていた棚の上を凝視していた。鳶色の一対《いっつい》の目を見開いている。何だろう……。指フェチだろうか？　それとも棚の上の牛革シートが気になるのか？

あとがき

こんにちは、20巻が発売されました。これも一重に読者様のお陰です。そして、『小説家になろう』や『カクヨム』で『ノベルアップ+』でメッセージ&サポートしてくれている読者様、いつも感謝しています。健康らしく毎日がんばれたらと思います。

では、今巻20巻の見所からいきます。

まずは迷宮の前と中で、魔人千年帝国ハザーンの軍勢と戦う場面と、アケミの配下たちとの絡みでしょうか。次の見所は、私的にはシュウヤとロロが、アケミの使役しているモンスターたちを守るため、ハザーンの軍勢と戦うところだと思います。

特に古代魔法の銃を使用する場面は格好良いですね！　挿絵もイイ感じです。

続いてママニ、サザー、フー、ビアを〈従者長〉の眷属化の場面も見所だと思います。その〈従者長〉となった血獣隊を率いて、迷宮都市ペルネーテの迷宮の一部、邪界ヘルローネに挑む冒険譚は書き直していて、とても面白かったです。

たとえば表紙に登場しているピュリンと血獣隊の活躍などなど……。

そして、邪界の森で遭遇した狂眼トグマとの戦いも表紙通りに大きな見所の一つかと。

そのトグマは、本来魔界セブドラにいるはずですが、16巻に登場した四腕シクルゼ流の四眼ルリゼゼが語っていた事件にからんで、邪界にいるようになった経緯があります。

そんなトグマを背景にした素晴らしい表紙と口絵を描いてくれた市丸先生には感謝しています。続きまして近況に移ります。

毎回ですが映画を幾つか見たので、その感想を書きたいと思います。

まずは『ダンジョン&ドラゴンズ』。

盗賊エドガンと戦士ホルガ、角が生えた色々な動物に変身が可能なドリック、魔法使いのサイモン、パラディンのゼンクという個性豊かなパーティの冒険譚。

エドガンの歌のほか、ホルガとエドガンの絆が良かったです！

男女の組み合わせですが、友情の強さにほっこりとさせられます。

そんな彼らが、目的のため情報を得てダンジョンに挑む。王道鉄板の展開ですが、太ったドラゴンとの絡みも見ていて面白かったです。

墓場のノリも楽しかった～。

闘技場では宝箱のミミックに、黒虎バージョンのロロディーヌと似たモンスターが登場して、これまた楽しめました。

続きまして『仕掛人・藤枝梅安』の一と二。

原作は有名ですから、読者様の中にはすでに知っている方も多いと思います。

時代小説の大家・池波正太郎先生による、長く愛されている作品ですね。

私はＴＶドラマで何回か見たことあり、かなり期待していました。

そして、まさに期待通り、否、期待以上の映画で面白かったです。

もし「三」があるなら観に行きたいと思います。

主人公の梅安は鍼医者でありながら暗殺者の仕掛人でもある。

表では、人々を助ける光側の職業で、裏では人を殺す闇側の職業であり、善と悪の二面性を持つ主人公です。槍猫と共通点がある。

相方の彦次郎もいい味を出していました。善と悪、悪ですが悪ではない普遍的なテーマの作品ではありますが、そこがまたすこぶる魅力的でした！

とにかく時代劇が好きな方なら楽しめるかと思います。

他にもＭ・ナイト・シャマランの最新作『ノック 終末の訪問者』も観ました。

怖かったですが最初は引き込まれました。と他にも映画は観ていますが……。

きりがないので映画の感想はここまでにして、謝辞に移ります。

担当様、市丸先生、関係者の方々、今回もお世話になりました。冒頭にも書きましたが、常に感謝しつつ今後もがんばります。書籍とWebを楽しみにしてくれている読者様も、いつも本当にありがとう。まだまだ物語はWebでは続いているので、そちらも合わせ楽しんでくれたら幸いです。今年もがんばります。

2023年4月　健康

HJ NOVELS
HJN21-20

槍使いと、黒猫。 20

2023年5月19日　初版発行

著者——健康

発行者—松下大介
発行所—株式会社ホビージャパン
〒151-0053
東京都渋谷区代々木2-15-8
電話　03(5304)7604（編集）
03(5304)9112（営業）

印刷所——大日本印刷株式会社

装丁——木村デザイン・ラボ／株式会社エストール

ISBN978-4-7986-3189-9　C0076